# DER WOLF MIT DEN EISBLAUEN AUGEN



Verena Schiegl

Verlag Berger
Horn/Wien

**Impressum**



http://oni-winter.weebly.com/

ISBN: 978-3-85028-819-4

1. Auflage 2017

Verlag Berger Horn/Wien

www.verlag-berger.at

Covergestaltung: Martin Spiegelhofer

Lektorat: Magdalena Scheucher

Druck: Ferdinand Berger & Söhne GmbH

3580 Horn



Alle Inhalte dieses Romans sind frei erfunden. Jegliche Ähnlichkeiten mit realen Personen, Unternehmen, Einrichtungen etc. sind nicht beabsichtigt und rein zufällig.

# KAPITEL 1

„Fräulein Tess. Kommen Sie bitte zum Essen", fordert mich der Butler, der wie ein Pinguin aussieht auf. Ich stehe von meinem Schreibtisch auf, wische meine Tränen weg und folge dem älteren Mann in den Speisesaal. Jedes Mädchen würde mich beneiden. Ein Essen bei der Königsfamilie. Eigentlich sollte ein Traum in Erfüllung gehen, geht er aber nicht. Ich schreite in meiner normalen Jean und meiner blau karierten Bluse durch die vielen verwirrenden Gänge. An den Wänden hängen große Gemälde von den früheren Königen. Vor einer hölzernen Tür bleiben wir stehen. Der Pinguin hält mir die Tür auf und ich sehe die königliche Familie schon am Tisch sitzen. Alle sehen mich an. Der respekteinflößende König Maximilian, die hübsche Königin Sophia, die jüngste Tochter Nicole und der 18 jährige Prinz Julian. Er ist um ein Jahr älter als ich. Noch nie habe ich mich für die Königsfamilie interessiert, und jetzt? Jetzt esse ich mit ihnen.

„Guten Abend!", versuche ich höflich und nicht verheult zu klingen. Ich mache einen Knicks so wie es mir gezeigt wurde.
„Guten Abend, Tess. Bitte nehmen Sie Platz", erlaubt mir Königin Sophia.
Der einzige Platz der frei ist, ist der neben Nicole gegenüber vom Prinzen. Misstrauisch schaue ich auf meinen Teller hinab. Es gibt eine Art Steak, denke ich. Ich habe noch nie so etwas Edles gegessen. Es sieht köstlich aus, wunderschön garniert. Ich schneide ein kleines Stück herunter und koste es voller Vorsicht. Von dem Platz mir gegenüber höre ich ein leises Kichern.
„Schmeckt es Ihnen etwa nicht, Tess?"
Es ist sehr gewöhnungsbedürftig, von einem nur um ein Jahr älteren Jungen mit Sie angesprochen zu werden.
„Doch, doch. Es ist sehr lecker, aber ich habe noch nie etwas in der Art gegessen."
„Haben Sie schon Ihre Sachen ausgepackt?", fragt der König neugierig und verzehrt sein letztes Stück vom Steak.

„Ja, den Großteil", das wäre es eigentlich mit meiner Antwort gewesen, aber ich habe etwas sehr Wichtiges vergessen: „Eure Majestät."
Ich bin zwar erst seit der Früh hier, aber von meiner Sicht aus, ist die Königsfamilie gar nicht so übel. Bis auf den König, vor ihm habe ich ehrlich gesagt ein bisschen Angst. Er sieht sehr streng aus. Als ob er schon seit Jahren nicht mehr gelacht hat.
Die Königin ist das ganze Gegenteil. Sie ist wirklich nett und sympathisch. Vielleicht kommt es davon, weil sie auch eine Bürgerliche war.
Die kleine Prinzessin Nicole ist erst 10 Jahre alt. Bei meiner Ankunft hat sie mich ganz stürmisch begrüßt, solange bis der König aufgetaucht ist, dann war sie ruhiger.
Und der Prinz, der Schwarm jedes Mädchens. Außer bei mir. Ich bin wahrscheinlich, das einzige Mädchen im Land, das nicht auf ihn steht. Ich meine er sieht echt gut aus mit seinen dunkelblonden wuscheligen Haaren und seinen strahlend blauen Augen... aber meiner Meinung nach ist er eher oberflächlich. Aber was kann ich schon großartig reden, ich habe genau fünf Sätze mit ihm

gewechselt, also kenne ich ihn noch nicht, aber im Fernsehen sieht er immer sehr steif und... langweilig aus In der Öffentlichkeit, okay. Aber jetzt? Bin doch nur ich, die neu hier ist! Oder liegt es an seinem Vater? Kann gut sein.
„Tess, ich will nur dass Sie wissen, dass es auch für mich ein schwerer Verlust ist. Ich hoffe, Sie fühlen sich hier wohl. Wenn Sie etwas wollen, brauchen Sie es nur zu sagen und Sie bekommen es", meint Königin Sophia mitfühlend und sieht mich an als wäre ich ein Reh auf einer viel befahrenen Straße. Wenn sie mich noch weiterhin so ansieht, fange ich gleich hier zu heulen an.
„Danke, ich weiß Ihre Gastfreundschaftlichkeit sehr zu schätzen, eure königliche Hoheit."
Kann man das so sagen? Eure königliche Hoheit? Keine Ahnung.

Der Nachtisch besteht aus leckeren Blaubeertörtchen. Noch nie in meinem ganzen Leben habe ich so etwas Leckeres gegessen. Naja, ich bin ja auch nur ein gewöhnliches Dorfmädchen, das aufgrund ziemlich besch... Umstände im Schloss wohnen darf. Bis ich 18 bin. Das ist bald... Dann muss ich selbst zurechtkommen.

Nach dem Dessert gehe ich auf mein Zimmer. Es ist ein riesiges Zimmer mit einem Bett, wo drei Menschen schlafen könnten, einem Kleiderschrank, wo Kleider für ein halbes Jahr hinein passen würden, einem eigenen Bad. Nur für mich allein!
Und diesen Luxus habe ich nur meiner Mutter zu verdanken. Sie war die Zofe der Königin. Seit sie 18 war hat sie für die Königin gearbeitet. Bei diesen Gedanken steigen mir die Tränen in die Augen. Warum? Ich werde sie nie wieder sehen. Genauso wie meinen Vater, meinen großen Bruder Jacob und meine kleine Schwester Ella.

Ich schmeiße mich auf das gigantische Bett, das Gesicht in meinen Händen vergraben... und weine. Schon wieder. Meine ganze Familie... ist tot. Sie wurden umgebracht! Von einem wildem Tier, einem Wolf. Das Ganze war erst gestern. Ich werde sie nie wieder sehen. Nie! Meine Lungen schnüren sich zusammen und ich muss heftig atmen.

Ein sehr großer, schwarzer Wolf ist bei uns ins Haus eingebrochen. Er ist einfach durch ein Fenster gesprungen. Vor meinen Augen, hat er meine ganze Familie in Stücke zerrissen. Ich habe Ella an der Hand genommen und wollte wegrennen. Aber sie ist gestürzt und hat mich mit auf den Boden gerissen. Schnell standen wir auf und rannten hinaus. Der weiße Schnee glitzerte im Mondschein. Für diesen Mörder-Wolf war es natürlich auch noch lustig uns nachzujagen. Er sprang vor uns hin und hat uns den Weg verstellt. Langsam ist er auf uns zu gekommen. Er hat Ella fixiert. Ich stellte mich ihm in den Weg. Ich wollte nicht, dass er Ella etwas antut. Neugierig schnüffelte er an mir, stieß mich mit einem Ruck weg und dann... biss er Ella in den Hals und in die Arme, in die Beine. Sie hatte solche Schmerzen und brach regungslos zusammen. Ihre Schreie wollen mir nicht aus dem Kopf gehen. Sie hat so gelitten! Ich habe geschrien er solle aufhören. Aber wie es zu erwarten war, hat er das natürlich nicht.
Das Letze was sie gesagt hat war: „Ich hab dich lieb Tess!"
Als sie dann nicht mehr geatmet hat, kam er auf mich zu und schnüffelte wieder. Dann schüttelte er den Kopf, als ob er es nicht glauben kann. Oder als ob ich stinken

würde... Mit langsamen Schritten entfernte er sich von mir ohne mich aus den Augen zu lassen. Dann war er weg. Und meine Familie tot! Alle! Bis auf mich. Warum hat er mich nicht auch zerstückelt? Warum hat er mich am Leben gelassen?

Ich kniete mich zu Ella. Aus den Wunden trat sehr viel Blut. Ich wollte sie wiederbeleben! Auch wenn ich wusste, dass es zu spät war. Ich weinte, ich schrie, ich kniete auf dem kalten Schnee, der rund um Ella rot gefärbt war. Ich hielt ihre Hand. Ich wollte es nicht wahrhaben. Nach kurzer Zeit hörte ich jemanden aufschreien. Kurz darauf wurden Ella und ich gefunden. Es waren unsere liebenswürdigen Nachbarn. Sie waren nicht zu Hause gewesen und haben deshalb nichts von dem grausamen Blutbad mitbekommen. Es war ein älteres Ehepaar. Sie waren für mich immer ein Oma/Opa Ersatz gewesen. Der ältere Mann, Fred wollte mich vergebens von Ella wegzerren. Er hat mehrmals gesagt, dass sie tot ist und dass ich nichts mehr für sie tun kann. Aber ich wollte ihren Leichnam nicht alleine lassen.

Letztendlich kamen die Wachen vom Schloss und haben mich weggetragen. Ins Schloss zur Königin. Mein Oma-

Ersatz, Berta ist zur Königin gelaufen. Sie wusste, dass meine Mutter ihre Zofe gewesen war. Es war schon spät am Abend und sie haben mich in einen Salon gebracht. Dort bekam ich eine warme Decke und heißen Tee. Ich war stark unterkühlt und stand unter Schock. Außerdem hatte ich das Blut meiner kleinen, geliebten Schwester an meinen Händen. Königin Sophia wollte mich beruhigen aber ich habe schweigend vor mich hingestarrt. Erst heute früh wurde ein Zimmer für mich hergerichtet. Ich habe die Diskussion zwischen König und Königin mit angehört. Die Königin wollte mich im Schloss behalten, da ich die Tochter ihrer Zofe bin. Der König nicht. Aber anscheinend hat sich die Königin durchgesetzt.

Bamm! So schnell kann dein gesamtes Leben auf den Kopf gestellt werden! Meine Familie ist tot und ich lebe bei der Königsfamilie.

# Kapitel 2

„Guten Morgen, Fräulein Tess", eine liebliche Stimme weckt mich aus meinem unruhigen Schlaf. Ich blicke in das Gesicht eines jungen Mädchens, sie ist vielleicht nur zwei Jahre älter als ich.
„Ich bin Ihr persönliches Dienstmädchen, Anna. In einer Stunde sollen Sie fertig zum Frühstück sein. Soll ich Ihnen ein Bad einlassen?"
Ich brauche einen Moment bis ich es verstanden habe. Ein Dienstmädchen? Eine Zofe? Ich? Nein! Ganz bestimmt nicht!
„Ähm... danke aber ich brauche keine Hilfe."
Ich sehe die Enttäuschung in Annas Augen.
„Aber die Königin hat mich geordert, Ihnen behilflich zu sein."
Ich möchte kein Dienstmädchen haben. Ich bin doch nur ein normales Mädchen! Aber ich möchte sie nicht verletzen.
„Oh... ähm na gut. Ja, ein Bad wäre schön!", versuche ich mit freudigerem Ton zu sagen.

Sofort strahlt Anna und eilt ins Bad. Ich strecke mich ausgiebig. Auch wenn das Bett noch so bequem ist, geschlafen habe ich nicht gut. Langsam und müde stampfe ich ins Bad. Gleich kommt Anna zu mir und will mir beim Ausziehen helfen.

„Danke, aber das schaffe ich wirklich allein. Würdest du mir etwas zum Anziehen heraussuchen?"

Ich lasse mich in das warme Wasser gleiten und genieße die Wärme. Naja soweit ich etwas genießen kann.

Als ich mit frisch gewaschenen Haaren in einem blauen Bademantel das Zimmer betrete, strahlt Anna vor sich hin.

„Darf ich Ihnen die Haare machen?", fragt sie ganz aufgeregt.

„Klar warum nicht?"

Eigentlich trage ich meine hellbraunen Haare immer offen. Ich sehe mich um, auf dem Bett liegen eine schöne, sehr teuer aussehende Jeans und eine weiße Bluse. Dieses Gewand habe ich noch nie gesehen.

„Ist das von der Königin?", frage ich und zeige auf die Kleidung.

„Ja, sie hat eine ganze Garderobe anfertigen lassen."

WAS?! Wofür denn? Ich habe doch genug Gewand. Anna macht ihre Arbeit wirklich gut. Sie zaubert mir wunderschöne große Wellen und steckt die vorderen Haare nach hinten.

Pünktlich um neun Uhr stehe ich vor dem Speisesaal. Ich gehe nervös vor der Tür auf und ab. Seit diesem Tag... bin ich ständig nervös und aufgebracht. Aber kann man es mir verübeln? Ich glaube nicht.

„Guten Morgen, Tess!"

Erschrocken drehe ich mich um und da steht der Prinz und lächelt mich mitfühlend an.

„Oh, guten Morgen Prinz Julian."

Ich knickse und versuche nicht hinzufallen. Seine leuchtend blauen Augen strahlen förmlich.

„Haben Sie gut geschlafen?"

„Naja, nicht wirklich. Es war ein sehr unruhiger Schlaf. Ich hoffe sehr, dass Sie besser geschlafen haben als ich."

Dann kommen auch schon der König, die Königin die sich bei ihrem Gatten untergehackt hat und hinterher die kleine Nicole. Einer der vielen Pinguine die im ganzen Schloss herumrennen, öffnet die Tür. Dankend nicke ich ihm zu. Das Essen ist wieder unfassbar lecker.

„Vater, ich habe dir den Vertrag um den du gebeten hast in dein Büro legen lassen", sagt Prinz Julian in sehr höflichem Ton.
Wow. Geht es bei ihnen immer so steif zu?
„Ja Julian, ich habe ihn schon gelesen, aber es sind sehr viele politische Fehler darin. Ich werde ihn selbst neu schreiben."
Enttäuscht blickt der Prinz auf seinen Teller und isst schweigend vor sich hin. Nicht einmal ein Lob, dass er es überhaupt gemacht hat?
„Königin Sophia, ich danke Ihnen wirklich von ganzem Herzen, dass Sie mich so herzlich aufnehmen, aber ein Dienstmädchen brauche ich wirklich nicht. Und eine neue Garderobe wäre auch nicht notwendig gewesen."
Ich sehe den König wie er seiner Frau einen Was-hast-du-gemacht?- Blick zuwirft und ich vermute, dass er nichts davon gewusst hat. Aber Königin Sophia ignoriert ihn und winkt einfach ab.
„Ich möchte doch nur das Beste für Sie. Nach dem Vorfall... Julian würdest du Tess nachher bitte das Schloss zeigen?"
„Natürlich Mutter!"

An meiner Tür klopft es, Anna eilt und will die Tür öffnen aber da ich sowieso näher bin als sie, übernehme ich es.
„Oh. Tess. Ich dachte nicht dass Sie die Tür öffnen. Sind Sie fertig?"
Ich setzte ein falsches Lächeln auf und nicke. Wir durchschreiten jeden Flur, jede Treppe und noch nie ist mir das Schloss so riesig vorgekommen. Und es ist riesig!
„Hier befinden sich die Privatgemächer von meinen Eltern, meiner Schwester und natürlich mir. Dort ist das Arbeitszimmer von meinem Vater und dort ist meines. Falls Sie einmal etwas brauchen, können Sie jederzeit zu mir kommen."
Vertrauensvoll lächelt er mich an. An jeder Ecke stehen Wachen. Überall wird man beobachtet.
Wir betreten den Schlossgarten. Ich sehe viele kahle Bäume und Sträucher. Die Wachen werden immer weniger. Bald kommen uns nur noch ganz wenige entgegen. Ich merke wie Julian, oh sorry, Prinz Julian sich lockert. Seine steife Haltung ist wohl nur gespielt. Wir gehen auf eine der zahlreichen Bänke zu und setzen uns.

„Es tut mir wirklich sehr leid, was geschehen ist. Es muss schwer für Sie sein!", seine Stimme ist leise aber fest.
Sofort bildet sich in meinem Hals ein Knoten, meine Lunge schnürt sich zu und Tränen steigen mir in die Augen. Nein, ich will nicht weinen. Nicht in Gegenwart des Prinzen. Ich nicke nur stumm und kämpfe stark gegen meine Tränen an.
„Oh bitte, nicht weinen! Haben Sie schon mit jemanden darüber geredet?"
Ich schüttle den Kopf.
„Sie können mit mir reden, wenn Sie wollen. Sie können mir vertrauen!"
„Wie kann ich mir sicher sein?"
„Oh, das können Sie nicht. Aber ich sage Ihnen nur Jenes. Ich habe meine Kindheit allein verbracht. Ich weiß nicht, wie ich mich verhalten soll, wenn Sie jetzt weinen. Ich habe keine Freunde. Zumindest Freunde, denen ich alles erzählen kann. Wenn eine Freundschaft mit dem Sohn des Botschafters von Frankreich als Freundschaft zählt habe ich einige. Aber richtige Freunde. Noch nie. Ich dachte mir, da Sie ja jetzt wohl für längere Zeit hier bleiben, könnten wir uns doch anfreunden."

Oh wow. Er hat ja wirklich sowas von gar keine Ahnung.

„Man merkt, dass Sie keine Freunde haben. So funktioniert eine Freundschaft nicht. Eine Freundschaft ist nicht einfach nur da, sie wächst."

Prinz Julian sieht mich verwirrt an.

„Oh, okay. Ich dachte jetzt kommt etwas in der Art wie: „Oh mein Gott! Ich wollte schon immer mit dem Prinzen befreundet sein! Endlich geht mein Traum in Erfüllung!" Aber Sie sind anders", dabei wird seine Stimme um Einiges höher, weil er eine Mädchenstimme nachmachen will.

Der Prinz ist der Erste der mich zum Lachen bringt.

„Tja, ich bin wohl das einzige Mädchen in ganz Flow, dass nicht auf Sie scharf ist, wenn ich das so ausdrücken darf", gestehe ich ihm ein bisschen belustigt.

„Sie dürfen! Darf ich fragen, warum Sie das einzige Mädchen sind, das nicht scharf auf mich ist? Sehe ich etwa nicht gut aus?"

Aus dem Mund eines Prinzen klingt es tausendmal lustiger. Prinz Julian ist ganz anders als ich dachte. Er hat ja doch einen Charakter.

„Eigentlich sind Sie ja ganz hübsch. Aber... Sie sind der Prinz! Für was soll ich mir großartig Hoffnungen machen, wenn ich doch nur ein normales Dorfmädchen bin", gestehe ich ihm.

„Darf ich etwas anmerken?-", noch bevor er weiter reden kann, ahme ich ihn nach: „Sie dürfen!" Er fängt zu lachen an und redet weiter: „Sie sind ein Dorfmädchen, das ab jetzt im Schloss wohnt!"

„Ja aber auch nur, weil...", ich muss einmal Schlucken, ... „meine ganze Familie tot ist!"

Wieder kommen mir die Tränen, sie kommen so überraschend, dass ich sie nicht zurückhalten kann. Ich stehe auf und drehe mich vom Prinzen weg, damit er nicht meine Tränen sieht.

„Tess. Bitte. Nicht weinen", fleht er schon fast.

Er steht ebenfalls auf und stellt sich vor mich. Dann nimmt er mich in den Arm. Die Wärme, die er ausstrahlt, tut gut. Obwohl ich eine Jacke anhabe, ist mir ein bisschen kalt.

„Alles wird wieder gut!", flüstert er.

„Nichts wird wieder gut! Sie sind tot! Alle! Meine Eltern! Meine Geschwister! Einfach weg! Ich werde sie nie wiedersehen! Nichts wird wieder gut! Verstehen Sie das

nicht? Nicht einmal Sie können sie mir wiederbringen!", schreie ich ihn an und es tut mir sofort danach leid.
Oh Gott. Ich habe den Prinzen angeschrienen, weil er mich trösten wollte. Ich hocke mich auf den Boden. Der Schnee ist inzwischen weg und die Erde ist zum Vorschein gekommen.
„Es tut mir leid! Ich wollte Sie nicht anschreien! Sie sind der Prinz!", wimmere ich.
Er hockt sich zu mir und sagt: „Schon gut, ich bin auch nur ein... Mensch! Kommen Sie, ich bringe Sie wieder hinein. Sie brauchen dringend eine beruhigende Tasse Tee."

„Zwei Tassen Pfefferminztee bitte!", ordert Julian, dann richtet er sich an mich, „Sie mögen doch Pfefferminztee?"
Pfefferminztee? Mein Lieblingstee.
„Ja, danke. Wollen Sie über Ihre Familie reden?", fragt er ruhig.
Ich überlege kurz. Will ich das? Über meine tote Familie reden?
„Ich hatte zwei Geschwister. Meinen älteren Bruder Jacob und meine kleine Schwester Ella. Jacob war Musiker.

Deshalb kann ich auch ein bisschen Gitarre. Er wollte mich immer beschützen. Ella, sie war doch erst 12... Sie war immer mein kleiner Engel. Mit ihren blonden Haaren. Alle in meiner Familie sind blond... nur ich nicht. Das ist doch wohl eher braun als blond. Aber egal. Meine Mutter war hier Zofe, wie du sicher, oh tut mir leid, wie Sie bestimmt wissen. Mein Vater war in einem Bergwerk tätig. Tja und dann noch ich. Das Mädchen für alles."

Ich muss leise kichern nur damit mir danach wieder die Tränen kommen.

„Mir kommt es vor als würde ich seit Tagen heulen", schniefe ich und lächle mild.

„Naja es ist bestimmt nicht leicht für Sie zu verarbeiten. Was haben Sie vor, wenn Sie 18 sind?"

Gute Frage!

„Naja meine Mutter wollte, dass ich ebenfalls Zofe werde, ich meine sie zwang mich nie dazu, aber es war ihr Wunsch. Nicht meiner. Ich würde gerne Autorin werden. Ich liebe Bücher."

Der Butler kommt mit einem Tablett herein und stellt es vor uns auf den kleinen Tisch.

„Hier laufen überall Pinguine herum!", flüstere ich ihm zu.

Er sieht mich stark verwirrt an.
„Die Butler, sie sehen aus wie Pinguine. Naja ich bin das erste Mal in einem Schloss."
Leise kichert Julian vor sich hin.
„Gefällt es Ihnen hier?"
„Es sieht aus wie ein Käfig. Ein goldener Käfig. Ich meine, das Schloss ist echt schön... aber. waren Sie schon einmal außerhalb der Mauern?"
Bedrückt sieht er zu Boden, was genug Antwort ist.
„Haben Sie vorhin in der Küche gesehen, was alles weggeschmissen wird? Da draußen verhungern die Menschen! An Weihnachten hatten wir gerade einmal einen kleinen Baum ohne Geschenke, ohne großes Essen, ohne Wärme. Wir sind alle mit Jacken im Wohnzimmer gesessen. Weil wir es uns nicht besser leisten konnten..."
„Aber trotzdem wart ihr eine Familie. Etwas, das ich nicht kenne! Wir haben Reichtum, einen riesigen Baum mit vielen Geschenken, die keiner braucht. Aber wir waren nie eine Familie. Ich weiß meine Mutter liebt Nici und mich. Sie will immer nur das Beste für uns. Aber sie hat viel zu wenig Zeit für uns Kinder. Und dann erst mein Vater. Er ist ein guter König, aber kein Vater! Immer hat er etwas

an mir oder meiner Arbeit auszusetzen! Julian, steh gerade. Lächle! Du gehst völlig falsch an das Thema heran. Und einiges mehr. Es gab hier nie dieses Familiengefühl, aber ich kenne es auch nicht anders. Wissen Sie, ich stehe unter sehr großem Druck. In zwei Monaten soll meine Krönung sein und meinem Vater nach, bin ich noch lange nicht reif genug dafür. Außerdem machen sie Druck, dass ich eine Frau brauche. Natürlich wäre ihnen eine dieser oberflächlichen Zicken vom anderen Ende der Welt nur sehr recht. Politisch gebe es keine bessere Wahl. Aber ich... Ich meine, soll ich eine völlig fremde Frau heiraten? Von der ich nichts weiß? Nur weil es politisch richtig wäre? Mein Vater hat noch nie Wert auf meine Gefühle gegeben. Das wird sich wohl auch nicht ändern."

Ich trinke einen Schluck von dem köstlichen Tee. Ein bisschen überwältigt, antworte ich dann: „Ich bin der Meinung, Sie sollten die Frau heiraten, die Sie lieben."

„Ja, denke ich auch. Aber ich komme doch nie hier raus. Gerne würde ich Undercover ein paar Tage unter meinem zukünftigen Volk leben. Aber das erlaubt mir Vater nie."

„Fragen Sie ihn doch. Betteln Sie solange, bis er Sie lässt. Oder gehen Sie zuerst zu Ihrer Mutter, überzeugen Sie sie und dann muss Ihr Vater doch einwilligen", schlage ich vor.

„Würden Sie mich begleiten? Wenn ich dürfte?"

„Was? Ich?"

„Sie kennen sich doch dort draußen aus! Würden Sie?", sagt er begeistert von der Idee. Ich habe ihn völlig falsch eingeschätzt. Julian ist überhaupt nicht spießig und langweilig. Er ist nicht wie sein Vater.

„Ja, ich würde mitgehen!", antworte ich lächelnd.

# Kapitel 3

„Ich glaube nicht, dass ich das tatsächlich mache!"
Begeistert sieht mich Julian an.
„Wow, du siehst echt gut aus!", sage ich ebenfalls begeistert, aber nicht von der Tatsache, dass wir uns unter das Volk mischen, sondern von Julian selbst. Mit seinem strahlenden Lächeln und seinen leuchtenden Augen. Jeder kennt Julian. Aber keiner kennt den dunkelhaarigen, Brille tragenden Andreas vor mir. Der normale Junge von neben an. Nicht der Prinz.
Vor zwei Wochen war die Idee geboren und jetzt setzen wir sie um. Am Tag nach der Idee hat mir Julian das Du Wort angetragen. Eigentlich haben wir uns richtig gut angefreundet. Ich genieße das Leben im Schloss. Es bringt mich auf andere Gedanken. Julian alias Andy bringt mich auf andere Gedanken.
„Bereit dein königliches Leben hinter dir zu lassen, für eine Woche?", frage ich mit einem breitem Grinsen auf dem Gesicht.
„Natürlich!"

Ich mache einen Knicks vor dem König und der Königin und gehe danach durch das große Tor.
„Vergiss nicht den Ball! Da bist du wieder zurück!", schreit sein Vater uns nach. Aber Julian ignoriert ihn.
Julian folgt mir auf Schritt und Tritt. Es ist das erste Mal, dass ich ihn nicht in seinem königlichen Aufzug sehe, sondern in normaler Jeans und T-Shirt. Natürlich ein blaues Shirt, das seine Augen noch mehr betont.
Hohe, kahle Bäume neben dem holprigen Weg. Es ist jetzt Mitte Jänner.
„Wohin gehen wir?"
„Zu meinen Ersatz-Großeltern Fred und Berta. Sie waren meine Nachbarn und immer für mich da. Sie haben mich ins Schloss gebracht."
„Oh okay. Sie werden wissen wer ich bin oder?"
„Davon kannst du ausgehen, aber sie werden niemanden etwas sagen! Ich vertraue ihnen! Es ist nicht mehr weit!", sage ich und meine Stimme zittert etwas von der Kälte.

Ich werde unbewusst langsamer als wir an meinem alten Haus vorbeigehen. Aber ich habe mich damit abgefunden, ich werde meine Familie nie wiedersehen! Sie sind tot.

Und ich lebe für sie weiter! Entschlossen gehe ich auf das kleine grüne Haus nebenan zu. Ich klopfe an die Holztür und höre von innen eine alte Frau rufen: „Wer ist da?"
„Ich bin's. Tess!"
Sofort beschleunigen sich die Schritte hinter der Tür.
„Oh Tess! Ich bin ja so froh dich zu sehen! Wie geht es dir? Alles gut? Wieso bist du hier und nicht im Schloss? Ach, du bist ja ganz kalt. Schnell komm rein, ich mache dir Tee", dann blickt sie misstrauisch auf den jungen Mann neben mir, „Wer ist das?"
„Das ist Andreas alias Julian Woolf von Flow, der Prinz. Aber du darfst keinem sagen, dass er hier ist. Er ist Undercover unterwegs."
Ich sehe wie das Blut aus Bertas Gesicht entweicht. Dann knickst sie höflich, wobei ihre alten Knochen krachen.
„Freut mich sehr, Sie kennen lernen zu dürfen, werter Prinz."
Julian macht eine galante Verbeugung und antwortet: „Die Ehre liegt ganz meinerseits, Berta!"

Wir setzten uns auf die kleine Bank und lassen uns vom Kaminfeuer wärmen. Fred hat sich zu uns gesellt und ist wie Berta ganz aus dem Häuschen. Wegen Julian und mir. Ich erzähle ihnen von dem guten Essen, dem bequemen Bett und dem anderen Luxus und wie sehr mir Julian durch diese schwere Zeit geholfen hat.

„Also Kinder, wieso seid ihr nicht im Schloss?", fragt Fred mit seiner beruhigenden Opa Stimme.

„Naja, Julian wird bald gekrönt und er war noch nie außerhalb der Schlossmauern."

„Da habe ich beschlossen für eine Woche als gewöhnlicher Bürger zu leben um mein Volk besser verstehen zu können. Und Tess kommt mit, da ich mich sonst nie im Leben hier zurechtfinden würde."

Es ist schön gerade von Julian zu hören, dass er auch nicht perfekt ist. Im Fernsehen ja, aber im echten Leben ist er ganz anders. Er ist aufrichtig, verlässlich und respektabel. Was man von seinem Vater nicht sagen kann. Aber auch Julian hat seine Macken. Er ist stur wie ein Esel, teilweise sehr introvertiert und sehr selten etwas aggressiv. Aber es kommt vor. Zu meinem Glück, geht er mir dann aus dem Weg.

„Und läuft da was zwischen euch?", fragt Fred spitzbübisch. Julian und ich blicken uns gleichzeitig erschrocken an.
„Fred!", schreit Berta ganz entsetzt.
„Schon gut, ich kann Ihre Neugier gut nachvollziehen. Also Tess? Was läuft zwischen uns? Ich bin gespannt auf deine Antwort!"
Mit offenen Mund starre ich Julian an. Das kann doch nicht sein Ernst sein oder?
„War doch nur Spaß, keine Sorge! Wir sind gute Freunde, Fred."
Ach du Scheiße! Ich bekomm beinahe einen Herzinfarkt wegen Julian.
„Jetzt schau nicht so, Tess!"
„Wie schau ich denn?", sage ich immer noch geschockt.
„Wie ein Maikäfer wenn es blitzt!"
Wir Vier fangen an zu lachen.
„Dürfen wir heute Nacht hier bleiben? Bitte!", frage ich und setzte meine Liebes-Kleines-Mädchen-Unschuldsmiene auf.
„Natürlich, doch ich habe nur ein Gästezimmer. Aber in der Nacht wird es noch kälter, dann könnt ihr euch an

einander kuscheln", meint Fred und zwinkert mir zu. Worauf ich wieder nur zu lachen weiß.

Noch lange reden wir, dann gehen Julian und ich auf den Markt um etwas Essen zu kaufen. Geld hat Julian ja genug mit. Damit könnten wir ein knappes Jahr überleben. Auf dem großen Platz stehen lauter Stände mit Gemüse, Brot, Kleidung, Kräutern und Medizin.
„Oh mein Gott!"
Julian sieht besorgt auf den Platz. Stimmt, er hat noch nie die Armut hier gesehen. Für mich ist es normal. Die Leute hier, tragen nur dünne Kleidung, keine Schuhe, sind ausgehungert, und dass im tiefsten Winter.
„Fall jetzt bloß nicht auf! Komm!"
Aber so wie er aussieht ist das unmöglich. Er ist gepflegt, nicht abgemagert... Am ersten Gemüsestand kaufen wir Kartoffeln, mehr gibt es um diese Zeit hier nicht.
Sofort werde ich auf meine Familie angeredet. Von allen Seiten kommt, „Es tut mir ja so leid für dich!" Dabei steigen mir natürlich die Tränen in die Augen, aber inzwischen kann ich viel besser damit umgehen. Ich weine nicht! Nicht mehr!

„Alles okay?", flüstert Julian mir ins Ohr.
„Ja, sicher...!"
Als wir an den Stand mit dem Brot kommen kaufen wir zwei Wecken. So viel habe ich noch nie auf einmal gekauft.
„Wer ist denn dieser attraktive Mann neben dir, Tess?", fragt mich Stella.
Ich kaufe mein Brot immer bei ihr. Sie ist eine Frau die in der Mitte ihres Lebens steht. Sie ist aus der ganz armen Schicht. Deshalb kaufe ich ihr Brot. Sie braucht das Geld dringend.
„Das ist Andreas. Er kommt aus Old Fork."
Julian grinst in sich hinein und ich weiß genau wieso. *Attraktiver Mann* gefällt ihm. Aber es stimmt. Die dunklen Haare stehen ihm wirklich gut und die Brille lässt ihn sehr klug wirken. Er ist wirklich sehr hübsch.
„Hallo Andreas aus Old Fork!", begrüßt sie ihn mit einem mütterlichem Lächeln.
„Es ist mir eine Eh..." ich trete ihm unauffällig aber fest auf den Fuß. Er verzieht kurz sein Gesicht vor Überraschung und Schmerz.
„Hallo!"

„Wir müssen dann auch mal weiter, wir kommen morgen wieder! Tschüss!"

Julian blickt mich finster an.

„Tut mir leid, aber deine Höflichkeiten sind hier am falschen Platz. Da fliegst du nach ein paar Minuten auf. Keiner ist hier so höflich!"

Er verdreht die Augen und ich muss lächeln. Als er mich dann auch anlächelt ist alles wieder gut.

„Gibt es hier nirgends Fleisch?", fragt er erstaunt und sieht sich um.

„Doch, aber glaub mir, das willst du bestimmt nicht essen. Davon wirst du nur krank. Außerdem ist es überteuert. Komm wir gehen zurück!"

Es ist nur ein Fußmarsch von einer halben Stunde, aber mir tun meine Füße weh. Ich bin es nicht mehr gewohnt so viel an einem Tag zu gehen. Vom Schloss hierher, dann zum Markt und wieder zurück. Mich wundert es, dass Julian nichts sagt.

# Kapitel 4

„Kannst du kochen? Okay, nein ich nehme die Frage wieder zurück!"

„Ich kann kochen! Tee!", lacht Julian.

„Kannst du mir wenigstens die Kartoffeln schälen?"

„Na klar doch!"

Also jetzt bin ich mal gespannt. Während ich die Eier aufschlage und brate sehe ich misstrauisch zu Julian. Ich sehe wie sehr er sich bemüht, aber er braucht für eine Kartoffel eine viertel Stunde! Ich stelle mich neben ihn und nehme ihm wortlos die Kartoffel und das Messer aus der Hand. Dabei berühren sich unsere Hände und in meinem Inneren kribbelt es... ein bisschen.

„Wenn du das Messer so hältst funktioniert es besser."

Er nimmt die Kartoffel und ich schaue extra, dass wir uns nicht berühren. Es weckt Gefühle, die ich nicht empfinden darf. Immerhin ist er der Prinz. Und ich das Dorfmädchen.

„Berta, Fred? Kommt ihr essen?", die Sonne ist schon untergegangen und im Haus wird es immer kälter.

Kartoffelpüree mit Spiegeleiern und Brot. Das war mein tägliches Essen. Kritisch betrachtet Julian es.
„Ich weiß du bist Besseres gewöhnt aber dein Volk kann sich nichts besseres leisten."
„Das Leben hier... es ist wirklich..."
„Beschissen?", helfe ich ihm aus.
„Ich wollte sagen hart, aber das trifft es auch!"
Berta und Fred betrachten uns genau. Ich weiß nicht was sie sich denken. Ich glaube ich will es gar nicht wissen.
„Ich habe euch das Gästezimmer hergerichtet!", sagt Berta stolz.
„Dankeschön, das ist sehr kulant von Ihnen!"
Er kann es einfach nicht lassen. Aber das ist auch gut so.

Nach dem Essen gehen Julian und ich auf das Zimmer. Zum Glück ist es ein Doppelbett. Aber mit dem Prinzen in einem Bett? Ich gehe ins kleine Bad und ziehe mir einen dicken Pulli und eine warme Flanellhose an. Ich sehe in den Spiegel, ich dachte ich würde schlimmer aussehen! Mitgenommener. Aber es ist eigentlich in Ordnung. Keine Augenringe, was mich wundert. Ich gehe zurück ins

Zimmer und sehe wie Julian im Bett liegt und auf seinem Handy ein paar Nachrichten checkt.
Unschlüssig stehe ich im Zimmer. Soll ich mich einfach zu ihm legen, oder...
„Soll ich vielleicht auf der Couch schlafen?"
Im Innersten hoffe ich, dass er sagt: „Nein bitte leg dich doch hier zu mir.“
Aber wahrscheinlicher ist es, dass er sagt: „Ja das wäre nett von dir!"
Und seine tatsächliche Antwort haut mich sprichwörtlich aus den Socken.
„Ich habe kein Problem wenn du hier schlafen willst, außer du brauchst deine Privatsphäre oder so."
Ich und Privatsphäre?
„Welche Privatsphäre? Mein Leben ist doch sowieso ein offenes Buch! Jeder weiß alles über mich!", sage ich und lege mich zu ihm.
Sofort ziehe ich die Decke bis hoch zum Kopf. Julian schaltet das Licht aus und fragt mich: „Wie habe ich mich so geschlagen? In deinem Leben?"
„Das ist nicht mehr mein Leben...! Ohne mich würdest du keine Woche überleben! Du bist viel zu höflich und

würdest das Geld das du hast sofort ausgeben, statt es einzuteilen!"

Er dreht sich zu mir, sodass er direkt vor meinem Gesicht liegt. Im Mondlicht strahlen seine Augen. Sie strahlen zwar immer aber im Mondlicht strahlen sie besonders blau.

„Als ob das ein richtiges Problem wäre. Ich bin halt höflich und das Geld habe ich auch!", er lächelt schwach.

„Oh, das ist es! Die Leute hier sind keine verwöhnten Prinzen gewöhnt!"

„Okay ich versuche morgen ein bisschen bäuerlicher zu wirken. Gute Nacht und schlaf gut, Tess!"

„Gute Nacht."

Wenn man mit „Gute Nacht“ auch einschlafen könnte, wäre es echt super. Keine Ahnung wie lange ich schon munter bin, aber ich friere mir hier gerade den Arsch ab. Obwohl ich so viel an habe... Ich starre aus dem Fenster von dem so viel kühle Luft hereinzieht, und das wo es doch geschlossen ist. Der Mond nimmt zu. Bald müsste wieder Vollmond sein. Irgendwann nächste Woche. Ich mag den Mond. Für mich ist er irgendwie mehr als ein grauer, kalter

Stein, der am Himmel leuchtet. Er hat mir immer Hoffnung gespendet, wenn ich traurig war.
„Ist dir kalt?", flüstert eine Stimme, die nur von Julian kommen kann. Sogar diese drei Wörtchen klingen höflich und förmlich.
„Ja dir etwa nicht?", frage ich entsetzt und drehe mich um, um ihn besser sehen zu können.
„Es geht. Komm her!"
„Was?"
„Du sollst zu mir herüber rutschen! Ich kann dich wärmen."
Meint er das ernst? Aber so kalt wie mir ist, ist mir alles recht. Ich rutsche auf seine Seite hinüber, er hebt die Decke, damit ich darunter kann. Bei ihm ist es so viel wärmer. Behutsam legt er den Arm um mich und ich bette meinen Kopf auf seine Brust. Es ist schön seine Nähe zu spüren. Und seine Wärme.
„Du bist echt kalt!"
„Soll ich wieder weg?"
„Nein! Nein, bitte nicht!"

„Ist königliches Blut irgendwie wärmer oder so?", sage ich aus Spaß und immer noch verwundert, dass er so warm ist. Und so gut riecht! Nach Natur!
„So ähnlich...! Versuch jetzt zu schlafen, okay?", sagt er mit einer beruhigenden Stimme und streicht mit seiner Hand über meine Haare. Wie soll ich bei seinen Berührungen nur schlafen können?
Es bringt mich zum Lächeln, ich höre Julians Herz und es schlägt schneller! Schneller als es normal ist. Auch sein Atem geht zu schnell! Schön, dass sein Körper auf mich reagiert!

# KAPITEL 5

„Also denk dran, nicht so höflich!", flüstere ich ihm ins Ohr während wir auf dem Markt unsere Runde drehen und wieder bei Stella stehen bleiben. Diesmal kaufen wir Semmeln.

„Ist das dein Freund, Tess?", fragt sie scheinheilig.

„Nein!", sage ich erschrocken.

„Ja!", sagt Julian gleichzeitig. Und ich sehe ihn verwirrt an.

„Oh wie süß... junge Liebe! Andy, mit Tess hast du einen wirklich guten Fang gemacht! Halt sie gut fest!", schwärmt Stella.

Ich merke, wie ich mich in eine Tomate verwandle. Eine knallrote Tomate.

„Oh das werde ich!", verspricht Julian und sieht lächelnd auf mich herab. Er ist mehr als einen halben Kopf größer als ich.

Aber mit diesem Gespräch taucht eine Frage in meinem Kopf auf. Ist da etwas Wahres daran? Oder ist Julian nur ein guter Schauspieler? Gehöre ich nur zu seinem Andreas-Leben? Denn bald bin ich wieder aus seinem

Leben verschwunden. Die paar Wochen die ich im Schloss gelebt habe sind wie im Flug vergangen.
Nachdem wir unseren Einkauf zu Berta in die Küche gebracht haben, gehen wir wieder hinaus. Einen Platz möchte ich Julian wirklich sehr gerne zeigen. Einen Platz, den nur ich kenne. Wir gehen in den angrenzenden Wald. Um die Stelle wo Ella gestorben ist mache ich einen riesigen Bogen. In meiner Tasche habe ich etwas zu trinken und etwas zu essen mitgenommen.
Die Sonne scheint durch die kahlen Bäume auf denen eine dünne Eisschicht zu sehen ist. Der Boden ist glatt, sehr glatt und ich hoffe ich falle nicht hin.
Die ganze Zeit denke ich daran wie Julian gemeint hat wir sind zusammen, es heißt doch immer in jeder Lüge ist ein kleiner Funke Wahrheit. Aber soll ich mich auf das verlassen? Ich weiß, ich darf nicht so empfinden wie ich eben empfinde! Andauernd sehe ich vor meinem inneren Auge, Julian. Dieses Gefühl wie er mich gestern Nacht gewärmt hat. Dieses Gefühl wie ich neben ihm aufwachte! Ein Gefühl das ich nicht haben darf! Ein Gefühl das ich verzweifelt zu unterdrücken versuche. Ein Gefühl, das sich so richtig anfühlt.

Ich trete auf die Lichtung. Der Fluss der zur Hälfte zugefroren ist, rinnt den Abhang hinunter. An der anderen Seite stehen Tannenbäume, dass einzige Grüne das ich hier sehe. Das Rauschen des Wassers, erfüllt meine Ohren wie Musik. Ich schließe die Augen und atme tief durch. Die frische Naturluft. Ich liebe diesen Geruch. Ich drehe mich Richtung Abhang. Es ist ein schöner und jedoch trauriger Anblick zugleich. All die kleinen Häuser. Die großen Fabriken im Hintergrund, aus denen viel schwarzer Rauch aufsteigt. Aber die Wälder. Die kahlen Wälder. Das Eis glitzert und schimmert bunt im Licht der Sonne. Allerdings geht diese bald unter. Da würde ich dann lieber im Haus sein als hier im Wald. Bei den Wölfen. Mein Vater hat mir zum Geburtstag eine gewöhnliche gebrauchte Parkbank besorgt, die wir hier gemeinsam aufgestellt haben. Ich hole die Decke aus der Tasche und lege sie darauf. Dann setzen wir uns. Ich habe das Gefühl Julian setzt sich näher als nötig. Aber wahrscheinlich ist das nur mein Wunschdenken! Schnell verwerfe ich den Gedanken wieder.

„Es ist wunderschön hier!", staunt Julian und genießt den Anblick.
„Das hast du vom Schloss aus nie gesehen oder?"
„Nein!", dann sieht er mir direkt in die Augen und das Blau seiner Augen bringt mich beinahe um den Verstand, „Tess, ich... das vorhin... danke, dass du das mit mir durchmachst."
„Du warst für mich da, als ich niemanden gehabt habe. Nun bin ich für dich da! So funktioniert Freundschaft."
Eine Weile sitzen wir einfach nur still da, aber keinen stört es. Julian hängt seinen Gedanken nach und ich den meinen. Die sich natürlich nur um Julian drehen. Ich kenne mich selbst nicht so. Es nervt einfach nur, dass ich andauernd an ihn denken muss. Egal ob er bei mir ist oder nicht! Alles in meinem Kopf und in meinem Herzen schreit nach Julian. Je mehr ich versuche, diese Gedanken an ihn zu verdrängen desto größer wird das Gefühl. Aber wenn ich es zulasse... Ich möchte nicht verletzt werden. Ich will Julian nicht als Freund verlieren, auch wenn ich nicht mehr im Schloss lebe. Wenn ich mir Hoffnungen mache auf eine gemeinsame Zukunft, die es nie geben wird. Er ist der Prinz. Ich das Dorfmädchen! Das wird

immer so bleiben und sich nicht ändern. Sein Vater würde es nie zulassen, geschweige denn Julian möchte es.

„Na wie war euer Tag?", fragt Berta beim Abendessen das aus Kartoffelsuppe und Semmeln besteht. Wenigstens ist es warm.
Danach sehen wir uns die Nachrichten aus dem Schloss an, die zweimal wöchentlich ausgestrahlt werden. Fast alle Menschen schauen es sich an, da dieser Sender kostenlos ist. Damit ist er der Einzige. Auf dem kleinen Bildschirm erscheinen das Wappen und die Nationalhymne. Dann sieht man die Königsfamilie. Ohne Julian. Was wohl ihre Ausrede ist?
„Willkommen meine sehr geehrten Damen und Herren! Heute berichten wir über den Ball, der bald vor der Tür steht. Dazu noch einige politische Meinungen. Und - das erste Mal haben wir das Volk befragt, was es von der Regierung hält. Aber zuerst wollen wir doch alle wissen, was mit Prinz Julian ist. Wo ist er, König Maximilian?", fragt der Moderator der Show.
„Nun ja, leider ist Prinz Julian erkrankt und fühlt sich nicht in der Lage hier in den Nachrichten Auskunft über den

Ball, die Krönung oder seine Suche nach einer geeigneten Königin zu geben. Wenn es Sie beruhigt, werde ich Ihnen so viel Auskunft wie möglich geben", sagt der König mit einem gefühlslosen Gesicht.

Er sitzt kerzengerade. So wie es Julian immer gemacht hat. Deshalb habe ich ihn auch für oberflächlich gehalten.

„Oh Gott, was wird er nur erzählen?", stöhnt der Prinz neben mir genervt.

„Am allermeisten interessiert, so glaube ich nicht nur mich sondern auch das Volk, die Suche nach einer Gemahlin. Gibt es denn ein besonderes Mädchen?", neugierig schaut er den König an. Die kleine Nici kann sich ein Lächeln nicht verkneifen. Auch sie sitzt so ungewöhnlich gerade und hat immer ein schwaches Lächeln auf den Lippen. Ich möchte die Antwort eigentlich nicht hören. Gibt es jemanden?

„Es tut mir leid, Sie enttäuschen zu müssen, aber mein Sohn sucht sehr genau um ja die Richtige zu finden. Deshalb weiß ich noch nichts. Aber ich werde Sie auf jeden Fall auf dem Laufenden halten."

Nach der einstündigen Sendung gingen wir auf unser Zimmer. Wie sich das anhört. Unser Zimmer! Es ist wenn möglich sogar noch kälter als gestern. Die Sonne ist weg und die Zeit verstrich wie im Flug. Inzwischen ist es 10 Uhr und ich bin hundemüde. Mein Muskelkater an den Füßen macht mir zu schaffen, jeder Schritt tut weh.

„Tut dir denn nichts weh?", frage ich erstaunt.

Er liegt bereits auf seiner Seite und legt die Hände über die Decke. Mich würde frieren. Ich gehe um das Bett herum und mich friert jetzt schon so.

„Sollte es?"

„Ähm... naja eigentlich schon."

Schließlich lege ich mich auch ins Bett. Natürlich wie ich befürchtete ist mir verdammt kalt. Meine Nase ist ein Eiszapfen. Zumindest fühlt sie sich so an.

„Ach komm her bevor du erfrierst."

Ich lächle glücklich darüber. Sehr glücklich sogar. Ich krieche unter seine warme Decke und er legt den Arm um meine Schulter und drückt mich sanft zu ihm. Überraschend schnell wird mir angenehm warm und ich fühle mich einfach nur wohl und schlafe friedlich ein. Nur sollte das nicht allzu lange andauern.

„Aaauuuuuuuhhhhhh!", höre ich ganz in der Nähe vom Haus und ich schrecke sofort hoch. Ungewollt spielt sich die ganze Szene von dem Tod meiner Familie vor meinen Augen ab. Jedes noch so kleine Detail. Denn was ich gehört habe ist ein Wolf. Und er ist ganz nah.
„Tess? Was ist denn los?"
Gerade habe ich noch auf seiner Brust geschlafen und jetzt sitze ich hellwach im Bett.
„Da ist ein Wolf! Ganz nah!", während ich das sage, steigen mir die Tränen in die Augen.
„Mach dir keine Sorgen, der wird sich nicht hierher trauen!", will er mich beruhigen.
„Nein? Hat er aber erst vor paar Wochen! Falls du dich erinnerst, er hat meine Familie abgeschlachtet! Und jetzt ist er hier! Oh Gott, wenn er Berta, Fred oder... dich umbringt!"
„Ich werde nicht zulassen, dass hier jemand irgendwem umbringt!"
„Es ist kein jemand! Es ist ein Wolf! Ein Wolf Julian! Wenn er im Haus ist, kannst nicht einmal du uns schützen!", versuche ich zu flüstern aber es fällt etwas

lauter aus. Julian legt seine Hand auf meine Wange und streicht mit dem Daumen meine Tränen weg. Als ob ich nicht gerade schon aufgebracht genug wäre. Seine Berührung ist so zärtlich und liebevoll. Wieder ertönt ein Heulen, aber diesmal weiter weg.

„Du wärst überrascht, was ich könnte!"

# KAPITEL 6

Irgendwann bin ich also doch eingeschlafen. Und jetzt bin ich wach! Ein Blick aus dem Fenster verrät mir, dass der Tag schon gelaufen ist. Es regnet wie in Strömen. Ein Blick auf die andere Seite ist mir um einiges lieber! Julian, er schläft friedlich. Seine langen Wimpern berühren beinahe seine Wangenknochen. Seine Lippen, seine vollen zum Küssen einladenden Lippen.

„Du starrst mich an!", flüstert er leise, lächelt und macht seine Augen auf nur damit ich das unglaubliche Blau darin sehe. Was soll ich jetzt bloß sagen?

„Ähm... nein... hab ich nicht! Gut geschlafen?", versuche ich vom Thema abzulenken.

„Kommt darauf an. Bevor der Wolf geheult hat ja, danach nein."

„Tut mir leid!"

„Da bist nicht du daran schuld. Zumindest nicht ganz...! Es regnet!"

„Ja, ziemlich blöd. Was willst du machen?"

„Was machen die Leute hier wenn es regnet?", langsam setzt er sich auf damit er mich besser beobachten kann, ich mache es genauso.
„Naja, lesen, arbeiten, wer es sich leisten kann fernsehen. Also nichts Aufregendes."
Julian steht auf und geht um das Bett herum zum Fenster. Er sieht in den Wald hinaus. Was er sich wohl denkt?
„Ähm... wenn es dir nichts ausmacht, würde ich gerne in mein altes Haus hinübergehen... allein..."
Der Prinz in Jogginghose und normalem Shirt dreht sich um und sieht mich mitleidig an.
„Sicher? Allein?"
„Ich... ja, ich bin mir sicher!"

Gesagt getan. Eine gute Stunde später bin ich "bereit". Julian geht noch mit zur Tür von Berta und nimmt mich in den Arm. Seine Wärme tut so gut. Ich schließe die Augen und genieße seine körperliche Nähe. Wie immer.
„Du schaffst das schon", flüstert er mir ins Ohr und ich spüre seinen Atem an meiner Wange.
Ich mache die Tür auf und trete auf die "Straße", ein erdiger Weg. Der Regen durchnässt sofort meine

Kleidung. Ich laufe nach nebenan und stehe das erste Mal seit einigen Wochen wieder vor dem Haus meiner Eltern. Dem Haus in dem sie gestorben sind. Ich stehe davor, die Hand auf der Türschnalle, will ich das wirklich? Ja! Oder? Ich bin mir ziemlich sicher, dass Julian bei einem der Fenster steht und mich beobachtet. Aber wissen kann ich es natürlich nicht. Ich atme tief durch, mehrmals. Klatschnass stehe ich da. Dann drücke ich die Schnalle fest hinunter, da sie immer schon sehr streng aufgegangen war. Ich öffne sie und mir schlägt ein muffiger Geruch ins Gesicht. Ich trete mit einem Fuß über die Türschwelle. Dann mit dem anderen. Ich habe es geschafft. Ich bin hier! Aber etwas ist anders. Obwohl ich hier 17 Jahre meines Lebens verbracht habe, ist alles fremd. Der Boden ist fremd. Das kleine Kästchen, das ich mit vier Jahren angemalt habe, es wirkt fremd. Als gehöre es nicht zu meinem Leben. Nicht mehr. Ich gehe ins Wohnzimmer und da steht auf dem Kamin ein Familienfoto. Die Tränen steigen mir in die Augen. Wir haben es erst dieses Jahr gemacht. Aber es kommt mir vor als währen mindestens schon drei Jahre dazwischen. Dieser alte etwas rostige Bilderrahmen. Alles so vertraut und doch so fremd. Ich packe das Bild in meine Tasche und gehe die Treppen zu meinem Zimmer hinauf. Meine ganzen Bücher. Mein Lieblingsbuch packe ich ebenfalls ein. Ich setze mich auf den Boden und ziehe eine alte Schachtel unter dem Bett hervor. Als ich sie öffne, muss ich lächeln. Mein Tagebuch! Mein altes Stofftier. Ein Esel. Jacob hat es mir zu meiner Geburt von seinem eigenen gesparten Geld gekauft. Das bedeutet mir sehr viel, da er ja sowieso nicht viel hatte. Darunter verbirgt sich eine Zeichnung. Von Ella. Sie hat unsere Familie gezeichnet. Das Strichmännchen mit den langen braunen Haaren bin ich. Alle anderen sind blond. Mein Vater, dunkelblond, meine Mutter, semmelblond, Jacob, blond, Ella, dunkelblond. Und ich? Braun!

All diese Sachen stecke ich in meine ziemlich volle Tasche. Als ich mein altes Zimmer verlasse, gehe ich hinunter in die Küche. Der Ort den ich am meisten gemieden habe. Der Ort wo meine Familie zerstückelt wurde. Von diesem riesigen, schwarzen Wolf. Ich sehe die Bilder genau vor mir. Dort lag Jacob. Da meine Mutter und dort drüben mein Vater. Ich atme viel schwerer, mein Puls rast, meine Hände zittern, meine Augen haben sich in die

Niagarafälle verwandelt. Laut schluchze ich auf. Aber es hört hier sowieso keiner. Ich lasse mich auf den Boden sinken und lasse los. Ich dachte die ganze Zeit über, ich kann mit dieser Situation umgehen. Ich dachte, ich hätte es verarbeitet. Ich dachte, ich hätte losgelassen. Aber was ich dachte, war falsch.
Ich weiß nicht wer es war, aber jemand hat das Fenster richten lassen, jemand hat alle Blutflecke weggewischt. Jemand hat meine Familie begraben. Und ich, die einzig überlebende, die Tochter, war nicht da gewesen. Meine Mutter wäre nicht stolz auf mich. Ich sehe sie vor mir, wie sie mir die Hand auf die Schulter legt und sagt: „Weinen bringt uns nicht zurück. Lass los. Lebe DEIN Leben für uns weiter!"
Nach einiger Zeit, stehe ich auf wische die Tränen weg und gehe zur Tür. Ich blicke zurück, ich will dieses Haus nie wieder betreten.
„Auf Nimmerwiedersehen!"

Fest entschlossen trete ich auf die Straße und werde erneut klatschnass. Ich atme die kalte Regenluft ein. Mich wundert es, dass es nicht schneit. Aber anscheinend ist es

zu warm. Was ich nicht verstehe, denn ich friere! Ich laufe zu dem kleinen Häuschen nebenan und bevor ich die Tür öffnen kann, wird sie aufgerissen. Julian.
„Da bist du ja endlich wieder!", sagt er etwas lauter als nötig und umarmt mich. Als er mich loslässt, mustert er mein Gesicht.
„Du hast geweint...!", und er umarmt mich noch einmal. Dann murmelt er etwas für mich Unverständliches, aber ich verstand die Worte, wusste es.
„Hey, es geht mir gut! Du wirst ganz nass!"
„Macht nichts!", lächelt er mich an.

In schönen warmen und vor allem trockenen Sachen sitzen wir zwei im Bett. Ich lehne mich gegen die Wand. Neben mir steht die Tasche mit den Sachen. Julian sitzt neben mir und schaut immer wieder von der Tasche zu mir und von mir zu der Tasche. Ich erlöse ihn von der Anspannung und packe aus. Zuerst das Buch, dann die Zeichnung, die Julian lächelnd betrachtet.
„Du bist die einzige Braunhaarige?"
„Ja, das war ich!", dabei habe ich das WAR sehr betont.

Als nächstes hole ich mein Eselchen heraus. Und das Familienfoto.

„Wow... Ella sieht aus wie deine Mutter. Und Jacob wie dein Vater. Und du..."

„Ja schon klar, ich passte nicht optisch in meine Familie. Aber ich habe sie trotzdem alle lieb..."

Als letztes hole ich mein altes Tagebuch heraus. Seit ich zehn Jahre alt war, habe ich geschrieben. Mehr oder weniger regelmäßig. Aber immer mindestens zweimal im Monat. Das habe ich bis zum Tod meiner Familie auch durchgezogen.

Ich schlage es auf, eine beliebige Seite. Eine Seite von vor einem guten Jahr.

"Hey! Heute hat mich Niklas gefragt ob ich mit ihm gehen will. Aber ich lehnte ab. Ich verstehe es einfach nicht, wie Menschen ohne jemanden richtig zu kennen, eine Beziehung eingehen können. Ich meine, Niklas sieht ja eigentlich ganz gut aus, aber ich habe noch keine fünf Sätze mit ihm geredet. Meine Mama will wissen, was ich für die Zukunft vorhabe. Wenn ich ihr sage, dass ich Autorin werden will, bekommt sie vermutlich einen

Nervenzusammenbruch. Mit Bücherschreiben, verdient man zwar verdammt gut, aber bis es soweit ist, kann es ziemlich lange dauern. Ella hat morgen ein Theaterstück von der Schule aus. Sie spielt eine wichtigere Nebenrolle. Wenn sie geprobt hat, habe ich ihr immer geholfen. Sie hat echt Talent. Vielleicht wird sie später mal Schauspielerin. Wenn wir uns bis dahin eine gute Schule für sie leisten könnten, wäre es echt super. Jacob hat letze Woche seinen zwanzigsten Geburtstag gehabt. Wir haben ihn gefeiert, immerhin wird man nicht alle Tage zwanzig. Er hat sich wirklich sehr gefreut. Ich habe einen Kuchen gebacken. Leider konnten wir uns keinen Sekt oder etwas in der Art leisten, also blieb es wohl nur bei Leitungswasser. Aber was macht das schon, wenn man seine Familie hat. In der Hinsicht, denken wir alle gleich. Familie ist doch immer am Wichtigsten. Viel wichtiger als irgendwelche materiellen Dinge.

Schlechte Nachrichten sind, dass Papa jetzt mehr arbeiten muß, aber sein Lohn gekürzt geworden ist. Auch Mama verdient nicht so viel. Mehr als alle anderen, die im Schloss angestellt sind, aber noch lange können wir uns kein richtiges Weihnachtsfest leisten. Eines mit viel leckerem Essen und einem großen Weihnachtsbaum. Einen Baum, den wir gemeinsam schmücken. Das wäre schön, aber das Geld reicht sowieso nur um uns über Wasser zu halten können. Naja, was kann ich schon ändern!", lese ich lauthals los.

Egal was darin steht, Julian darf es ruhig wissen.

„Niklas? Hattest du schon einmal einen Freund?", fragt er leise, als ob es ihm schwer fiele dies über die Lippen zu bringen.

„Ja einen, vor einem Jahr. Jonas. Er war echt toll. Bis er sich eines Tages als größtes Arschloch der Welt entpuppt hat. Er wollte Sachen, zu denen ich einfach noch nicht bereit war. Er hat mich gezwungen. Ich habe mich gewehrt. Dann hat er Schluss gemacht. Nur weil er von mir nicht bekam was er wollte. Hast du eine Freundin gehabt?"

„Nein, denn es gibt ja in meinem Leben nur diese hochnäsigen Tussis.. und mit ihnen eine Beziehung? Nein, danke. Dann gibt es da noch dich. Du bist das einzige nette Mädchen, das ich kenne. Die einzige die mich versteht. Aber Vater würde mich, glaube ich umbringen! Ganz sicher sogar!"

Und so verstrich der Tag. Wir haben über einige Tagebucheinträge gelacht und viel geredet. Sehr viel. Am Abend haben wir gegessen und sind dann bald schlafen gegangen. Ich habe mich wieder an Julian gekuschelt und er hat den Arm beschützend um mich gelegt. Als wäre es das normalste der Welt. Und ich fühlte mich das erste Mal seit langem wieder glücklich. Bis jetzt.

„Aaauuuuuuuuuhhhhhhh!", ein Wolf, schon wieder.

„Aaauuuuuuhhhhhhh!", das sind meiner Meinung nach sogar zwei! Ich atme zu schnell. Meine Hände zittern extrem. Ich beiße unbewusst an meiner Unterlippe. Ich sitze in meinem Bett und schaukle vor und zurück. Die Angst vor Wölfen wird wohl mein ganzes Leben lang bleiben. Julian versucht verzweifelt mich zu beruhigen.

„Tess, sie kommen hier nicht herein! Ich werde dich beschützen! Sie werden dir nichts antun, das lasse ich nicht zu!", sagt er andauernd und streicht mir über das Haar, meine Wange. Bei jeder Berührung strahlt er Liebe, Sorge und Hoffnung aus. Jede Berührung ist so zärtlich. Nach und nach verstummt das Gejaule. Aber ich sitze trotzdem noch eine Stunde lang in meinem Bett und kann nicht einschlafen. Julian bleibt mit mir wach. Wie süß von ihm.

# KAPITEL 7

Völlig fertig wachten wir heute auf. Mindestens 50 Mal habe ich mich entschuldigt, dass er wach blieb. Wegen mir. Aber jedes Mal sagt er darauf: „Mach dir nichts draus, für dich mache ich es gerne!"

Was das wohl bedeutet? Naja jetzt ist es auf jeden Fall schon Nachmittag und die Sonne scheint! Es ist das erste Mal schön warm. Wir sitzen auf der alten Parkbank auf der Lichtung im Wald. Das Wasser rauscht. Die Vögel zwitschern. Julian sitzt neben mir und lächelt mich fröhlich an.

„Das ist dein vierter Tag! Bald hast du es geschafft! Wie findest du dein Volk?", frage ich neugierig.

„Es ist ganz anders als im Schloss. Ich dachte immer, die Menschen freuen sich, dass sie hier leben dürfen. Aber sie leben in totaler Armut. Wenn ich König bin, werde ich Einiges ändern. Das steht schon mal fest!", sagt er leise und starrt traurig auf die großen Fabriken im Hintergrund.

Sein Handy läutet schrill auf. Die Nationalhymne?

„Wirklich die Hymne?"

„Die habe ich nur bei meinem Vater eingespeichert. Entschuldige mich kurz!"
Er steht auf und geht ein paar Schritte in den Wald hinein. Der Wind lässt meine Haare ins Gesicht fallen. Wenigstens sorgt er sich ein bisschen um ihn. Er ruft bestimmt an um zu fragen wie es ihm geht.

Auf einmal kommt Julian aus dem Wald gerannt mit fahlgrauen Gesicht.
„Tess! Schnell komm mit wir müssen hier weg!", schreit er mich hysterisch an. Ich hüpfe auf und frage was los sei.
„Ein Angriff! Wir müssen uns schnell in Sicherheit bringen! Komm jetzt!"
Er streckt mir die Hand entgegen, die ich nur zu gerne ergreife. Ein Angriff! Das ist nicht gut, ganz und gar nicht gut! Der letzte Angriff war vor fast zwölf Jahren! Da war ich erst vier! Ich weiß noch genau wie mein Vater dafür gesorgt hat, dass Jacob, meine Mama und ich in den Keller gehen. Im Keller haben wir einen versteckten Raum eben für Angriffe. Dort haben wir gewartet. Und gewartet. Als wir wieder ins Haus zurückkamen ist alles auf dem Kopf gestanden! Viel war kaputt. Das Gewand haben sie aus

den Schränken geworfen. Geschirr zerbrochen! Möbel geschrotet. Bis wir alles wieder so hinbekommen haben wie es war, brauchten wir eine halbe Ewigkeit. Vor allem, weil wir uns die Reparatur für zum Beispiel ein Fenster nicht gleich leisten konnten.

Wir laufen über Stock und Stein. Julian ist um einiges schneller als ich, aber da er mich an der Hand hält reduziert er sein Tempo ein bisschen.
„Bei meinem Haus gibt es im Keller einen Sicherheitsraum!", schreie ich atemlos.
„Okay dann schnell dort hin!"
Wir sind mitten im Wald. Ich stolpere über ein paar Äste aber Julian fängt mich immer blitzschnell auf bevor ich falle.
„Rrrrrrrrrrrrrr", höre ich von der Seite und bleibe ruckartig stehen. Julian sieht mich erschrocken an.
„Julian...", winsle ich.
Mein Puls rast, mein Atem ist viel zu schnell. Und das liegt nicht nur am Laufen. Sondern an dem riesigen Wolf, der mich von der Seite anstarrt. Die Tränen steigen mir in die Augen, aber ich werde nicht weinen! Julian sieht gar nicht

erschrocken aus. Als habe er damit gerechnet. Er dreht sich zu mir um nimmt mein Gesicht in seine Hände und sieht mir tief in die Augen.

„Tess, mach jetzt genau das was ich dir sage! Du läufst weg! In den Sicherheitsraum! Okay? Du drehst dich nicht um! Und du kommst auf gar keinen Fall zurück! Du bleibst dort, bis ich dich hole! Hast du mich verstanden?", sagt er hektisch und drückt mir sein Handy in die Hand. Der Wolf kommt langsam auf uns zu. Mit seinen Augen fixiert er mich.

„Aber was ist mit dir?"

„Mach dir keine Sorgen um mich. Lauf jetzt!", schreit er mich beinahe an.

„Aber...", weiter komme ich nicht, denn Julian drückt mir seine Lippen auf meine. Seine unglaublich weichen Lippen. Julian küsst mich! Als er sich von mir löst, sind seine Pupillen geweitet. Seine Augen leuchten. Das meine ich auch so. Sie leuchten wirklich. Geschockt gehe ich einen Schritt zurück.

„Lauf weg Tess!", schreit er mich an und ich laufe weg!

Ich laufe, ich stolpere, ich stehe auf und lauf weiter. Ich sehe zurück. Da steht Julian und sieht den Wolf an. Dann läuft er direkt auf ihn zu. Was um alles in der Welt macht er nur? Er läuft und springt. Als er wieder landen sollte, steht da aber nicht Julian. Sondern ein weiterer Wolf! Ich reiße meine Augen auf und blinzle ein paar Mal. Das kann doch nicht sein. Wo ist Julian hin? Nein. Zwei Wölfe! Zwei! Einer mit schwarzem Fell, der andere, Julian?, mit dunkelblondem Fell. Kann das wirklich sein? Ich atme flach, meine Hände zittern, meine Tränen fließen. Wollen mich jetzt beide umbringen? Der schwarze Wolf stürzt auf den Dunkelblonden. Kann das wirklich Julian sein? Ist er ein...? Nein, das gibt es nicht! Aber wenn doch? Was geschieht hier, verdammt? Wenn es wirklich so etwas geben sollte, und das Julian ist... wer ist der andere? Julian... der Wolf er läuft weg. Weg von mir. Der andere folgt ihm. Sie sind schnell, verdammt schnell. Ich höre wieder ein aufheulen. Ist das Julian? Oder der andere? Wird er Julian umbringen? Nein, ihm darf nichts geschehen! Er hat mich geküsst! Ohne nachzudenken stehe ich auf. Ein stechender Schmerz durchzuckt mein Bein. Ich sehe hinunter, au. Es blutet. Viel! Sehr viel! Ein Stein hat es mir aufgeschlitzt. Aber das ist mir jetzt egal.

Ich muss Julian suchen! Wieder ein Heulen! Schnell laufe ich in die Richtung aus der es gekommen ist.
„Lauf weg Tess!", hat er gesagt. Ich mache genau das Gegenteil.
„Mach dir keine Sorgen um mich!", hat er gesagt. Ich mache mir riesige Sorgen.
„Komm auf gar keinen Fall zurück", hat er gesagt. Was mache ich? Ich laufe zu ihm. Es ist hirnlos, schwachsinnig. Woher soll ich wissen, dass Julian mich nicht auch angreift. Wenn er es überhaupt ist? Aber wo oder was wäre er sonst? Wie soll ich die Zwei bloß je einholen.
Ich laufe, wieder. Ich stolpere, wieder. Ich stehe auf und laufe weiter, wieder. Mein Fuß schmerzt höllisch! Wenn ich sie eingeholt habe, was soll ich dann machen? Ich kann doch nicht einen Wolf angreifen!
„Was denkst du dir dabei? Bist du völlig lebensmüde?", sagt eine Stimme in meinem Kopf. Nein, nicht lebensmüde, aber verliebt.

Wieder höre ich ein Heulen, ganz in der Nähe. Ich weiche den Bäumen aus und laufe noch schneller. Soweit es mein Bein zulässt. Dann auf einmal sind keine Bäume mehr da.

Es ist eine Art Feld. Aus Steinen. Überall liegen große Steine herum. Ich laufe zu einem und verstecke mich dahinter. Vorsichtig spähe ich über die Kante. Dort liegt der dunkelblonde Wolf. Am Boden. Er blutet. Julian?, versucht aufzustehen und hinkt ein paar Schritte weiter weg. Immer noch hat er den schwarzen Wolf im Auge. Ein Wolf der aussieht wie der, der meine Familie getötet hat. Struppiges schwarzes Fell. Augen, deren Blick alleine schon tötet. Was mache ich jetzt? Julian ist verletzt. Der andere nicht. Julian ist anscheinend schwächer. Wenn ich jetzt einfach hinausspringe. Kann es auf drei Arten weitergehen. Julian wird abgelenkt und der Schwarze bringt ihn um. Der schwarze Wolf wird abgelenkt und Julian bringt ihn um. Oder, es ist nicht Julian, oder er ist es hat aber keine Beherrschung, und Beide wollen mich umbringen. Soll ich es riskieren? Wird Julian?, schnell genug handeln?

Ich springe hinaus. Laufe/humple ein paar Schritte. Beide sehen mich an. Oh nein, wollen mich jetzt beide töten? Der schwarze Wolf fixiert mich und schleckt sich mit seiner langen Zunge über seine spitzen Zähne. In dem Moment springt Julian auf den schwarzen Wolf und beißt ihm in das Genick. Er wirbelt ihn herum. Dann höre ich (in mindestens 20 Metern Entfernung) ein grässliches Knacksen. Julian lässt aus. Es war das Knacksen vom Genick des schwarzen Wolfes. Julian hat ihn umgebracht. Ich schlucke schwer. Jetzt humpelt er auf mich zu. Ich stehe da und kann mich nicht bewegen. Wird er mich töten wollen? Er lässt sich vor mir nieder legt sich auf alle Viere. Dann verschwimmt er vor meinem Gesicht und Julian, der Mensch, liegt auf dem kalten Steinboden. Verletzt. Und... nackt. Er hat die Augen geschlossen. Atmet schnell. Sein Puls rast. Sein Bein ist von Bisswunden überseht. Über seine Brust ist ein tiefer Kratzer, der blutet. Er hat sich auf die Seite zusammengerollt.

„Tess...", keucht er schwach.

Mit diesem einen Wort holt er mich wieder in die Realität. Er war ein Wolf! Er ist verletzt! Er war ein Wolf! Ich hocke mich zu ihm auf den Boden. Verdammt er war ein Wolf!

„Oh mein Gott. Julian!"

Seine Hände zittern, wie meine. Sein Herz rast, wie meins. Er atmet zu schnell, wie ich. Sofort ziehe ich mir meine

Jacke aus und decke ihn damit ein bisschen zu. Was soll ich jetzt nur machen?

„Ich sagte... du sollst weglaufen...!", stöhnt er erfüllt von Schmerzen.

„Ich... aber... ich konnte dich doch nicht sterben lassen!", schluchze ich, den Kampf gegen meine Tränen habe ich verloren!

„Ich... hätte es schon... geschafft", er öffnet die Augen und sieht mich an, „Ich bin ein Werwolf, Tess. Ich sterbe nicht so leicht!"

Er ist ein... Ich habe es eigentlich die ganze Zeit gewusst. Aber es laut zu hören ist etwas ganz anderes.

# KAPITEL 8

„Wie geht es Julian?", platze ich heraus, „Entschuldigen Sie."

„Schon okay. Die Wunden heilen. Am Abend ist er wie neu. Aber mich würde mehr interessieren wie es Ihnen geht, Tess!"

Mit Julians Handy, das er mir in die Hand gedrückt hatte, habe ich im Schloss angerufen. Sie sind gekommen und haben Julian und mich abgeholt. Das sind jetzt zwei gute Stunden her. Seitdem habe ich Julian nicht mehr gesehen. Die Zeit nutze ich über das Geschehene nachzudenken. Julian ist ein Werwolf. Wie sein Vater... Es gibt Werwölfe. Der Junge in den ich mich verliebt habe, ist ausgerechnet das Tier, vor dem ich am meisten Angst habe. Und er hat mir das Leben gerettet. Aber erstaunlicherweise verkrafte ich es ganz gut. Was mich mehr beschäftigt ist. Julian hat mich geküsst! Warum mich das so beschäftigt und das Werwolf-Gen nicht, ist eine Frage, die ich mir selbst nicht erklären kann.

„Mir geht es ganz gut..." Königin Sophia sieht kritisch auf mein Bein. In der Hose ist ein Schnitt und großer roter Fleck.
„Ich denke, es sollte behandelt werden. Aber zuerst. Was Sie gemacht haben war leichtsinnig und nicht sehr klug. Allerdings hat mein Sohn, Ihnen wohl das Leben zu verdanken. Ich weiß ein einfaches Danke kann nicht reichen. Diese Schuld können wir nie wieder begleichen. Dass was Sie gesehen haben... Sie dürfen es keinem sagen. Wirklich keinem. Es sollte keinen Menschen geben, der von uns weiß. Und so sollte es auch bleiben. Mit drei Ausnahmen. Sie, Nicole und ich. In anderen Rudeln werden eingeweihte Menschen sofort umgebracht. Aber Julian hat mich gebeten, Ihnen zu helfen, solange er noch nicht fit ist. Falls Sie Fragen haben, bitte fragen Sie nur.", sagt sie mitfühlend aber auch ein bisschen furchteinflößend.
Eine Frage habe ich tatsächlich. Eine Frage die mich die ganze Zeit schon bedrückt.
„War der Wolf... der meine Familie... getötet hat, ein Werwolf?"

„Ja... Im Süden gibt es einen Klan, der uns schon seit Jahren angreift. Der Sunwoolf - Klan. Sie wollen die Krone und das Reich. Einer von denen hat im Dorf sein Unwesen getrieben und sich Ihre Familie ausgesucht. Bitte verstehen Sie mich nicht falsch, aber eigentlich, hätte er Sie auch umbringen müssen. Denn diese Kreaturen lassen keinen Menschen am Leben."

„Es muss genäht werden!", sagt eine Ärztin streng. Ich bin im Krankenflügel vom Schloss. Die Königin hat mich hergeschickt.
„Muss das sein?", raune ich.
„Ja, ich werde Ihnen jetzt etwas spritzen, damit sind Sie zwar bei Bewusstsein aber bekommen nichts wirklich mit."
Unglücklich nicke ich. Dann spüre ich einen Stich in meinem Fuß. Sekunden später verschwimmen die Geräusche im Raum.
Nur kurze Zeit später sagte die Ärztin etwas und lies mich allein. Warum lässt sie mich allein? Frechheit. Ich schließe die Augen und versuche zu schlafen.

„Meine Güte Tess! Was hast du dir nur dabei gedacht!", schreit Julian und stürmt in mein Zimmer im Schloss. Ich schrecke hoch, denn ich habe geschlafen.
„Was?", sage ich noch ein bisschen benommen von der Spritze.
„Was du dir dabei gedacht hast! Ich sagte doch du sollst weglaufen! Dich verstecken! Nicht zurückkommen!", schreit er herum.
Ich will aufstehen aber mein Fuß schmerzt immer noch sehr und ich setzte mich wieder auf mein Bett.
„Bist du verletzt?", fragt er auf einmal viel ruhiger.
„Nur ein kleiner Kratzer!"
„Zeig her!", sagt er in einem Ton der keine Widerrede zulässt.
Ich ziehe meine weite Jogginghose bis zum Knie hinauf. Als er meinen "kleinen Kratzer" sieht reißt er die Augen auf.
„Kleiner Kratzer? Ein kleiner Kratzer der genäht werden musste! Tess! Warum hast du nicht das gemacht was ich dir sagte!", schreit er nun wieder.

Ich zucke leicht zusammen. So bin ich ihn nicht gewohnt. Aber es macht mich wütend. Er schreit mich an, weil ich sein verdammtes Leben gerettet habe?!
„Also! Erstens, danke dass du den Wolf von mir weggelockt hast. Zweites, hätte ich dich sterben lassen sollen?", sage ich noch relativ ruhig und ziehe die Hose wieder hinunter. Nervös geht er im Raum auf und ab.
„Ich wäre nicht gestorben! Du solltest auf mich hören! Ich bin der Prinz!", schreit er. Das hat gesessen! Geschockt atme ich aus. Das bringt das Fass zum Überlaufen!
„Es tut mir leid, dass ich dein verdammtes Leben gerettet habe! Du warst ja nur halb ohnmächtig! Du hast ja auch gar nicht geblutet! Tut mir wirklich leid. Das nächste Mal gehorche ich Ihren Befehlen, eure Majestät. Das nächste Mal, lasse ich Sie einfach sterben, eure Majestät. Können Sie mir jemals verzeihen, dass ich Ihr Leben gerettet habe, werter Prinz?", schreie ich ihn an.
Wütend stehe ich trotz der Schmerzen auf und humple zur Tür. Julian greift nach meiner Hand um mich zurück zu halten aber ich entreiße sie ihm.
„Tess..."

Er greift noch einmal nach meinem Arm und hält ihn so fest, dass ich nicht entkommen kann. Julian stellt sich vor mich und sieht mir in meine verletzten Augen.
„Du brauchst mir gar nicht erst mit deinem Tess kom..."
Dann küsst er mich. Ganz vorsichtig und zärtlich. In meinem Bauch kribbelt es angenehm. Eine Hand legt er in meinen Nacken und die andere um meine Taille um mich näher an sich heranzuziehen. Ich schwinge meine Hände um seinen Hals. Und alles ist vergessen! Der Kuss wird immer leidenschaftlicher und ich erwidere ihn. Julian fängt an zu lächeln und sagt ganz außer Atem: „Danke, dass du mein Leben gerettet hast! Das war wirklich verdammt mutig von dir!"
Dann küsst er mich abermals. Ich schließe meine Augen und lasse all die Sorgen der letzten Wochen fallen. Jetzt gibt es nur Julian und mich. Er drückt mich ein paar Schritte nach hinten, aber ich kann nicht gehen. Mit seinen starken Armen hebt er mich hoch und ich schließe meine Beine um ihn. So gut es geht mit einem verletzten Fuß. Irgendwie sind wir zu einer Wand gekommen. Als ich mit dem Rücken dagegen stoße, drückt es mir die Luft aus den Lungen. Ich keuche kurz und Julian horcht auf. Als er die

Augen öffnet und mich ansieht, hätte ich beinahe geschrien. Es sind wieder diese leuchtenden Augen. Aber nicht ganz so wie vorhin, sondern noch ärger. Sie leuchten in einem wunderschönen Eisblau. Es sind nicht seine Augen. Zumindest nicht ganz. Es sind seine strahlenden Wolfsaugen.

„Es tut mir leid!", sagt er, schließt seine Augen und atmet tief durch.

„Bist du noch sauer auf mich?", fragt er leise und streicht mir eine Haarsträhne hinter das linke Ohr.

„Das war ich nie. Bis du mit der Prinzen-Nummer gekommen bist!"

Die Uhr von der Kirche schlägt sechs Uhr abends und wir beschließen zum Speisesaal zu gehen. Oder zu humpeln. Bis zur Tür humple ich dann sagt Julian: „So brauchen wir eine halbe Ewigkeit! Komm ich trage dich!"

„Bin ich dir nicht zu schwer? Und deine Verletzungen?"

„Weil ein Mädchen, dass ein ganzes Leben lang nie satt war, schwer ist? Außerdem falls du es noch nicht gemerkt hast, ich bin ein Werwolf. Meine Verletzungen heilen schnell und ich bin stark. Wie ein Wolf", lächelt er mich an.

Er nimmt mich hoch und ich lege meine Hand um seinen Hals, damit ich nicht hinunterfalle. Ich muss kichern.
„Noch nie hat mich jemand zum Essen auf Händen getragen!"
„Also haben sie dich so herumgetragen?", lacht er und geht die Stufen hinunter.
„Nein! Ich wurde noch nie auf Händen getragen. Und schon gar nicht von einem Prinzen."
Der mich geküsst hat, füge ich in Gedanken hinzu.
„Aber es hat doch etwas. Oder nicht?"
„Doch durchaus. Ich könnte mich daran gewöhnen!", lache ich und es hallt von den Wänden wieder.
Beim Speisesaal angekommen, warten der finster dreinblickende König Maximilian, die uns fröhlich anlächelnde Königin Sophia und die wie immer freudige Nicole schon auf uns.
„Was soll dieses Herumtragen?", fragt der König mies gelaunt.
„Vater, sie hat eine Verletzung und kann nicht gut gehen", verteidigt Julian mich.
„Aber warum musst ausgerechnet du sie tragen? Es gibt genug Personal!"

Königin Sophia blickt ihren Gatten finster an.
„Weil sie die Verletzung wegen mir hat! Weil sie mir das Leben gerettet hat!"
Der König gibt dem Pinguin das Zeichen, dass er die Türen öffnen kann und murmelt noch vor sich hin: „Und ich dachte, ich hätte meinen Sohn zu einem starken Kämpfer erzogen!"

Beim Abendessen herrscht hauptsächlich Schweigen. Die Werwölfe sind nicht in den Palast eingedrungen.
„Sie haben nur ein paar bäuerliche Familien abgeschlachtet", der König sagt es einfach leichthin. Als ob es keine große Rolle wäre. Es sind ja nur ein paar bäuerliche Familien. Nichts Besonderes. Nur Familien wie ich eine hatte.
Ungläubig über des Königs Worte, stoße ich meinen Atem aus. Julian sieht mich mitleidig an. Nici und Königin Sophia ebenfalls.
„Gibt es ein Problem, Tess?", fragt der König abwertend.
„Nein. Mich wundert es nur wie... Nein, es gibt kein Problem, Euer Hoheit."

Wenn ich sagen würde, was ich sagen will, würde er mich bestimmt hängen lassen.
„Tess, sagen Sie ruhig was Sie sagen wollen!"
„Bei allem Respekt, mein König, finde ich es nicht richtig wie Sie über diese armen Familien reden. Es sind Familien wie ich eine hatte. Versetzten Sie sich doch nur in die Lage von deren Angehörigen. Was, wenn es Ihre Familie getroffen hätte? Würden Sie dann auch von nur ein paar Familien reden?", versuche ich möglichst höflich zu sagen. Julian sieht mich entgeistert an.
„Meine liebe Tess, ich kann sehr gut einschätzen wie schwer es für die Angehörigen sein muss. Ich weiß auch, wie schwer es sein muss, seine Familie zu verlieren. Ich hätte heute beinahe selbst meinen Sohn verloren, wenn Sie nicht gewesen wären. Dafür bin ich Ihnen sehr dankbar. Ich nehme Ihnen diese Aussage nicht übel, da Sie noch so gut wie Nichts von uns Werwölfen wissen. Normalerweise töten Werwölfe jeden der ihnen über den Weg läuft, von diesem Standpunkt aus bin ich also sehr froh, dass nur ein paar Familien betroffen sind und nicht ein ganzes Dorf."
„Trotzdem ist es falsch so respektlos über diese Familien zu reden", würde ich gerne sagen, verkneife es mir aber.

Denn für diese Aussage würde er mich eindeutig umbringen lassen. Anstatt nicke ich nur kläglich.

Nach dem Essen humple ich auf mein Zimmer, wo mein Dienstmädchen Anna wartet.
„Sie waren heute sehr mutig, Fräulein Tess", sagt Anna ehrfürchtig.
„Danke, Anna. Bitte sag nur Tess. Du kannst den Rest des Abends gerne frei haben." Sie sieht mich erstaunt an.
„Sind Sie sicher Fräu... Tess? Ich sollte für Sie rund um die Uhr erreichbar sein!"
„Ja, du hast bestimmt einen genauso anstrengenden Tag wie ich hinter dir. Mach dir einen schönen Abend."
Sie knickst und verschwindet glücklich durch die Tür. Jetzt bin ich allein hier. Ich gehe zu dem Schreibtisch der voller Zettel ist. Auf einem ist eine Anleitung wie man richtig knickst, auf einem anderen wie man mit der Königsfamilie zu sprechen hat. Ganz anders als ich es gemacht habe. Aber über all den Zetteln liegt etwas. Meine Tasche mit all den Sachen, die wir bei Berta und Fred zurückgelassen haben. Anna nach, haben die Wachen unsere Sachen geholt. Berta und Fred ist zum Glück nichts

passiert. Ich hole mein Tagebuch heraus und will die Geschehnisse dieses Tages aufschreiben, aber irgendwie kann ich es einfach nicht aufschreiben.
Ich lege mich in mein Bett und beginne mit meinem Lieblingsbuch. Ich lese es schon zum dritten Mal. Obwohl ich die Worte mit meinen Augen erfasse, lese ich nicht richtig. Vom Inhalt bekomme ich nicht viel mit, da meine Gedanken immer wieder zum Angriff und zu Julian abschwenken.

*Klopf, klopf*
Ohne zu warten, dass ich *Herein* sage kommt jemand herein. Sofort ist mein Buch vergessen.
„Julian!"
„Hey! Was machst du jetzt?", kritisch betrachtet er das Buch in meiner Hand.
„Wieso, was hast du denn vor?"
Er streckt mir die Hand entgegen und ich ergreife sie freudig. Leise schließt er meine Zimmertür als wir hinaustreten.

„Pssst. Wir müssen leise sein!“, flüstert er mir ins Ohr und wir schleichen einen Gang entlang. Dann die Treppen hinunter und hinaus in den Garten. Obwohl es sehr kalt ist.
„Wo willst du hin?", frage ich leise.
Aber Julian antwortet nicht, sondern zieht mich weiter hinter sich her. Als wir vor dem Gewächshaus stehen ist mir klar, wo wir hinwollen. Er öffnet die Tür und lässt mich zuerst eintreten. Wie ein richtiger Gentleman. Hier ist es wärmer. Schön angenehm. In der Mitte des großen Glashauses ist eine Bank auf die wir uns setzten. Die Luft hier riecht gut nach logischerweise Pflanzen und Blüten. Julian hält meine Hand noch immer und ich habe nichts dagegen. Der Mond scheint hell herein und spendet ein bisschen Licht.
„Du hast bestimmt ein paar Fragen?", meint er still und betrachtet den Mond.
„Ein paar? Mindestens Tausende! Wo soll ich nur anfangen? Du kannst dich verwandeln wann du willst und nicht nur wenn Vollmond ist?"
„Ja, das ist ein Mythos den die Menschen irgendwann einmal erfunden haben. Der Mond hat mit uns nichts zu tun."

„Und... deine Augen...?"
Er sieht hinunter auf unsere ineinander verschlossenen Hände, dann sieht er mir in die Augen.
„Ich weiß nicht genau wie ich es erklären soll. Das waren meine Wolfsaugen. Wenn wir Menschen sind, kommt es nicht oft vor, dass unsere Wolfsaugen zum Vorschein kommen. Eigentlich nie. Wir haben auch keine Kontrolle darüber. Nur wenn man sich wirklich wohl fühlt, wenn man das Leben in vollen Zügen genießt, wenn man keine Angst haben muss, wenn ich der sein kann, der ich wirklich bin. Aber hauptsächlich zeigen sie sich nur..., wenn... wenn man jemanden liebt."
Julian sieht mir noch immer in die Augen und wartet auf meine Reaktion. Julian liebt mich. Ich bin sprachlos. Was soll ich jetzt nur antworten? Ich bin diejenige, die nun auf unsere Hände blickt. Dabei ist es mein größter Wunsch, dass er mich nie allein lässt. Dass er immer da ist. Meine freie Hand lege ich auf seine Wange und küsse ihn. Er erwidert den Kuss und mir fällt ein Stein von meinem Herzen. Wo hat Julian nur so küssen gelernt? Will ich es überhaupt wissen? Nein ich glaube eher weniger.

„Tess? Du solltest trotzdem weiteratmen", lacht Julian und ich lache mit.
Ich habe vergessen zu atmen! Wegen Julian.
„Gibt es viele Werwölfe?", frage ich nach einiger Zeit.
„Im Vergleich zu Menschen nicht. Aber trotzdem sind wir schon viele. Vater ist der große Alpha-Wolf. Er ist sozusagen auch der König der Wölfe in unserem Revier. Und ich der Prinz. Auch ein Alpha. Wir Alpha-Wölfe sind stärker als normale Wölfe. Aber im Wald hat mich ein Alpha-Wolf aus dem Sunwoolf Rudel angegriffen. Er war stärker als ich. Trotzdem ist er jetzt tot und das Rudel ist verdammt sauer auf mich. Es war der älteste Sohn, Blake, von der Sun Familie. Sie greifen uns schon an seit ich denken kann. Aber zurück zu deiner Frage. Im Volk... sagen wir einfach jeder 30. Mensch ist ein Werwolf. So viele wie es jetzt gibt, hat es noch nie gegeben. Sie müssen sich den Befehlen von Vater und mir unterwerfen. Nur wir zwei sind die Alpha-Wölfe. Zumindest in unserem Rudel."
„Wie viele Rudel gibt es?"
„Hier in Flow nur uns. Wir sind eines der Stärksten der Welt. Nicht viele legen sich mit uns an, aber es gibt doch welche. Das nächste uns betreffende Rudel sind eben die

Sunwoolfs und die Silberwoolfs. Mit ihnen leben wir aber in Frieden. Sie betreten unser Territorium nicht und wir ihres nicht. Aber auf der ganzen Welt gibt es mindestens 100 Rudel. Manche bestehen nur aus Familien und nicht aus ganzen Ländern wie bei uns. Alle Werwölfe, die hier geboren werden, gehören automatisch unserem Rudel an. Wir die Flowwoolfs."

Mehr als 100 Rudel... ist das viel?

„Das verwandeln, tut es weh?"

„Ja! Jeder Knochen wird dir gebrochen. Aber es ist so kurz, dass man den Schmerz gerne hinnimmt."

„Warum ist Nicole kein Werwolf? Und wie merkt man es eigentlich?"

„Bei uns in der Familie wird das Gen bei den Männern weitervererbt. Das ist aber nicht überall so. Bei manchen ist es gemischt. Bei manchen nur bei Frauen. Oh, glaub mir. Du merkst es schnell. Das Gen setzt ein wenn wir 18 werden. Ungefähr zwei Monate vorher, merkst du schon, dass etwas nicht stimmt mit dir. Du willst nur Fleisch essen, du haßt Gemüse. Du bist stärker und schneller als alle anderen. An dem Geburtstag verwandelt sich dein

Körper ohne dass du Einfluss darauf hast. Nach der ersten Verwandlung kannst du es kontrollieren."
Eine Frage habe ich noch. Eine sehr wichtige Frage.
„Warum, hat mich der Wolf damals am Leben gelassen?"
Julian sieht an mir vorbei.
„Ich weiß es nicht. Wirklich nicht! Entschuldige, wenn ich das jetzt so sage, aber er hätte dich eigentlich töten müssen. Auch wenn wir als Wolf wie ein Mensch denken können, lassen vor allem andere Rudel keinen aus einer Familie am Leben", sagt er und sieht mir wieder in die Augen.
Eine Weile sitzen wir einfach so da und sagen nichts. Das muss ich erst einmal verarbeiten.
„Hast du Angst vor mir?", fragt Julian schüchtern.
Es ist eine sehr berechtigte Frage, die ich mir selbst nicht beantworten kann. In Menschengestallt, nein. Als Wolf dachte ich, er tötet mich, hat er aber nicht.
„Nein. Vor dir nicht!"

Beim Zurückgehen sehen uns Wachen, Julian sagt ihnen, dass der König nichts davon erfahren soll. Er wäre bestimmt nicht begeistert, wenn sein Sohn mit einem

Mädchen mitten in der Nacht im Schloss herumgeistert. Er hat mich zu meinem Zimmer gebracht und mir einen Gute-Nacht-Kuss gegeben. Dann schlief ich tief und fest.

# KAPITEL 9

Als ich vom Frühstücken zurück in mein Zimmer gehe, wartet Anna schon auf mich. Heute regnet es wieder. Juhu! Wie ich mich freue...

„Sie waren gestern Nacht beim Prinzen?", fragt Anna belustigt.

Sie ist wirklich nett. Wir haben uns eigentlich ganz gut angefreundet. Ihr Freund, Patrick, ist der Kammerdiener des Prinzen. Ihre Mutter arbeitet in der Küche und ihr Vater im Stall bei den Pferden. Sie hat einen kleinen Bruder namens Elias. Er ist erst elf Jahre alt.

„Woher weißt du das?"

„Von den Wachen, das ganze Personal redet nur über euch."

„Wirklich?", erschrocken setze ich mich auf das Bett.

„Ja, alle hoffen, dass Sie die neue Königin werden. Sie behandeln das Personal immer so nett. Das ist man hier nicht gewohnt. Nicht einmal von Königin Sophia! Jeder mag Sie! Darf ich fragen, was zwischen Ihnen und dem Prinzen läuft?", lächelt sie mich freundlich an.

„Ich weiß es selbst nicht so genau", lache ich, „Ich mag ihn wirklich sehr gerne, er mich auch. Aber der König... er wird es wohl niemals erlauben! Wenn Julian überhaupt..."
Sie ordnet die vielen Zettel die durcheinander liegen.
„Ja, ich verstehe was Sie meinen. Alle werden sehr traurig sein, wenn Sie gehen."
Das wundert mich wirklich, so viel Kontakt hatte ich doch gar nicht zu dem Personal.
„Seit Sie hier sind, hat sich der Prinz geändert."
„Inwiefern geändert?"
„Naja Patrick erzählt mir oft, wenn er zurück in sein Zimmer kommt, ist er glücklich. Bevor Sie gekommen sind, war er immer traurig und in sich zurückgezogen. Jetzt ist er lebensfroher."
*Klopf, klopf*
Anna eilt zur Tür aber ich bin schneller und sie lacht mich an.
„Hey Tess! Oh, hallo Anna!"
„Eure Majestät", sie macht einen Knicks und lächelt mich verschmilzt an.
„Tess kommst du kurz mit? Ich denke es gefällt dir!"

Ohne zu zögern gehe ich hinaus und lächle Anna noch einmal vielsagend an bevor ich die Tür schließe.
Ich mache mir nicht mehr die Mühe zu fragen wo wir hinwollen, er antwortet ja sowieso nicht. Wir gehen die Stufen hinauf. Inzwischen tut mein Bein nicht mehr so weh.
Er öffnet eine Tür, dahinter kommt ein Gang zum Vorschein. Diesen Teil habe ich noch nie gesehen. Dann noch durch eine Tür und dann noch durch eine und dann... stehe ich in einer riesigen Bibliothek. Eine zweistöckige! Bücher über Bücher! Alte Erstausgaben! Er geht mit mir hinauf und ich sehe aus einem Fenster. Das erste Mal sehe ich hier über die Mauern des Schlosses. Wald dahinter Häuser und Fabriken. Alles ist in ein trauriges Grau getaucht. Der Regen kennt kein Erbarmen.
„Tess, ich möchte dir etwas schenken!"
Er reicht mir ein altes Buch. Der Ledereinband und die goldene Schrift deuten darauf hin, dass es schon über hundert Jahre alt sein muss. Ich öffne es und es ist nicht das was ich erwartete. Es ist kein Buch. Nicht ganz.

„Oh wow! Julian... Die ist... wow! Ich bin echt sprachlos...! Sie ist wunderschön!", stottere ich vor Staunen.
Es ist eine Kette. Mit einem kleinen silbernen Wolfsanhänger. Das Auge ist ein blauer Stein. Ich vermute ein Saphir. Genau die Farbe wie Julians wunderschönen Augen. Sie ist schlicht und einfach, aber etwas ganz Besonderes. Genau wie ich es mag.
„Sie gefällt dir also?"
„Ja!", schreie ich beinahe und fliege ihm um den Hals, „Danke!"
Julian nimmt sie und ich halte meine Haare weg, damit er sie mir umlegen kann. Dann küsst er mich. Zärtlich und liebevoll. Leidenschaftlich und wild. Einfach wundervoll! Mein Herz schlägt schnell, viel zu schnell. Die Raupen schlüpfen aus deren Kokon und fliegen als Schmetterlinge wie wild in meinem Bauch herum.
„Ich liebe dich!", flüstert er mir ins Ohr und seine Augen leuchten eisblau.
„Ich liebe dich auch!", es ist das erste Mal das ich es ausgesprochen habe.

Es ist komisch es zu sagen aber es fühlt sich einfach nur richtig an!

Leider musste er bald wieder an die Arbeit. Irgendwelche langweiligen Gesetzte und Richtlinien kontrollieren oder so. Anna konnte es genauso wenig glauben wie ich. Er hat mir eine so wunderschöne Kette geschenkt. Was das wohl bedeutet? Julian meinte am Abend nach dem Essen holt er mich ab und wir schauen uns einen Film im schlosseigenen Kino an.

Der Tag zieht sich wie Kaugummi in die Länge. Ich kann kaum den Abend erwarten. Ich verbrachte den Tag in meinem Zimmer mit Anna. Sie brachte mir Kartenspielen bei.

„Es ist gegen die Regeln, dass ich mit Ihnen spiele...", meinte sie.

„Aber du sollst mir doch meine Wünsche erfüllen. Dies ist mein Wunsch!", lächle ich sie an.

Ich habe auch ungefähr hundert Seiten gelesen. Und dann... dann war es noch immer nicht sieben Uhr! Genervt schaue ich auf die Uhr. Okay, in zwei Stunden gehe ich

essen. Dann holt mich Julian ab. Was mache ich die zwei Stunden! Anna geht in den Waschraum um meine Wäsche zu waschen ich gehe mit ihr mit und helfe ihr.
„Aber das müssen Sie nicht tun, Tess!"
„Doch, doch, was würde ich den sonst machen!"
Das Personal, das uns auf dem Weg begegnet sieht mich an als ob ich ein Hund unter lauter Katzen wäre. Als ob ich völlig fehl am Platz wäre. Ja gut, dieser Teil vom Schloss, ist der Personalteil. Da bin ich fehl am Platz aber trotzdem möchte ich mit.
Ich helfe Anna die Wäsche in die Waschmaschine zu laden und sie erklärt mir, wie ich sie einschalte. Bei mir zu Hause habe ich ein viel älteres Modell gehabt. Danach gehen wir in die Küche. Sie ist sehr groß. Überall klirren Töpfe und Besteck. Es riecht gut nach... keine Ahnung was es ist, aber es riecht herrlich.
„Mama? Das ist Tess! Tess, das ist meine Mutter, Sarah", die Frau um die vierzig dreht sich um und macht einen höflichen Knicks. Das Knicksen habe ich Anna schon abgewöhnt.
„Freut mich sehr, Sie kennen zu lernen, Fräulein Tess! Ich habe schon viel Gutes über Sie gehört!"

„Oh nein, bitte nennen Sie mich nur Tess. Ihr Essen schmeckt immer sehr lecker. Ich wünschte ich könnte so kochen!"

Sarah errötet bei meinem Kompliment. Nachdem wir noch ein bisschen geredet haben und wir zurück auf meinem Zimmer sind, bleibt nur noch eine halbe Stunde. In der mache ich mich fertig zum Essen.

„Tess! Kommst du?", Julian greift nach meiner Hand und lächelt mich zuckersüß an.

Der Kinosaal hat große bequeme Sessel und eine riesige Leinwand.

Wir setzten uns in die letzte Reihe. Julian hat versucht Popcorn zu machen. Aber im Endeffekt hat es hier nur nach verkohlten Maiskörnern gerochen. Da ich es allerdings auch nicht besser kann, haben wir Anna gerufen. Sie hat es perfekt gemacht.

Wir sehen uns einen romantischen Film an. Ich liebe romantische Filme. Julian nicht. Das merkt man ihm an. Aber er zieht es wegen mir durch. Und das rechne ich ihm hoch an. Wie ich diesen Jungen nur liebe. Er hat die Hand über meine Schulter gelegt und als es im Film so richtig romantisch wird, sieht er mich an, zieht mich zu sich und küsst mich. Ich fühle mich wie die Frau im Film. Einfach nur glücklich. Ich bin mir nicht ganz sicher, ob er mich küsst, weil ihn der Film nicht interessiert oder einfach weil er es will. Für mich ist beides okay.

Der Kuss ist leidenschaftlich und wild. Der Film ist vergessen! Alles um uns herum ist vergessen. Es gibt nur Julian und mich. Keine Ahnung wann oder wie aber auf einmal sitze ich bei ihm auf dem Schoß. Nur, wie bin ich da hingekommen? Das Gefühlsfeuer in mir brennt förmlich. Nur einmal brechen wir in lautes Gelächter aus, als mich Julian wieder darauf aufmerksam machen muss, zu atmen.

„Es ist ein echt berauschendes Gefühl, wenn du wegen mir vergisst zu atmen!"

Auch als der Film aus ist, gibt es noch kein Ende. Keine Ahnung wie viel Zeit vergeht, aber irgendwann schleichen wir dann wieder in unsere Zimmer. Anna ist nicht mehr hier, wie ich es ihr gesagt habe. Ich stehe allein mitten im Zimmer. Die Finger an meine zu einem Lächeln verzogenen Lippen. Die andere Hand liegt auf der Kette. Meine Gedanken kreisen nur um Julian. Ob es ihm genauso geht? Noch lange denke ich an ihn bis ich schließlich irgendwann eingeschlafen bin.

# KAPITEL 10

Von Anna werde ich in der Früh wieder geweckt.
„Na wie war's gestern? Habt ihr herumgeknutscht?", fragt sie ganz neugierig.
Ich bin ein bisschen geschockt, wie offen und direkt sie doch sein kann.
„Also das geht mir jetzt wirklich zu weit!", sage ich sarkastisch, „Nein, vom Film habe ich die Hälfte nicht mitbekommen. Es war ein toller Abend!"
Anna lässt mir ein Bad ein und ich lasse mir sehr viel Zeit, da am Samstag Frühstück erst um 9 Uhr ist.

„Ihr verbringt sehr viel Zeit zusammen?", fragt der König misstrauisch und mustert mich genau, wobei sein Blick bei meiner Kette hängen bleibt. Ich sehe zu Julian, weil ich keine Ahnung habe wie ich antworten soll.
„Ja, Vater. Ist es... ein Problem?"
„Nein... Julian ich würde dich nachher gerne unter vier Augen sprechen!", sagt der König streng. Besorgniserregend sieht Julian auf sein Essen.

„Oh nein. Es ist bestimmt wegen mir", nervös laufe ich im Zimmer auf und ab.
„Nein, vermutlich hat er bei einer seiner Arbeiten etwas übersehen und der König will es ihm persönlich sagen. Es hat bestimmt nichts mit Ihnen zu tun!", baut mich Anna auf.
„Vermutlich hast du Recht. Hoffentlich!"
Ich warte und warte. Nur worauf? Auf eine Nachricht von Julian? Oder was sonst? Ich weiß es doch selbst nicht! Ich versuche in meinem Buch weiter zu lesen, kann mich aber nicht darauf konzentrieren.
Beim Mittagessen ist Julian nicht da.
Der Nachmittag, ich warte immer noch. Wo war er beim Mittagessen? Sollte ich mir Sorgen machen? Mache ich mir sowieso schon. Warum meldet er sich nicht. Mir kommt es vor als bewegen sich die Zeiger rückwärts. Anna versucht mich abzulenken, schafft es aber nicht. Als ich ihr sage, sie soll einmal eine Pause machen, lege ich mich in mein Bett. Ich denke nach. Hat der König etwas von uns erfahren? Ich weiß, dass er es nie akzeptieren würde. Vielleicht ist es aber wirklich nur eine Kleinigkeit und ich zerbreche mir den Kopf umsonst. Ja so wird es

sein. Aber in den Wochen die ich im Schloss gelebt habe, hat er kein Essen ausgelassen, egal wie viel Arbeit er hat.

Anna kommt bei der Tür hereingestürmt und erschreckt mich. Bald bekomme ich noch einen Herzinfarkt wenn es so weiter geht.

„Anna, was ist los?"

„Tess, ich habe gerade Patrick getroffen. Der Prinz ist ziemlich zerstreut."

„Anna was meinst du mit zerstreut?"

„Naja nach dem Gespräch ist er in sein Zimmer gekracht, wo Patrick natürlich gewartet hat. Er ist sehr wütend. So wütend wie ihn Patrick noch nie gesehen hat und er ist schon ein paar Jahre sein Kammerdiener, keiner kennt ihn so gut wie er. Und so war er noch nie. Er ist völlig ausgezuckt! Hat eine Vase gegen die Wand geschmissen und so etwas. Dann hat er Patrick weggeschickt aber man hört ihn vom Gang aus fluchen. Anscheinend ist das Gespräch nicht gut ausgegangen..."

„Weißt du ob es um mich geht?"

Traurig schüttelt sie den Kopf. Ich fahre mit meinen Händen durch die Haare und gehe zum Fenster. Was lässt ihn nur so austicken? Soll ich zu ihm? Ich stürme zur Tür und laufe schnell einen Stock höher wo er sein Zimmer hat. Ich klopfe an seine Tür: „Julian? Ich bin's Tess! Was ist denn los?"

Ich höre Schritte hinter der Tür aber er macht nicht auf.

„Julian? Mach auf, bitte!", flehe ich ihn an. Was ist bloß los mit ihm?

„Geh weg!", höre ich ihn leise sagen. Habe ich mich verhört? Hat er wirklich -Geh weg!- gesagt?

„Julian, bitte. Mach die Tür auf!"

„Ich sagte, du sollst verschwinden!", schreit er wütend und ich weiche ein paar Schritte von der Tür zurück.

„Julian...?", frage ich so leise, dass er es wohl kaum gehört hat. Ich sehe die Tür an als hätte sie mir mitten ins Gesicht geschlagen. Allerdings fühle ich mich auch so.

Ich gehe langsam wieder zurück in mein Zimmer. Ich öffne die Tür in Zeitlupe ich gehe in Zeitlupe zu meinem Bett, ich weine in Zeitlupe. Kommt mir zumindest so vor. Anna sagt etwas, aber es hört sich an als würde sie ein Kissen vor dem Mund haben und ich verstehe sie nicht.

Was habe ich gemacht?

Das Abendessen bekomme ich auch nicht richtig mit. Ich kriege kaum etwas von dem leckeren Essen hinunter. Julian ist wieder nicht hier. In meinem Zimmer angekommen, lege ich mich in mein Bett und starre die Decke an. Anna ist nur ungern gegangen. Sie wollte mich in "diesem Zustand" wie sie es nannte nicht allein lassen. Auf einmal klopft es an der Tür. Julian?! Bitte guter Gott, lass es Julian sein. Ich atme tief durch und öffne die Tür. Doch da steht niemand. Ich schaue auf den Boden hinunter und da liegt ein Brief. Mit dem königlichem Siegel. Vorsichtig hebe ich ihn auf, schließe die Tür und setzte mich auf mein Bett.

In schön geschriebener Schrift steht darauf: Für Tess

Ich breche das Siegel und öffne den Brief.

*Liebste Tess,*

*sein wir doch einmal ehrlich, mit uns kann es keine Zukunft geben. Ich bin der Prinz und du ein normales Dorfmädchen. Es würde nie funktionieren. Ich sehe doch, dass du dich hier wie in einem Käfig fühlst. Du könntest nie hier leben. Wie du sagtest, mein Vater erlaubt es sowieso nicht. Das Protokoll verlangt eine Prinzessin. Die Werwolf-Regeln besagen, dass ich eine Werwölfin heiraten muss. Du bist beides nicht! Bitte, verstehe mich nicht falsch. Die Zeit mit dir, war die schönste Zeit in meinem Leben. Aber für mich gibt es keine Zukunft mit dir. Ich weiß diese Bitte ist unverschämt von mir aber, würdest du bitte demnächst das Schloss verlassen? Ich kann dich nicht mehr sehen! Es tut mir unendlich leid.*
*Bitte, vergiss mich!*

*Prinz Julian!*

Bitte vergiss mich! Bitte vergiss mich! Bitte vergiss mich! Meine Tränen kann ich nicht zurückhalten. Ich sehe nur noch verschwommen. Ich lese den Brief nochmal. Und nochmal. Und nochmal. Aber es steht immer das gleiche darin. Es kommt immer auf das Gleiche heraus. Julian liebt mich anscheinend doch nicht. Ich soll das Schloss verlassen.

-Ich bin der Prinz und du ein normales Dorfmädchen!-

Schon wieder. Er ist der Prinz. Ich muss ihm gehorchen. Ich schluchze laut. Vor meinem inneren Auge spielen sich die verschiedensten Szenen ab.

Julian und ich im Bett, wie er mich wärmt.

Julian und ich wie er mich beruhigt, als wir den Wolf in der Nacht gehört haben.

Julian und ich beim Markt, als er sagte wir sind zusammen.

Julian und ich im Wald bei der Lichtung.

Julian und ich wie er mich das erste Mal geküsst hat, vor den Augen des Wolfes.

Julian und ich, wie er verletzt und nackt vor mir lag.

Julian und ich hier im Zimmer wie er mich angeschrien hat und danach küsste.

Julian und ich im Gewächshaus, als er mir sagte er liebt mich.
Julian und ich im Kino, bei seinem misslungenen Versuch Popcorn zu machen.
Das alles war eine Lüge? Warum? Hat er mich nur benutzt? Bedeute ich ihm gar nichts? Und jetzt? Ich soll verschwinden? Gut, kann er haben. Aber vorher muss ich ihn sehen. Ich laufe wieder hinauf zu seinem Zimmer, ich klopfe so laut gegen die Tür, dass er es auch merkt, wenn er schon schläft. Hinter der Tür brennt noch Licht. Er ist wach. Ich sehe seinen Schatten unter der Tür. Er steht direkt davor. Öffnet sie aber nicht.
„Mach auf Julian!", schreie ich verheult.
Er macht gar nichts.
„Julian bitte! Ich muss mit dir reden! Mach auf! Bitte!", weine ich.
Wieder nichts.
„Bedeute ich dir rein gar nichts? Bin ich dir egal? Hast du mich nur benutzt?"
Sein Schatten bewegt sich. Ich höre wie er sich an der Tür hinab rutschen lässt und jetzt am Boden sitzt.

„Julian... Ich habe auch Gefühle. Und du... der große starke Prinz, kannst es mir nicht einmal persönlich sagen? Bist du wirklich so feige? Nach all dem was passiert ist? Bitte Julian. Wir finden eine Lösung. Bitte, mach auf! Schließ mich nicht aus. Ich liebe dich!"
Ich höre ein leises Schluchzen. Weint Julian? Jetzt lasse ich mich gegen die Tür fallen und sitze auf dem kalten Boden.
„Wirklich? Das war's also? So macht ein Prinz Schluss? Mit einem verdammten Brief! Und ich dachte, du liebst mich. Würdest für uns kämpfen. Aber das war wohl alles nur Wunschdenken. Okay! Gut! Kannst du haben! Morgen in der Früh bin ich weg! Du wirst mich nie wiedersehen! Ich werde nicht zurückkommen! Aber vergiss eines nicht! Ich liebe dich!"
Königin Sophia stürzt aus dem Zimmer schräg gegenüber.
„Was ist denn los, Tess. Warum weinen Sie?", fragt sie mütterlich.
Ich schaue noch einmal zurück zu Julian's Tür.
„Guten Abend, Königin Sophia. Vielen Dank, dass ich hier wohnen durfte. Alle waren wirklich nett zu mir gewesen. Es war die schönste Zeit meines Lebens. Aber

ich muss jetzt gehen! Morgen früh werde ich das Schloss verlassen!", weine ich noch immer. Erschrocken sieht sie mich an.
„Aber wieso das denn?"
„Es gibt ein paar... Komplikationen zwischen dem Prinzen und mir. Es tut mir leid. Danke für Ihre Gastfreundlichkeit. Aber das war's dann wohl!"
Mit diesen Worten drehe ich mich um und gehe davon.
„Das kann's doch nicht sein!", höre ich sie ganz leise sagen.
Während ich um die Ecke biege, klopft sie, nein, sie hämmert an Julians Tür. Und er öffnet sie. Ich bleibe wie angewurzelt stehen.
„Was ist bei euch vorgefallen? Warum sitzt sie mitten in der Nacht verheult vor deiner verschlossenen Tür?"
„Frag doch meinen wundervollen Vater, der sich einen Scheißdreck für meine Gefühle interessiert!", sagt er ebenfalls mit weinerlicher Stimme, so habe ich ihn noch nie reden gehört. Er knallt ihr die Tür vor der Nase zu und ich gehe zurück in mein Zimmer. Ich fühle mich, seit meine Familie gestorben ist, wie auf einer Klippe über einem großen Abhang. Julian hat mich von ihr

weggeholt... und einfach so hineingeschubst. Jetzt falle ich und kein Ende ist in Sicht.

Wurde er dazu von seinem Vater gezwungen? Selbst wenn, dachte ich wirklich... er würde für uns kämpfen.

# KAPITEL 11

„Tess... wollen Sie wirklich gehen?", fragt die Königin fürsorglich, „Mit Julian kommt sicher wieder alles in Ordnung."
Ich schüttle nur den Kopf und antworte: „Nein. Das kann er nicht mehr geradebiegen!"
Der König tritt durch die Tür und ich denke ein schwaches Lächeln zu sehen. Aber nur kurz. Er ist bestimmt stolz auf seinen Sohn. Das er eiskalt ein Mädchen abserviert.
„Viel Glück, Tess!", wünscht er kalt und streckt mir seine Hand entgegen. Am liebsten würde ich sie wegschlagen. Nur ein Problem. Er ist der König.
„Danke."
„Warum gehst du? Kommst du wieder?", fragt Nicole mit ihrer kindlichen Stimme.
Es zerreißt mir mein Herz. Die ganze Zeit über bin ich ihr immer ein bisschen aus dem Weg gegangen. Sie erinnert mich sehr an Ella. Trotzdem habe ich sie liebgewonnen. Ich hocke mich auf den Boden um ihr besser ins Gesicht sehen zu können.
„Nein, es tut mir leid, ich komme nicht mehr."

Anna eilt noch in die Eingangshalle um sich von mir zu verabschieden.
„Danke für alles. Sie haben mich, das ganze Personal, gut behandelt. Dankeschön! Leben Sie wohl Tess!", verabschiedet sie sich mit trauriger Stimme.
Auch mir fällt der Abschied von ihr schwer.
Julian ist nicht gekommen um sich von mir zu verabschieden. Ich habe nicht damit gerechnet... aber es gehofft.

Ich nehme meine Tasche und gehe durch das große Tor das mir die Wachen aufhalten. Dankend nicke ich ihnen zu. Mit einem lauten Knall fällt die Tür hinter mir zu. Ich trete auf die Straße und blicke zurück zum Schloss. Ich halte Ausschau nach Julians Fenster. Als ich es gefunden habe, stockt mir der Atem. Er steht am Fenster und sieht zu mir. Sein Gesicht ist blass. Aber ich sehe trotz der Entfernung seine traurigen leuchtenden eisblauen Augen. Wir schauen uns einen Moment an, dann dreht er sich um und geht weg. Sofort kommen mir die Tränen. Damit hat er es deutlich gemacht, er will mich nicht mehr. Ich gehe weiter, ohne einen Plan wohin. Zu Fred und Berta? Ich würde nur im kalten Zimmer liegen und daran denken wie Julian mich wärmte. Aber zu wem sollte ich sonst? Ich kenne zwar eine Menge Leute, aber würden diese mich aufnehmen? Ich brauche eine Arbeit. Ich muss Geld verdienen. Die Königin wollte mir viel Geld mitgeben, aber ich habe es abgelehnt. Ich habe genau 632,20 Euro. Das Geld von meinen Eltern. Damit sollte ich eine Weile auskommen. Am besten gehe ich in eines der nächsten Dörfer. Ich will hier einfach nur weg. Am besten wandere ich einfach in eine große Stadt aus, wo mich niemand kennt. Möglichst weit weg vom Schloss. Aber das kann ich erst, wenn ich mehr Geld habe. Jetzt stehe ich allein da. Allein in der großen Angst einflößenden Welt. Aber bin ich noch das arme kleine Mädchen von neben an? Nein! Bestimmt nicht! Das Leben hat mich abgehärtet! Was soll mir denn noch Schlimmeres passieren? Keine Familie. Keine Freunde. Kein Haus. Doch ich habe ein Haus. Am besten werde ich es verkaufen lassen. Ich will es nie wieder auch nur sehen. Es ist Vergangenheit. Wie das Schloss, das hinter mir immer kleiner wird. Das war mein altes Leben. Jetzt ziehe ich einen Strich. Ich will neu anfangen. Ohne mich noch einmal umzudrehen beschleunige ich meinen Schritt.

„Grüß Gott! Ich bin Tess Winter. Ich bin auf der Suche nach einer Arbeit, hätten Sie vielleicht eine Stelle frei?", stelle ich mich vor und setze mein Unschuldslächeln auf. Vor mir steht ein Mann mir Bierbauch und grauem Vollbart.

„Tut mir leid, Kleine. Ich brauche keinen. Aber schau doch einmal bei dem Wirtshaus drüben am Ratsplatz, der sucht oft jemanden."

„Okay, trotzdem danke."

Das war jetzt schon die vierte Absage. Ich mache mich auf den Weg zum Platz. Ich betrete die Stube und ein Geruch aus Schweiß, Bier und Schnitzel schlägt mir mitten ins Gesicht. An der Schank sitzen ein paar besoffene Typen. Dahinter steht ein alter Mann.

„Entschuldigung? Ich bin Tess Winter und bin auf der Suche nach einer Arbeitsstelle?"

Der Alte grinst mich an, sodass ich ein bisschen Angst habe.

„Oh wirklich? Das trifft sich gut! Heute ist eine Stelle als Kellnerin frei geworden? Wann möchtest du anfangen?"
Jaaa! Ich habe eine Arbeit!
„Wann Sie möchten! Wissen Sie vielleicht, wo ich ein Zimmer bekomme?"
„Morgen kannst du anfangen. Sei um 10 Uhr da. Ein Zimmer habe ich. Caro kommst du mal bitte?", schreit er über die Schulter.
Ein junges blondes Mädchen tritt aus der - ich vermute einmal - Küche.
„Ja?", sagt sie höflich.
„Das ist... ähm..."
„Tess", helfe ich ihm auf die Sprünge.
Nicht einmal meinen Namen kann er sich merken.
„Aja, genau. Das ist Tess. Die neue Kellnerin. Zeigst du ihr bitte ihr Zimmer? Gib ihr Nummer 4!"
Caro kommt auf mich zu und deutet mir mit dem Kopf ihr zu folgen.
„Hi, ich bin Caroline. Aber nenn mich ruhig Caro. Ich bin die Enkelin von Alfred. Dem alten Knacker da unten."
Wir gehen hinaus aus dem Lokal und in eine Seitengasse hinein. Dann klopft sie an eine Tür.

„Oma? Ich bin's Caro!"
Eine alte Frau öffnet uns die Tür. Freundlich begrüßt sie uns. Caro führt mich eine alte Holztreppe hinauf und bleibt vor einer Tür mit der Zahl 4 darauf stehen.
„Das ist dein Zimmer. Essen gibt es um sechs Uhr unten in der Küche. Entweder du zahlst das Essen und das Zimmer oder es wird dir vom Lohn abgerechnet. Je nachdem was dir lieber ist", mit diesen Worten dreht sie sich um und geht.
Ich öffne die Tür und ein stickiger Geruch schlägt mir entgegen. Ein kleines Bett. Eine Kommode. Ein Fenster. Es ist nicht einmal ein Viertel groß von dem Zimmer im Palast. Es ist nur eine Übergangslösung! Das schaffe ich schon. Erschöpft und hungrig lasse ich mich in mein Bett fallen und leider muss ich feststellen, dass es sehr hart und unbequem ist. Wieder rede ich mir nur ein, dass es eine Übergangslösung ist. Ich sinke in einen unruhigen Schlaf.

Kurz vor sechs Uhr werde ich munter und hetze in die Küche. Dort ist für sechs Leute aufgedeckt. Alfred, die Oma, Caro und ein anderes Mädchen sitzen bereits dort. Ich setze mich dazu und das Mädchen mit den blonden

Haaren stellt sich mir als Heike vor. Meine Arbeitskollegin.
„Meine Güte, wo ist Benedikt schon wieder. Dieser Junge kann nicht einmal pünktlich sein."
In dem Moment fliegt die Tür auf und ein junger Mann tritt herein. Er hat dunkle Haare. Ich sehe zu Heike. Oh... so wie sie ihn anlächelt kann man nur eines vermuten.
„Sorry Leute! Ich wurde aufgehalten! Hey bist du die Neue? Ich bin Ben!", sagt er hektisch und lässt sich neben Heike auf den Sessel fallen.
„Hi, ich bin Tess!"
Es gibt irgendeine grüne Gemüsepampe die wirklich nicht gut schmeckt. Dazu Kartoffeln. Die waren einigermaßen in Ordnung.
„Also Tess. Ich erkläre dir mal wie hier alles abläuft. Um 8 Uhr gibt es Frühstück. Um 10 Uhr arbeitest du bis 14 oder 15 Uhr je nach dem. Dann hast du bis 16 Uhr Pause und von da wieder bis 20 oder 21 Uhr. An Dienstagen hast du frei. Außer wir brauchen dich. Sonntag also wie heute ist nur Mittag. Gut... dann erzähl uns doch etwas über dich."

Oh nein. Was soll ich erzählen? Ich wollte meine Vergangenheit hinter mir lassen. Mein Magen schnürt sich zusammen.
„Ähm... ich... ich möchte nur sehr ungern darüber reden."
Alfred nickt und meint ich muss nichts sagen.
„Aber du bist doch kein Serienkiller?", fragt die Oma.
„Nein, keine Sorge ich bin nur ein harmloses Mädchen."

Nach dem Essen gehen Heike, Ben und ich hinauf. Heike hat Zimmer 3 und Ben 2. 1 gehört vermutlich Caro.
„Tess kommst du noch rüber?", fragt Heike die mir bis jetzt sehr sympathisch ist.
„Klar", antworte ich und gehe ihr nach in ihr Zimmer.
Ich setze mich zu ihr aufs Bett und Ben kommt herein.
„Gibt es hier öfter Neue?", frage ich weil es mir ziemlich den Eindruck so erweckt.
„Ja!", lachen Ben und Heike wie aus einem Mund.
„Erst heute ist wieder eine gegangen. Eine Woche hat sie es ausgehalten. Das geht den meisten so. Nur Ben und ich sind schon seit einem Jahr hier. Sie zahlen relativ gut und wir haben ein Dach über dem Kopf und schreckliches

Essen!", sagt Heike und Ben nickt zustimmend. Die Zwei wirken sehr vertraut.

„Sagst du uns, von wo du kommst?", fragt Ben neugierig.

„Aus dem direkt angrenzendem Dorf beim Schloss."

Und hier bin ich in irgendeiner Stadt. In Ajena. Vier Stunden Fußmarsch entfernt.

„Oh, hast du die Königsfamilie mal gesehen?", will Heike aufgeregt wissen.

„Ja."

„Sind sie wirklich so wie im Fernsehen? Aja! Genau die Sendung beginnt gleich. Schnell kommt."

Heike springt auf und läuft zur Tür. Ben und ich gehen ein bisschen langsamer hinter ihr.

„Seid ihr zusammen?", frage ich ihn leise.

„Ja, wir haben uns hier kennengelernt. Deshalb ist es vermutlich auch nur halb so schlimm. Aber trotzdem ist sie verrückt nach dem Prinzen. Aber es ist okay für mich. Sie wird ihn sowieso nie sehen", gesteht er mir und lächelt verliebt.

Auf einer Bank machen wir es uns alle bequem. Aus dem kleinen Gerät ertönt die Nationalhymne. Dann sieht man die Königsfamilie. König Maximilian, der sehr zufrieden wirkt. Königin Sophia, so fröhlich wie eh und je. Nicole, die einfach nur steif dasitzt. Und Julian. Er ist sehr blass. Hat dunkle Augenringe unter den blauen Augen, die ihren Glanz verloren haben. Es schmerzt so sehr ihn zu sehen. Der König tritt vor an das Pult und verkündet die Neuigkeiten. Einen Aufstand in einem Dorf südlich von unserem.

„Die Aufstände rücken immer näher an uns heran. Wenn der König nichts unternimmt rebelliert das ganze Land", beschwert sich Alfred.

„Was ist nur mit dem Prinzen los? Es ist ja grau wie Asche!", stellt Heike erschreckend fest. Mir kommen die Tränen. Schon klar. Ich habe mit der Vergangenheit abgeschlossen. Wohl eher nicht. Ich versuche sie wegzublinzeln und atme automatisch schneller.

„Du hast Recht. So schlimm habe ich ihn noch nie gesehen. Wo sind seine aufrechte Haltung und seine Grazie. Sein charmantes Lächeln?", stellt nun auch Caro fest.

„Vielleicht ist sein Hamster gestorben!", sagt Ben vor Sarkasmus triefend.

„Ben! Jetzt hab doch Mitleid! Sie ihn dir doch an wie mitgenommen er aussieht! Anscheinend hat er tagelang nicht geschlafen!", verteidigt Heike ihn.
Aber das bringt mein Fass zum Überlaufen. Eine Träne kullert über meine Wange gefolgt von der nächsten.
Ich stehe hastig auf und laufe in mein Zimmer. Schluchzend lasse ich mich auf das steinharte Bett fallen. Heike steht auf und rennt mir nach, aber ich schlage ihr die Tür vor der Nase zu.
Dumm nur, dass ich sie nicht abgeschlossen habe. Ich liege auf meinem Bett und weine. Heike, die ich doch erst seit einer Stunde kenne setzt sich zu mir und legt mir ihre Hand auf die Schulter.
„Hey... was ist denn los?", fragt sie leise und schüchtern.
Ich schüttle den Kopf ich will es nicht sagen müssen. Wie sehr er mich verletzt hat... Habe ich etwas falsch gemacht? Aber was?
„Kanntest du den Prinzen?"
Ich nicke und schluchze.
„Kennst du ihn gut?"
Wieder nicke ich.

„Willst du mir nicht sagen, was passiert ist? Du kannst mir vertrauen. Ich werde es keinem sagen, wenn du willst. Nicht einmal Ben."
Heike wirkt so vertrauensvoll. Aber soll ich es ihr sagen? Wie wird sie mich sehen? Ein Mädchen, das in den Prinzen verliebt ist, einen Korb bekommen hat und nicht damit umgehen kann. Oder wie ein Mädchen mit einer beschissenen Vergangenheit.
„Er war mein Freund, glaube ich."
Ich sehe sie an, aber durch den Tränenschleier vor meinen Augen sehe ich nur verschwommen. Sie reißt Augen und Mund auf, das kann ich ganz deutlich sehen.
„Er... der Prinz! Und du...? Bist du adelig oder so?"
„Nein! Wenn ich das wäre, gäbe es ein Problem weniger."
„Welches Problem?"
„Ich denke sein Vater hat ihn gezwungen mit mir Schluss zu machen. Wir haben uns wirklich geliebt. Dann finde ich einen Brief vor meinem Zimmer in dem steht, dass alles vorbei ist. Er hat... es mir nicht einmal persönlich gesagt. Daraufhin bin ich aus dem Schloss ausgezogen und hierhergekommen!"

„Warte, warte. Nur noch einmal zum Mitschreiben. Du hast im Schloss gewohnt?"

„Ja. Meine Mutter war die Zofe der Königin."

Sie sieht mich mit einem Jetzt-mach-es-nicht-so-spannend-Blick an.

„Meine ganze Familie wurde vor meinen Augen von einem Wolf umgebracht. Daraufhin kam ich ins Schloss. Ich lernte Julian kennen. Wir haben uns ineinander verliebt. Ich bin mir inzwischen sogar ziemlich sicher, dass er vom König gezwungen wurde. Aber er hat mich trotzdem enttäuscht. Er konnte es mir nicht ins Gesicht sagen. Und... ich dachte... er würde für uns kämpfen."

Heike nimmt mich in den Arm. Es tut gut darüber zu sprechen.

„Wow... du hast wirklich eine schwierige Vergangenheit. Meine Eltern leben weit weg. Ich bin ausgerissen. Meine Mutter wollte mich mit irgendeinem Typen mit viel Geld verheiraten. Dann habe ich meine Sachen gepackt und sie sahen mich nie wieder."

Einfach abhauen?

„Vermisst du sie denn nicht?", frage ich und beruhige mich langsam.

„Doch aber nur sehr, sehr selten. Also so gut wie nie. Ich habe meine Eltern nie gemocht. Sie waren nie auch nur irgendwie liebevoll zu mir. Wie man eben zu seiner Tochter ist. Und hier habe ich Ben kennengelernt. Wir warten nur, dass wir genug Geld zusammenbringen, damit wir heiraten können."
Wie alt ist sie denn? Als ich sie danach frage erschreckt mich die Antwort. Sie ist schon 24! Das hätte ich nie gedacht! Sie sieht aus wie 16. Vielleicht liegt es an ihrer Größe. Heike ist ziemlich klein.
Noch eine Weile redeten wir, was mich wundert ist, dass sie mich auch zum Lachen bringen konnte. Das konnte nur Julian. Heike ist eine gute Freundin, das weiß ich schon nach ein paar Stunden.

# Kapitel 12

Um acht Uhr werde ich munter. Es regnet. Schon wieder. Das Wetter ist wie meine Stimmung.
Ich gehe in das gemeinschaftliche Bad, dass sich Ben, Heike und ich teilen müssen. Dort treffe ich auf Ben. Der nur eine Hose trägt. Aber mir ist es egal. Ich habe Heike erlaubt, dass sie mit Ben über meine Vergangenheit reden darf, nur möchte ich nicht, dass ein großes Drama daraus gemacht wird.
Er sieht mich mitleidig aus seinen grauen Augen an.
„Morgen Tess. Bereit für deinen ersten Arbeitstag?"
„Ähm... ne eigentlich nicht."

„Also hier ist die Küche, da nimmst du das Essen entgegen und bringst es zum Tisch. Kassieren kannst du?", fragt Caro nervig.
„Ja kann ich."
Okay... Ich mag Caro nicht wirklich. Sie ist hochnäsig und arrogant, selbstverliebt... Immer wieder sage ich -Hey Tess, keine Sorge du bist nur so lange hier bis du genug Geld hast!- Nur hilft es nicht mehr so viel. Leider hat

Heike heute frei. Sie würde mir den Tag bestimmt erleichtern, allein mit ihrer Anwesenheit. Aber nein... Ben steht hinter der Theke und richtet gerade ein Achtel Wein her und stellt es vor einen dicken alten Mann mit einer Glatze.

Ein älteres Ehepaar kommt kurz vor zwölf Uhr herein und setzt sich an einen Tisch am Fenster. Ben nickt mir aufmunternd zu und ich gehe hin.

„Grüß Gott. Was darf ich Ihnen bringen?", frage ich höflich und lächle.

„Hallo. Zwei rote Traubensaft gespritzt bitte."

„Kommt sofort!"

Ich gehe zu Ben und übermittle ihm die Nachricht. Er stellt mir die Bestellung auf ein Tablett und jetzt heißt es nur nicht niederfallen.

Gut das habe ich schon einmal geschafft. Zum Essen wollen sie einen Schweinsbraten mit Sauerkraut und die Frau Schnitzel mit Kartoffelsalat.

Langsam wird es hier wirklich voll und ich komme gar nicht dazu, dass ich auf die Uhr sehe. Als sich das Lokal schön langsam leert sehe ich, dass es bereits zwei Uhr nachmittags ist. Mit ein bisschen Übung habe ich den Dreh raus. Mir ist nichts hinuntergefallen und verrechnet habe ich mich auch nicht, hoffe ich. Ich frage mich was an allem so schlimm sein soll?

In der Pause lege ich mich auf mein Bett und denke nach. Dann habe ich in meinem Buch weitergelesen. Heike ist auch kurz einmal vorbeigekommen und hat mich gefragt wie es bis jetzt ist.

Um späten Abend kommen auf einmal lauter Männer zwischen 18 und 25 herein und setzen sich an den Tisch. Alle wollen Bier. Irgendwie sind mir die nicht geheuer.
„Kann ich Ihnen etwas zu Essen bringen?"
„Wie wär's mit dir und ein bisschen Schlagsahne oben drauf?", sagt der eine Blonde mit spitzbübischer Stimme und die anderen lachen. Mir bleibt der Mund offen.
„Lass dir das nicht gefallen von ihm. Ich hätte gerne ein Steak, extra blutig bitte!", sagt einer mit schwarzen Haaren. Sofort werde ich unruhig. Aber da ist doch nichts dabei, wenn man gerne blutiges Fleisch ist. Deswegen muss er noch lange kein Werwolf sein.

Ich schreibe es auf und sehe den Nächsten an.
Alle bestellen etwas ohne dumme Bemerkungen.
Als ich den Zettel in die Küche zu Caro reiche sagt Ben hinter mir: „Sorry, ich hätte dich vorwarnen sollen. Solche Typen sind... naja nicht einfach. Aber lass dir nichts gefallen."

Mit dem großen Tablett mit den vielen Speisen gehe ich wieder zurück und rufe die Bestellungen nach der Reihe auf und reiche es demjenigen. Als ich bei dem Blonden angekommen bin, greift er mir auf den Po... Vor Schreck hätte ich beinahe das Essen fallen lassen. Ich stelle es vor ihn hin und meine mit verführerischer Stimme: „Ich habe einen Vorschlag für dich. Anscheinend liebst du Bier und Frauen. Wie wär's mit einem Bierbad?"
Zuerst schaut er mich verwirrt an.
„Wie stellst du dir das vor?", fragt er und zwinkert mir zu.
Ich greife zu seinem Bierglas und leere es ihm langsam über den Kopf.
„So ungefähr! Und gefällt es dir?", frage ich und diesmal zwinkere ich. Alle am Tisch lachen und ich gehe stolz weg.

Ben steht mit dem Rücken zu den Männern bei der Theke und kann sich das Lachen nicht verkneifen.
„Wow! Tess! Also ich muss schon sagen, dass hast du wirklich gut gelöst."
Kassieren geht dann Ben, weil ich mich nicht mehr zu ihnen hin traue. Der Bier gebadete sieht nämlich ziemlich wütend aus. Als sie hinaus gehen meint der blonde Grabscher: „Guter Schachzug Kleine, das nächste Spiel gewinne ich!"
Was meint er damit? Sollte ich Angst haben?
„Hab keine Angst vor ihm, bellende Hunde beißen nicht! Übrigens. Hallo ich bin Mat, wir werden uns wohl öfter hier sehen", meint der schwarzhaarige, blauäugige Mann. Also er ist mir mehr sympathisch als die anderen die nur blöd lachen und dumme Sprüche schieben.

„Den Feierabend hast du dir wirklich verdient!", sagt Ben und schließt das Lokal ab.
Müde falle ich in mein Bett und schlafe auf der Stelle ein.

Ich gehe eine Runde auf dem Ratsplatz. Viele Stände. Eigentlich genauso wie zu Hause. Nur gibt es das nicht mehr in meinem Leben. Als ich an dem Stand mit dem Fisch vorbeikomme rümpfe ich die Nase. Ich hasse Geruch von Fisch! Einfach nur ekelig! Dafür riecht das frische Brot auf der anderen Seite umso besser. Als ich mit meiner Runde fertig bin, gehe ich in eine der belebten Straßen rund herum. Hier sehe ich viele Geschäfte mit Kleidung, Schuhen und Schmuck. Die Leute hier haben wohl Geld. Neben mir fließt ein breiter, grüner Fluss. Ich stelle mich zum Geländer und spüre den Wind in meinen Haaren. Das ist also mein neues Leben? Arbeiten und dabei begrapscht werden. An meinem freien Tag in der Stadt auf und ab spazieren? Ich kenne niemanden hier! Ja die Stadt ist ganz hübsch... aber es ist eine richtige Stadt. Ich war das Land gewöhnt. Wo viel Wald ist. Wo man aufs Schloss sieht. Jetzt sehe ich nur einen Fluss. Geschäfte. Fabriken. Nirgends ist nur ein kleiner Teil unberührte Natur. Ich denke, dass ich nicht lange hierbleibe. Ich sollte Arbeit in einem Dorf suchen. Wo man die Menschen kennt. Wo man nicht skrupellos angebaggert wird.

Jemand lehnt sich neben mich.

„Vermisst du das Land?", fragt eine tiefe bekannte Stimme. Der Schwarzkopf Mat. Ich sehe ihn verwundert an. Kann er Gedanken lesen?
„Ich komme auch vom Land. Die Stadt erdrückt einen ein bisschen oder?"
Wie recht er nur hat.
„Danke das du mich gestern verteidigt hast!"
„Er ist ein bisschen... naja er ist nicht die hellste Leuchte. Mir tun die Mädchen immer leid, die er abschleppt. Aber das Bierbad, also das war wirklich super!", lobt er mich und zeigt seine schönen weißen Zähne.
„Danke, war ein spontaner Einfall. Von wo kommst du?"
„Einem kleinen Dorf im Süden. Würdest du mit mir Mittagessen gehen?", fragt er ganz direkt und sieht mich an. Seine blauen Augen strahlen mich an. Es ist ein ähnliches Blau wie die von dem Jungen den ich einmal sehr geliebt habe. Eisblau. Sie wirken vertrauenswürdig. Außerdem komme ich vielleicht so auf andere Gedanken.
„Ja, gerne!"
Sein Lächeln wird breiter.
„Ich kenne einen guten Italiener die Straße hinunter. Magst du Italienisch?"

Ich nicke und gemeinsam gehen wir die volle Straße hinunter. Seit wann bin ich so naiv und gehe mit fremden Männern einfach einmal spontan essen?
Ich verstehe die ganzen Menschen hier nicht! Sind sie blind? Sie kaufen, ohne nachzudenken wo es produziert wird, wie es produziert wird oder wie viel es kostet. Um das Geld könnte ich ein paar Tage leben. Sie haben keine Sorgen. Genug Geld. Ein Haus. Arbeit. Familie. Sie sind glücklich, sehen nicht die Angriffe auf das Land.

Wir gehen in eine Seitenstraße und da stchen Tische mit Sesseln und auf der Hausmauer hängt ein Schild.
*Bella Italia*
Gut. Wir setzen uns an einen der Tische und bestellen. Ich nehme eine Cola und eine Schinken-Mais Pizza. Mat nimmt eine Pizza mit Speck und Spiegelei.
„Und... hast du Geschwister?", fragt er und nippt an seiner Cola.
„Tut mir leid, aber ich will nicht über meine Familie reden", entschuldige ich mich. Mat nickt verständnisvoll.
„Was möchtest du mir sonst über dich erzählen?"
Tja... was gibt es über mich?

„Da gibt es nicht viel. Ich lese unheimlich gerne und würde selbst einmal gerne Schriftstellerin werden."
„Oh wirklich? Ich lese auch sehr gerne. Am liebsten Krimis! Aber doch arbeitest du in einem herunterkommenden Gasthaus. So ein hübsches und bestimmt talentiertes Mädchen wie du sollte doch schon berühmt sein! Wie kommt es dazu?"
„Ich bin von zu Hause weggegangen und irgendwie muss ich doch zu Geld kommen? Damit ich noch weiter wegkomme. Aber genug von meiner Vergangenheit? Wie steht's bei dir, warum bist du hier?"
Er steckt sich ein Stück Pizza in den Mund und isst erstmals in Ruhe fertig bis er mir schließlich antwortet: „Lange Geschichte. Aber kurz. Mein Bruder wurde umgebracht. Meine Mutter ist ausgeflippt und ich bin abgehauen. Jetzt bin ich hier! Frag aber bitte nicht weiter nach! Die Wunden sind noch frisch! Eine schöne Kette hast du da. Ist das ein Wolf?"
„Tja dann haben wir schon einmal etwas gemeinsam. Wir haben beide eine beschissene Vergangenheit! Ähm... ja das ist ein Wolf", lächle ich ihn an.

Ich habe die Kette nie abgelegt. Aus welchen Gründen auch immer verbinde ich mit ihr Glück und nicht das Schreckliche.

Mat ist ganz nett, er versteht mich. Er teilt ein ähnliches Schicksal wie ich.

„Gemeinsam oder getrennt?", fragt der Kellner.

„Getrennt!", sage ich und Mat sagt: „Gemeinsam!"

Fragend sieht der Kellner uns an. Doch Mat drückt ihm einfach einen Schein in die Hand und gibt den Rest Trinkgeld. Okay... er hat anscheinend mehr Geld als ich.

„Danke, wäre nicht nötig gewesen!", bedanke ich mich.

„Ich weiß. Aber ich wollte es so. Und ich bekomme meinen Willen so gut wie immer!", lacht er und ich stimme mit ein.

Wir gehen wieder auf die inzwischen leerere Straße neben dem Fluss. Die untergehende Sonne spiegelt sich auf dem Wasser. Der Wind bläst mir die Haare ins Gesicht. Irgendwann sind die Geschäfte geschlossen. Irgendwann endet die Straße und geht in einen erdigen Weg über. Endlich sehe ich Bäume. Auf einer Seite steht eine Bank und wir setzten uns darauf.

„Das war schön heute!", sagt er und sieht mich mit seinen blauen Augen an.
Er ist mir sehr nah. Kaum fünf Zentimeter sind zwischen uns. Ich habe keine Ahnung wie ich es finden soll.
„Ja finde ich auch."
„Du bist wirklich nett, Tess!"
„Nett ist die kleine Schwester von Scheiße!", lache ich.
„Nein! Das habe ich nicht gemeint. Ich finde du bist wirklich toll! Feinfühlig, interessant, anscheinend abenteuerlustig, und nicht so eine Zicke wie du sie hier überall findest. Ah, jetzt habe ich das perfekte Wort, du bist noch eines der natürlichen Mädchen. Und kein Plasticgirl! Und hübsch bist du auch!"
Bei diesen Worten werde ich rot. Er legt behutsam seine Hand über meine. Es ist ein schönes Gefühl, aber nicht zu vergleichen mit Ju... Nein, es ist ein schönes Gefühl.
Sein Gesicht kommt mir immer näher. Ich weiß, worauf er hinauswill. Aber ich kann es nicht! Ich lege meine Hand auf seine Brust und drücke ihn von mir weg. Wow... er hat viele Muskeln!
„Es tut mir leid!", sagt er und sieht auf den Fluss.

„Nein, nein, braucht es nicht! Du bist wirklich toll! Aber wie du vorhin gesagt hast, die Wunden sind noch zu frisch! Ich... brauche nur Zeit!"
Er verdreht nur die Augen und sein Gesicht wandelt sich in Sekundenschnelle von verliebt zu böse.
„Ach und ich dachte wir könnten noch ein bisschen Spaß haben bevor ich das machen muss. Entschuldige, das muss jetzt einfach sein! Immerhin hast du meinen Bruder zum Teil umgebracht!"
Was? Wovon redet er? Er pfeift und ein paar schwarz gekleidete Männer treten hinter Bäumen hervor.
„Was? Ich habe niemanden umgebracht! Was wird das?"
Hektisch stehe ich auf und drehe mich aber diese Menschen sind überall.
„Doch das hast du. Blake Sun. Meinen älteren Bruder. Erinnerst du dich etwa nicht mehr? War doch erst vor ein paar Tagen!"
Ich reiße meine Augen auf, ich will schreien aber ich bekomme keinen Ton heraus.
„Nein... das... aber...", stottere ich ohne überhaupt zu wissen, was ich sagen will.

„Ach komm schon... Keine Angst! Es wird nicht sehr weh tun! Oder doch eigentlich schon! Sorry", sagt er niederträchtig.
Dann spüre ich einen dumpfen Schmerz auf meinem Hinterkopf. Zuerst verschwimmt alles, ich taumle vor, dann falle ich auf den Boden und ich spüre noch einen Einstich. Mir wird etwas gespritzt? Oh Gott! Ich will mich wehren aber das Zeug brennt wie Feuer in meinen Adern. Dann wird alles um mich herum schwarz. Das letzte was ich höre ist die Stimme von Mat.
„Bringt sie in den Transporter. Wir haben einen weiten Weg vor uns!"
Und mein letzter Gedanke, wie konnte ich nur so dumm und naiv sein! Ich vertraue nie wieder auch nur Irgendjemanden!

# KAPITEL 13

„Aahhhh!", schreie ich vor Schmerzen auf und sofort bin ich hellwach.

Bis mein Blickfeld scharf wird, dauert es eine Weile. Vor mir hockt Mat. Falls das überhaupt sein richtiger Name ist. An meinen Händen sind rasselnde Ketten. Die sind wiederum an der kalten Steinmauer befestigt. Ich sehe mich um und bereue es sofort. Mein Schädel brummt! Ich fühle mich, als wurden mir tausend Nägel in den Kopf geschossen.

Ich bin gefangen in einer Zelle, die komplett aus Stein besteht, bis auf die Eisenstäbe, die wohl die Tür sind. Ich fühle mich schwach, sehr schwach.

„Verdammte Scheiße! Wo bin ich?", frage ich angestrengt.

Mat lächelt mich schief an.

„Du bist hier beim Sunwoolf Rudel und ich habe gerade eine wirklich interessante Entdeckung gemacht!", verrät mir Mat höhnisch.

„Was? Warum?"

„Das wirst du schon sehen!"

Sein Handy klingelt und er lacht fies auf.
„Hey, Kleine? Dein Freund ruft an!", sagt er zu mir und ich werde aufmerksamer. Julian? Nein... Oder?

„Wo ist Tess!", höre ich eine besorgte Stimme aus dem Handy rufen.
Es ist Julian! Mat schaltet die Kamera ein und ich sehe ihn. Es sieht genauso aus wie im Fernsehen. Blass. Dunkle Ringe unter den Augen.
„Auch hallo, Prinzchen! Wie geht's dir den so? Du siehst nicht gut aus!", lächelt Mat spitzbübisch.
„Ach lass es einfach Mat! Wo ist Tess!"
Mat tritt einen Schritt auf die Seite und gibt den Blick auf mich frei, wie ich völlig fertig am kalten Boden sitze.
„Was hast du mit ihr gemacht?!", schreit Julian.
„Nur das ein oder andere Experiment. Dabei habe ich wirklich etwas Interessantes herausgefunden. Also damit meine ich wirklich verdammt Interessant!", Mat lacht fies und am liebsten würde ich ihm eine runterhauen. Er zieht einen Handschuh an und nimmt einen Stein in die Hand. Ein würfelartiger, blauer Stein. Er hält ihn in die Kamera und fragt Julian ob er ihn kennt.

„Mat! Was hast du vor? Sie ist doch kein...", Julian sieht mich an, „Nein! Nein! Nein, Mat! Das ist nicht... das... Tess ist nicht...!"
Mat verdreht genervt die Augen und hockt sich neben mich. Mein Herz schlägt viel zu schnell! Was ist das für ein Stein? Warum macht sich Julian Sorgen? Er sollte doch froh sein mich los zu sein...
Mat legt den Stein an meine Wange und ein stechender Schmerz durchzuckt mich. Als würden sich in meinem Blut spitze Nägel bilden und mich von innen aufstechen. Ich schreie laut auf, die Tränen steigen mir in die Augen, doch Mat macht immer weiter. Ich flehe ihn an, aufzuhören, aber er reagiert nicht. Julian schreit ebenfalls, er schreit meinen Namen, dass alles wieder gut wird, dass er mich hier rausholt!
Ich schreie und schreie. Mat lacht und nimmt dann endlich den Stein weg. Völlig fertig lege ich mich auf die Seite und schließe die Augen. Mat soll nicht sehen wie ich weine.
„Also Prinzchen, wie du siehst, ist unsere Kleine hier ein Werwolf!"

Sofort setzte ich mich auf und starre ihn ungläubig an. Meine Wange schmerzt. Mein Herz rast. Meine Lunge brennt.

„W... was?"

„Ja Kleine! Das ist ein Boleit! Ein sehr seltener Stein. Nur Werwölfe reagieren darauf! Und da du auch darauf reagierst... Naja egal", er wendet sich wieder an Julian, der wenn möglich noch bleicher ist, „Na Julian? Hast du jetzt Angst? Sie wird sich an ihrem Geburtstag, der leider erst in zwei Monaten ist, verwandeln. Ganz alleine! Keiner wird ihr helfen! Außer, du gibst uns 75% von Flow! In Frieden! Keiner will einen Kampf. Oder Prinzchen?"

75% vom Land?

„Nein, Julian! Nicht! Ich schaffe es schon. Irgendwie...", sage ich leise.

„Dich hat keiner gefragt, Kleine!", fahrt mich Mat an und tritt mit dem Fuß gegen meine Füße.

„Nenn mich nicht Kleine!", schreie ich schwach, worauf Mat nur wieder lacht.

„Tess... bitte... es... verdammt! Ich hätte dich nie gehen lassen dürfen! Kannst du mir jemals verzeihen?", fleht Julian.

Naja ich liebe Julian. Er hat mich verstanden. Er war für mich da. Ich habe so viel mit ihm durchgemacht.
„Nein, kann ich nicht! Du hast mich verletzt. Viel schlimmer als dieser beschissene Stein da. Ich dachte du würdest für uns kämpfen! Hast du nicht! Ich bin gegangen, ohne zu wissen wohin! Ich habe kein Geld, keine Unterkunft, keine Freunde und keine Familie! Ich bin allein! Dank dir und diesem Arsch hier!"
„Was habe ich damit zu tun?", fragt Mat ungläubig.
„Weil dein Rudel meine Familie umgebracht hat!"
„Aja, okay. Tut mir leid! Hoffentlich war es nicht ich? Aber zurück zu unserem Deal. Prinzchen? Was ist? 75% deines Landes gegen dieses Mädchen?"
Das war eine Entschuldigung? Tut mir leid, hoffentlich war es nicht ich? Ist das sein Ernst? Ich weiß, dass er es nicht war, denn der Wolf der meine Familie umgebracht hat, hatte braune fast schwarze Augen. Und nicht blaue.
„Ich... ich muss zuerst mit meinem Vater sprechen."
Ich melde mich wieder tränenüberströmt zu Wort: „Du weißt doch genau was er sagen wird, Julian. Er wird sagen: Vergiss das kleine Dorfmädchen. Sie ist es nicht wert, das wir 75% unseres Landes verlieren. Denk doch einmal

politisch. Lass das Mädchen sterben. Sie ist doch nur ein kleiner Mensch!", ich ahme seinen Vater nach und Mat lacht wie verrückt, „Und du Julian? Du wirst dir wieder alles gefallen lassen. Warum lässt du zu, dass er dein Leben kontrolliert! Ich will nicht, das du 75% vom Land wegen mir verlierst, vergiss mich einfach, denn ich werde dich vergessen, so wie du gebeten hast! Jeden einzelnen scheiß Moment will ich vergessen! Ich werde dir nie vergeben können, also warum solltest du mich retten? Vergiss mich einfach!"

Julian sieht erschrocken aus. Damit hätte er wohl nicht gerechnet.

„Wow! Die Kleine hat's dir aber gegeben!", staunt Mat.

„Nenn mich nicht Kleine!", schreie ich ihn an.

„Sprich mit deinem Vater. Spätestens in einer Woche will ich eine Antwort hören, bis dahin bleibt Tess bei mir!"

Mat legt auf und hockt sich noch einmal neben mich. Ich bereite mich schon einmal darauf vor, dass er wieder den Stein an meine Wange drückt. Macht er aber nicht. Er sieht mich nur an.

„Du siehst schrecklich aus", sagt er schließlich.

„Oh danke, wie charmant!"

„Ich weiß, aber so meine ich es nicht, das weißt du ganz genau. Du bist müde und völlig fertig mit den Nerven. Soll ich dir Tee bringen?", fragt er nett. NETT! Wirklich nett und höflich.
„Nein danke. Von dir brauche ich nichts", sage ich mit abwertender Stimme.
Aber was ich in seinen Augen sehe, überrascht mich. Enttäuschung. Aber so schnell konnte ich nicht schauen, ist sie schon wieder weg.
„Weißt du, einige Mädchen würden töten nur um mir einmal so nah zu sein wie du es gerade bist!", sagt er und streicht über meine Wange. Ohne Stein!
„Ja, dachte ich mir schon. Bestimmt wollen viele Mädchen hier angekettet in einem kalten Verließ sitzen, wo ihnen furchtbare Schmerzen zugefügt werden. Und zwar von dir! Ja, das wollen bestimmt Viele!"
Mat lächelt mich an. Mit diesem Lächeln hat er mich überredet mit ihm essen zu gehen. Warum ist er jetzt so fürsorglich?
„Ist dir kalt?", fragt er verwirrt.
„Naja lass mich mal nachdenken. Ich sitze in einem arschkaltem Verließ. Auf dem arschkalten Steinboden.

Und neben mir sitzt ein Typ der noch kälter ist als alles andere. JA mir ist kalt!"
Anscheinend sieht er nicht meine zitternden Hände...
„Das ist nicht lustig, Kleine! Ich bin einmal nett zu dir und du behandelst mich wie den letzten Dreck!", sagt er wütend und enttäuscht.
„Ach, und das wundert dich? Du hast mich zum Essen eingeladen. Wir sind spazieren gegangen. Es war ein wirklich schöner Abend mit einem Jungen der anscheinend nicht existiert. Dann versuchst du mich zu küssen! Im nächsten Augenblick werde ich niedergeschlagen und mir wird irgendetwas gespritzt. Nur damit ich dann hier aufwache. Damit ich mit so einem doofen Stein gefoltert werde und ich... Julian sehe! Dann verlangst du noch von mir, dass ich freundlich zu dir bin? Sorry, das geht über meine menschlichen Fähigkeiten!"
„Du bist kein Mensch!"
Dann steht Mat ohne noch ein Wort zu sagen auf und geht hinaus. Habe ich ihn tatsächlich verletzt? Nein, Mat bestimmt nicht. Was bedeutet das, ich bin kein Mensch? Ich bin - ein Werwolf!

# KAPITEL 14

Eine große, schlanke Frau kommt mit einer Decke herein und wirft sie mir zu.
„Hallo, ich bin Henna. Die Rudelführerin. Die Mutter von Mat, Rebecca und meinem toten Sohn Blake!", sie sieht mich böse an und mir wird noch kälter. Mit ihrem langen schwarzen Kleid steht sie vor mir. Ihre glatten ebenfalls schwarzen Haare hat sie zu einem strengen Pferdeschwanz gebunden.
„Also... Tess. Mat hat gesagt du bist ein Werwolf. Das wird Julian bestimmt freuen."
„Ihm wird es egal sein!"
Mir kommen die Tränen. Julian. Ich... ein Werwolf? Wie kann das sein? Meine Eltern waren doch Menschen... Außer... meine Mutter hatte meinen Vater betrogen und mein Vater war nicht mein Vater! Jetzt kann ich die Tränen nicht mehr zurückhalten.
„Ihr habt meine Familie umgebracht!", schluchze ich und versuche die Tränen zurückzuhalten. Vergebens.
„Ja, aber davon wusste ich nichts. Aber das ist Vergangenheit. Komm drüber weg! Und zu Julian. Ihm ist

es ganz und gar nicht egal! Er wird dich retten wollen. Er wird uns das Land geben oder uns angreifen. Was sein Rudel allerdings nicht überleben wird. Denn wir sind stärker", behauptet sie fies.
„Ja hat man bei Blake gesehen!"
Oh Gott. Ich schlage meine Hände vor den Mund und will die Worte am liebsten zurücknehmen. Verdammt! Warum musste ich das sagen? Ich habe gerade mein eigenes oder Julians Todesurteil unterschrieben.
Henna hockt sich zu mir herunter. Ich habe das Gefühl ihr Blick tötet mich.
„Er hätte Julian getötet! Und dann hast du dazwischengefunkt! Und das - das kannst du mir glauben - wirst du noch bereuen!"
Sie geht hinaus und schließt die Gitterstäbe wieder ab. Dann bin ich allein. Unbewusst greife nach der Kette. Ich weiß, wenn ich Julian vergessen will, muss ich sie abnehmen, aber ich bringe es einfach nicht übers Herz.
Wie wird es jetzt weitergehen? Ich weiß es nicht. Eines ist mir auf jeden Fall klargeworden. Ich kann Keinem Vertrauen. Niemanden.

„Hey! Wach auf, Kleine!"

Ich schrecke hoch und sehe mich um. Verdammt, es war doch kein Traum. Mat sitzt vor mir und sieht mich genau an, in seiner behandschuhten Hand dieser komische Stein. Wie hieß er nochmal? Ah ja. Boleit.

„Mat... bitte nicht! Bitte tu mir das nicht nochmal an!", flehe ich ihn aus verschlafenen Augen an.

„Mir bleibt keine Wahl. Außerdem hast du meinen Bruder umgebracht!"

„Ich habe nur die beschützt, die mir wichtig sind. Dank deinem Rudel sind nicht mehr viele davon übrig. Du würdest mich auch umbringen um deinen Bruder zu retten. Oder liege ich da falsch?", sage ich ein bisschen ängstlich.

„Ich hätte dich bestimmt nicht umgebracht! Ich hätte dich nur so verletzt, dass du uns nicht mehr folgen könntest. Aber das ist jetzt auch egal. Denn er ist tot!"

In seinen eisblauen Augen flammt der Zorn auf und er drückt den Boleit an meinen Arm. Ich schreie wieder und immer wieder. Ich sehe Mat durch den Tränenschleier vor meinen Augen nur verschwommen. Mein Blut, das scheint als bestehe es aus Nägeln, rinnt durch meinen ganzen Körper und verursacht höllische Schmerzen.

Zitternd liege ich hier am kalten Boden. Will Mat mich umbringen? Ich schließe meine Augen und krümme mich. „Bitte... aahhhh... hör... auf!", stottere ich vor Schmerzen. Anscheinend denkt er nicht einmal daran, denn er drückt noch fester. Ich sehe zu Mat. Er sieht mich nicht an. Schwarze Punkte tanzen vor meinen Augen. Sie werden immer größer bis sie mein ganzes Sichtfeld einnehmen und ich nur noch schwarzsehe. Dann ist es auch mit dem Denken vorbei. Alles ist vergessen. Mat. Der Schmerz. Julian. Die Wut auf Alle und die Trauer über mein Leben. Ich falle in ein schwarzes, kaltes Loch.

Als ich wieder wach werde, dröhnt mein Kopf. Als würde immer noch jemand den Boleit an meinen Körper halten. Aber so ist es nicht. Mat sitzt auf der anderen Seite der Zelle, neben ihm ein Mädchen. Ein Mädchen mit langen schwarzen Haaren. Haben alle hier schwarze Haare? Sie sieht ihm unglaublich ähnlich, obwohl sie ein Mädchen ist.
„Sie ist wach!", stößt sie Mat an.
„Gut... Tess. Das ist meine Zwillingsschwester Rebecca."
Er hat eine Zwillingsschwester? Na toll, zwei von denen.
„Hi, ich bin der für gewöhnlich fiesere Zwilling!"

Warte was? Wenn sie fies ist, was ist dann Mat?
„Jetzt schau nicht so dumm! Ich bin wirklich nett im Vergleich zu ihr!", meint Mat und sieht mich schief an.
„Was dir oft zum Verhängnis wird. Du musst härter sein. Durchgreifen können. Und nicht immer so eine mitfühlende Memme sein."
Genervt verdreht er die Augen und meint dann: „Tja, dann geht die Memme eine Runde schlafen und überlässt dir Tess. Viel Spaß euch Zweien!"
„Mat!", er dreht sich zu mir um und sieht mich kühl abwertend an, „Was wollt ihr von mir? Lasst mich gehen, bitte. Ich nütze euch sowieso nichts!"
Rebecca lacht kurz auf und schaut mich mit einem Was-bist-du-nur-für-ein-Dummerchen - Blick an.
„Ohne dich wird der Prinz nie auf unser Angebot eingehen! Immerhin liebt er dich doch? Oder nicht?", meint der fiese Zwilling.
Sie weiß genau, Julian ist ein heikles Thema.
„Tut mir leid euch enttäuschen zu müssen, aber ich bin ihm völlig gleichgültig!"
„Das hat man bei dem Gespräch gesehen. Er hat fast geheult! Du bedeutest ihm sehr wohl noch etwas... und

dieses etwas wird uns helfen. Bis wir offiziell das Land haben, bleibst du hier und danach... Tja, wie er wohl mit deinem Tod umgehen wird? Oder sollten wir doch eher ihn umbringen und dich dabei zusehen lassen? Mache es dir schon mal gemütlich, denn ich habe das Gefühl, es zieht ein Krieg auf. Den wir bestimmt gewinnen", lacht sie hinterlistig.

Nein, sie würde Julian nie töten! Das traut sie sich nicht! Oder doch? Was weiß ich denn von ihr? Nichts!

„Es wird genauso enden wie bei Blake! Das wirst du nicht überleben!"

Rebecca zieht scharf die Luft ein und schenkt mir ihren Todesblick. Ihre dunklen Augen funkeln mich wütend an.

„Das hättest du mal lieber nicht gesagt!", droht mir Rebecca und tritt einen großen Schritt auf mich zu.

„Wieso? Willst du mich umbringen? Mach ruhig. Tod bringe ich euch gar nichts mehr!", erwidere ich kühl. Sie ballt ihre Hände zu Fäusten.

„Dann werden wir dich foltern, so lange bis du uns darum anbettelst, dich umzubringen!"

„Ja, du kannst mich foltern. Körperlich wird es die Hölle. Aber seelisch, hat deine Familie schon alles niedergebrannt und ist sogar noch auf der Asche herum getrampelt. Du kannst mich nicht verletzen!"

„Was ist mit dieser Heike, der kleinen Kellnerin von der mir Mat erzählt hat. Du scheinst dich mit ihr angefreundet zu haben? Oder Anna deine Zofe?", meint Rebecca.

„Lass sie aus dem Spiel!"

„Wir können alle umbringen, die dir lieb sind!"

„Ihr habt mir doch schon alles genommen! Ihr habt mich schon zerstört! Du kannst mir nichts mehr anhaben!"

So traurig es klingt, leider ist es die Wahrheit. Julian wegnehmen? Er hat mich fortgeschickt. Meine Familie? Tot! Meine Freunde? Welche Freunde? Anna? Heike? Ich sehe sie sowieso nie wieder, bringt ihnen also auch nichts. Sie können mich nicht mehr verletzen! Ich habe nichts und niemanden.

„Du lügst! Böses Wölfchen! Wir bringen Julian um! Wenn möglich vor dir! Das wirst du nicht verkraften! Schließlich liebst du ihn! Sonst würdest du die Kette nicht mehr tragen!"

Ich sage nichts mehr...

In ihrer behandschuhten Hand hält sie einen blauen Stein. Ich muss Schlucken, allein wenn ich nur an den Schmerz denke, wird mir schon übel.
Rebecca lächelt mich schief an: „Na? Hast du Angst?"
Ja! Aber das würde ich nie zugeben. Allerdings komme ich zu gar keiner Antwort mehr.
Der Stein brennt auf meinem Kopf. Gleich explodiert er. Nadeln fließen durch mein Blut und stechen meine Haut von innen auf. So fühlt es sich an. Ich schreie und schreie, bis meine Stimme versagt. Nicht lange und alles wird schwarz vor meinen Augen. Ich falle in ein tiefes, kaltes, schwarzes Loch. Ich fühle keinen Schmerz, aber die Trauer hängt an mir und zieht mich noch schneller in die Tiefe.

# Kapitel 15

„Morgen Kleine! Na, wie hast du heute geschlafen?"
Ich schrecke hoch und sehe Mat wütend mit verschlafenen Augen an. Ich habe den Überblick verloren. Ich schlafe am Tag, weil ich in der Nacht nicht schlafen kann. Ist wirklich Morgen? Was für ein Tag ist heute?
„Was... ist für ein... Tag? Wie... spät ist... es?", meine raue Stimme versagt.
So viel wie ich geschrien habe, würde es mich nicht wundern.
„Dienstagabend. Du hast den ganzen Tag geschlafen."
Unbewusst greife ich zu meiner Kette. Dienstag! Eine Woche bin ich hier. Aber heute ist der Ball! Der Königsball.
„Ja, ich weiß was du denkst. Mit wem geht Julian auf den Ball? Glaub mir ich frage es mich auch. Steh auf!", fordert er mich auf, aber ich ignoriere ihn einfach. Aus zwei Gründen, ich will nicht und ich kann nicht. Ich bin viel zu schwach. Die letzte Woche wurde ich so viel mit dem Boleit gefoltert. Jedes Mal haben sie mich ihm solange ausgesetzt bis ich ihn Ohnmacht gefallen bin. Rebecca hat

das mehrmals am Tag durchgezogen, Mat nur einmal. Es stimmt: Rebecca, Becca ist der fiese Zwilling. Mat war die meiste Zeit, sogar wirklich nett. Abgesehen vom Boleit. Er hat mit mir geredet als wäre ich keine Gefangene.
„Tess, steh bitte auf", oh, jetzt versucht er es auf die nette Weise.
„Ich.. kann nicht!", krächze ich.
Verwirrt sieht er mich an, als wüsste er nicht was mir für Schmerzen zugefügt werden. Ich vermute stark, dass er noch so blöd fragt *Wieso?*. Macht er aber nicht. Mat hockt sich zu mir und löst die Stahlfesseln. Er legt eine Hand unter meine Füße die andere unter meinen Rücken. Dann hebt er mich hoch.
„Was soll das?"
Schlaff lasse ich meine Hände mit den roten Abdrücken von den Fesseln hinunter hängen. Ich habe wirklich keine Kraft mehr. Mit dem Fuß stößt er die Zellentür auf. Dahinter kommt ein langer schmaler Gang zum Vorschein. Den geht er entlang, ein paar Stufen hoch und dann noch eine Tür. Hinter der befindet sich allerdings ein Haus. Ein großes Haus. Ein edles Haus. Ein schwarzes Haus! Die Tapeten sind schwarz. Der Boden ist schwarz

die Möbel sind schwarz-weiß. Es sieht sogar ganz gut aus. Wenn man Schwarz mag...

„Wo bringst du mich hin?"

„Sei leise!", befiehlt er in scharfem Ton und sieht sich um. Er geht die, natürlich schwarzen Stufen hinauf in ein weiteres schwarzes Stockwerk. Wow... es ist kein Haus. Das ist wohl eher eine Villa. Mat trägt mich den breiten Gang entlang und öffnet die letzte Tür. Was ich dahinter sehe, kann ich einfach nicht glauben.

„Willkommen in meinem Zimmer!"

„Das ist dein Zimmer?", frage ich unglaubwürdig.

Er legt mich auf dem großen Bett ab und lächelt mich an.

„Ja wieso?"

Wieso? Ich liege in einem weißen Zimmer, mit blauen Möbeln. Es ist wirklich schön so. Ich liebe blau. Aber das Zimmer ist so anders als der Rest. Es ist nicht schwarz. Es sieht aus wie ein normales Zimmer, ein Regal mit Büchern, ein Kleiderschrank, andere Kästen, ein Fernseher (das kann sich so gut wie keiner leisten) und Bilder.

„Das Zimmer sieht normal aus!", und meine Stimme versagt wieder.

„Ja und? Ich bin ja auch "normal"."
„Es ist... nicht schwarz! Keine Waffen oder so? Nichts Bösartiges. Außer du!"
„Ich bin böse? Ach komm schon... ich doch nicht! Rebecca ist die Böse. Und Mutter. Keine Ahnung, von wem ich meine Feinfühligkeit habe. Meinem Vater bestimmt nicht. Keiner in der Familie ist so nett wie ich. Wäre ich nicht einer der Alpha-Wölfe, wäre ich schon längst verstoßen worden. Aber genug von mir. Du hörst dich schrecklich an. Siehst allerdings auch so aus! Wie geht's dir?"
Hat er sie noch alle? Immer wieder hat er diese Anfälle wo er super nett ist! Und ich verstehe es nicht! Ich bin völlig verwirrt von ihm!
„Feinfühlig? Wirklich? Danke für dein nettes Kompliment. Du siehst doch... wie es mir geht! Ich bin zu schwach... um aufzustehen! Ich werde hier gefoltert, bis ich... in Ohnmacht falle. Bekomme nicht... viel zu trinken oder zu essen. Muss auf... einem kalten Steinboden schlafen. Da fragst... du noch? Vergiss nicht ich bin... nur ein Mensch!"

Mat setzt sich neben mich und sieht mir mitleidig in die Augen.
„Es tut mir ehrlich leid! Aber ich wusste nicht, was ich sonst machen sollte um an das Land zu kommen. Da ich ja nun der älteste Sohn bin, sollte ich irgendwann Rudelführer werden. Aber keiner will mich als Führer. Becca wäre besser geeignet. Aber sie wird noch grausamer als unsere Mutter. Irgendwie muss ich doch schauen, dass die Wölfe hier, Respekt vor mir haben. Aber jetzt bleibst du erstmals hier. Ich bin sicher du willst den Ball sehen und Julian verfluchen!"
Nein. Ich will ihn nicht sehen. Das ist die schlimmste Folter! Aber ich habe Angst, dass er mich sonst wieder in die Zelle zurückschickt.
Er setzt sich noch näher zu mir und lehnt sich gegen die Wand. Aber mir ist seine Nähe nicht unangenehm. Warum auch immer! Er schaltet den Fernseher an und die Nationalhymne ertönt.
„Willkommen bei dem jährlichen Königsball! Ich bin Patrik und führe Sie heute durch den Abend. Oh, da kommt ja schon das Königspaar! König Maximilian von Flow an seiner Seite die bezaubernde Königin Sophia.

Wow und das Kleid das sie trägt. Einfach nur unglaublich. Oh!", das Oh! klingt sehr enttäuscht, „Der zukünftige König. Julian von Flow und seine Begleitung. Das ist doch Angelique. Die Tochter des Botschafters von Frankreich. Es tut mir leid, wenn man mir meine Enttäuschung ansieht. Aber mir wurde gesagt, dass seine Begleitung eine bäuerliche ist. Die wegen ihres schweren Schicksals im Schloss wohnen durfte und sich in den Prinzen verliebt hat. Den Erzählungen nach eine Naturschönheit. Wir hätten uns schon auf eine zweite Königin Sophia gefreut. Aber natürlich ist Angelique für die Politik richtig. Aber was ist dann mit dem Dorfmädchen geschehen?"

Sie wissen von mir? Die Tränen steigen mir in die Augen. Julian. Er ist noch immer ganz blass, hat dunkle Ringe unter den Augen. Aber er lächelt brav. Wie er es von seinem Vater immer befohlen bekommt. Aber den Glanz in seinen Augen, hat er verloren. Er sieht traurig aus. Das Mädchen daneben. Angelique. Sie trägt ein altrosa Kleid. Ihre blonden Locken fallen locker darüber. Es steht ihr wirklich gut! Sie ist hübsch... aber nach Julian eine Zicke! Ich sollte mit ihm dort sein. Eine Träne stiehlt sich aus meinem Auge und rollt über meine Wange. Mat sieht mich

von der Seite an aber ich kann den Blick nicht von Julian abwenden.
„Soll ich abdrehen?", fragt er leise aber ich schüttle nur den Kopf.
Ich umgreife die Kette und bin mir sicher, Mat hat es gemerkt.
Der Eröffnungstanz. Den haben Julian und ICH schon geübt, bevor er mich weggeschickt hat. Bevor ich entführt wurde. Julian sieht so unglücklich aus. Aber er ist selbst schuld an der Situation. Nein, ich hätte kämpfen müssen. Ich hätte nicht gehen sollen. Hätte...
Was wäre, wenn ich jetzt dort wäre? Dann hätte mich Mat nie entführt? Wüsste ich dann, dass ich ein Werwolf bin... sein werde? Tja, was wäre wenn...?
„Tess? Alles okay?", er sieht mich von der Seite an und ich drehe meinen Kopf zu ihm. Er ist mir nah. Zu nah.
„Das fragst du doch... nicht wirklich? Oder?", meine Stimme zittert furchtbar.
Mat schweigt. Auf dem Bildschirm erscheint wieder der Moderator. Neben Julian.
„Prinz Julian! Hätten Sie für ein kurzes Interview Zeit?"
„Sehr gerne, Patrik."

„Zuerst einmal tolles Outfit! Ihr Stylist hat sich selbst übertroffen"
Da hat er recht. Ein dunkelblauer Anzug ein Hemd in der Farbe seiner Augen. Er sieht einfach nur super aus.
„Aber ich denke ich kann im Namen des Volkes fragen. Ist das Ihre Wunschbegleitung?"
Julian sieht betrübt zu Boden. Dann sieht er direkt in die Kamera.
„Ganz ehrlich. Nein, Angelique ist eine tolle Frau. Aber nein. Ich habe eine Freundin. Sie heißt Tess. Wie meine Mutter war, ist sie eine Bürgerliche. Beliebt in ihrem Dorf. Tess kann wirklich gut mit den Menschen umgehen."
„Darf ich fragen, weshalb Sie nicht Ihre Begleitung ist?"
Julians Augen werden glasig.
„Sie wurde entführt. Die gefährlichen Rebellen, die unser Land haben wollen, haben meine Tess entführt. Wir planen schon, wie wir sie wieder zurückbekommen. Ich bezweifle, dass sie das hier sehen wird, aber falls doch. Tess, ich liebe dich von ganzen Herzen. Mir tut es unfassbar leid, wie es dazu gekommen ist, dass du entführt wurdest, bitte vergib mir. Halte durch, wir holen dich zurück!"

„Ach, ich bin sicher Tess wird es Hoffnung machen."
Meine Tess? Er sagte meine Tess!
Angelique schaut ziemlich belämmert drein. Der König taucht im Hintergrund auf und zerrt Julian ziemlich unsanft aus dem Bild.
„Entschuldigen Sie uns bitte für einen Moment!"
Der König zerrt Julian in eine Ecke weiter weg. Sodass man nichts hören kann. Kurz verweilt die Kamera auf den Beiden und ich sehe den wütenden Blick von König Maximilian. Dann schwenkt die Kamera zurück auf Patrik. Oh nein. Jetzt bekommt er bestimmt nur wegen mir Ärger.
„Das hat er nicht!", faucht Mat und setzt sich vor.
Seine Hände zu Fäusten geballt. Er steht auf und hetzt zur Tür während er vor sich hinmurmelt: „Das wird er mir büßen!"
„Mat!", ich versuche aufzustehen und schaffe es aber nur, mich auf das Bett zu setzten, „Bitte warte! Was hast du vor?"
Er dreht sich zu mir um und kommt auf mich zu.
„Am liebsten würde ich los und ihn umbringen. Aber, das werde ich erst nach seiner Antwort machen. Bleib hier und

sei ruhig oder ich bringe dich zurück in deine Zelle!", droht er und fuchtelt mit den Händen herum.
Er schmeißt die Tür hinter sich zu und ich bin allein in dem Zimmer. Oh mein Gott. Was hat Julian nur gemacht? Sie werden ihn umbringen. Wegen mir.
Was soll ich jetzt nur machen? Ich sehe mich im Zimmer um. Kein Handy... verdammt... Vor der Tür höre ich Geschrei.
„Du hast sie herauf geholt?", schreit Rebecca.
„Sie hat es nicht verdient dort unten zu verkümmern!", verteidigt Mat mich.
Er verteidigt mich. Obwohl er mich entführt hat.
„Hast du sie noch alle? Du bist verrückt Mat! Wir wissen noch nicht einmal was sie ist, oder wer ihr Vater ist. Wir wissen doch, dass sie anders ist als die normalen Werwölfe. Und du holst sie auch noch hier herauf? Was ist, wenn sie morgen Geburtstag hat. Wenn sie gelogen hat. Sie verwandelt sich und bringt dich um!"
Sie spricht aus, wovor ich mich so lange gefürchtet habe, auch nur zu denken. Die Tränen steigen mir in die Augen und das Zimmer verschwimmt vor meinen Augen. Ich bekomme keine Luft mehr. Meine Haut brennt. Ich sehe

die Frage deutlich vor mir. Ich will es nicht wahrhaben. Mein Vater ist nicht mein Vater. Denn ich bin ein Werwolf. Meine Eltern bestimmt nicht. Meine Mutter hat meinen Papa betrogen. Wer ist mein Vater? Ella und Jacob, sind nicht meine richtigen Geschwister...
Was meint sie mit, ich bin anders als die normalen Werwölfe?
„Hast du sie dir einmal angesehen wie schwach sie ist? Sie kann nicht einmal stehen!", schreit Mat seine Schwester an.
„Das ist es ja! Sie ist noch ein Mensch! Sie sollte tot sein! Die ganzen Berührungen mit dem Boleit, das kann ein Mensch nicht überleben! Sie ist viel stärker als wir! Und das schon als Mensch! Mat, sieh es ein, Tess ist gefährlich! Sie ist anders als wir. Und bis wir nicht wissen, wer ihr Vater ist, muss sie eingesperrt werden."
„Verdammt, Becca! Sie ist viel zu schwach um uns etwas anzutun. Ich weiß, dass sie anders ist. Aber sie ist immer noch ein Mensch und ein Wolf. Sie hat es wirklich nicht verdient, dort unten zu hocken, nur weil du ihre Familie umgebracht hast. Hättest du sie gleich getötet, hätten wir ein Problem weniger!"

Rebecca... sie hat meine Familie umgebracht? Sie?
„Ach, komm schon. Du weißt ich war wütend auf dich und die Nerven sind mit mir durchgegangen. Ich wollte nicht noch mehr Menschen umbringen. Das Blut hat meine Gedanken vernebelt. Aber schieb jetzt nicht die Schuld auf mich. Warum verteidigst du sie überhaupt? Du bist mein Bruder, du solltest zu mir halten und nicht zu einer dahergelaufenen Tussi."
Eine Weile ist es ruhig. Dann lacht Rebecca laut auf.
„Du magst sie! Ich fass es nicht! Wie kannst du nur so dumm sein? Was findest du an ihr?"
„Ich? Nein! Hältst du mich wirklich für so bescheuert? Ich verliebe mich doch nicht in die Freundin von Julian! Er würde mich umbringen. Aber ich vermute das hat er sowieso vor..."
„Pass mit deinen Gefühlen auf, du bringst uns alle in Gefahr!"
„Ich empfinde nichts für sie! Sie ist schuld daran, dass Blake tot ist! Mal ganz abgesehen davon liebt sie den Prinzen."
„Ach pass einfach auf, denn ich höre da einen Anflug von Eifersucht."

Daraufhin wird eine Tür zugeschlagen und kurz darauf öffnet Mat die Zimmertür. Wortlos setzt er sich neben mich und starrt den Boden an.
„Alles okay?", frage ich heiser.
„Becca macht mich noch krank. Aber lass das mal nicht deine Sorge sein!"
„Wirst du Julian umbringen?"
Ich bin mir nicht sicher ob ich überhaupt die Antwort hören will.
„Kommt auf seine Antwort an. Entweder wir bekommen das Land. Oder es gibt Krieg! Wir sind auf alles vorbereitet. Ich vermute stark, dass sie dich geheim befreien wollen. Nur werden sie das nicht schaffen...! Hast du das vorhin gehört?"
Ängstlich schaue ich auf die Bettdecke: „Was heißt, ich bin anders?"
„Naja, wenn Becca wüsste, dass ich mit dir darüber rede... Aber egal. Tess du bist stärker als Menschen oder Wölfe. Menschen macht der Boleit nichts aus. Nur den Menschen, die Werwölfe sind oder werden. So wie du. Aber keiner würde das überleben, was du schon überlebt hast. Wir quälen dich solange, bis du in Ohnmacht fällst, dass

mehrmals am Tag. Das würde uns viel zu sehr schwächen, bis wir irgendwann einfach sterben. Ich würde sagen, wir würden gerade mal drei bis vier Tage so überleben. Aber du... Ich vermute einmal, dass du nicht weißt wer dein Vater ist?"
Eine Welle der Wut überkommt mich als ich daran denke, dass Rebecca meine Familie umgebracht hat.
„Der Typ der mich aufgezogen hat? Oder der, der meine Mutter dazu gebracht hat meinen Papa zu betrügen?"
Mitleidig sieht er mich an und antwortet: „Dein Leiblicher!"
„Tja... wenn ich nur meine Mutter fragen könnte, aber die hat Rebecca ja umgebracht! Also tut mir leid, nein das weiß ich nicht. Warum ist das überhaupt so wichtig?", frage ich schnippisch und überreizt.
„Hat dir Julian eigentlich irgendetwas erzählt?"
„Nein, weil er mich gleich abserviert hat!"
„Oh... also das tut mir wirklich leid... auch das mit deiner Familie. Aber zurück zum Thema. In 99% haben die Kinder die wölfischen Fähigkeiten von deren Vater. Wenn dein Vater also stark war, und das war er anscheinend, bist du automatisch auch so stark wie er. Es kommt nur ganz

selten vor, dass die Kinder die Fähigkeiten von deren Mutter haben, und da deine Mutter keine Wölfin ist, wäre es gut zu wissen wer dein Vater ist. Damit können wir nur ein bisschen einschätzen wie deine motorischen Fähigkeiten sein werden. Außerdem kann ich mir vorstellen, dass es dich auch interessiert. Du solltest versuchen zu schlafen. Morgen könnte ein schwerer Tag werden."

Ich lege mich ganz langsam hin, da mir bei jeder Bewegung jeder Muskel höllisch schmerzt. Mat reicht mir die Decke, die ich dankend annehme, da mir ehrlich gesagt eiskalt ist. Aber es ist deutlich wärmer als in der Zelle.

Ich drehe mich auf die Seite und drehe Mat den Rücken zu. Die Bilder von Julian und mir in einem Bett tauchen vor mir auf. Wie er mich gewärmt hat. Wie sehr ich mir nur wünschte, er wäre jetzt hier. Als er mir mitten im Wald vor den Augen von Blake in Wolfsgestalt gesagt hat, dass er mich liebt. Dann hat er sich verwandelt und hat Blake weggelockt. Er wäre beinahe gestorben um mich zu schützen. Ich dachte wirklich, er würde für unsere Beziehung kämpfen. Hat er aber nicht. Und ich Dummkopf bin einfach gegangen. Heiße Tränen steigen

mir in die Augen. Wieder einmal. Mat bewegt sich hinter mir. Wieso habe ich keine Angst vor ihm? Ich habe dieses komische Gefühl, dass er mich nie umbringen wird. Und entführt und gefoltert hat er mich ja schon. Was mich allerdings irritiert ist, warum er auf einmal so nett ist? Wo er sich die ganze Zeit wie ein riesen Arschloch verhalten hat!
Warum habe ich in letzter Zeit so wenig Angst? Die einzige Angst die ich habe, ist die Angst, dass Julian stirbt. Ich habe nichts mehr zu verlieren. Außer die Liebe zu einem Jungen der so weit entfernt ist. Zu einem Jungen, dessen Vater mich nie akzeptieren wird. Zu einem Jungen, der bald König sein wird.

„Wach auf! Verdammt Tess, was ist los mit dir?", flüstert Mat und schüttelt mich. Sofort bin ich wach. Meine Lunge brennt wie Feuer. Meine Augen müssen sich erst an das helle Licht von Mats Nachttischlampe gewöhnen. Mein ganzer Körper zittert. Und mein Gesicht ist tränenüberströmt.
„Habe ich geschrien?", frage ich und setzte mich langsam auf.

Mat der ganz bleich im Gesicht ist, nickt verschlafen.
„Was ist da gerade passiert?"
Ist das sein Ernst? Kennt er keine Albträume?
„Albtraum... Tut mir leid ich wollte dich nicht wecken!", entschuldige ich mich heiser.
„Schon gut. Was hast du geträumt?"
„Wie deine Schwester meine Familie vor meinen Augen zerfetzt hat!"
Das weckt wieder diesen Hass auf sie, diese Rachelust. Eines weiß ich. Irgendwie wird sie dafür büßen. Mat legt seine Hand auf mein Knie. Er hat keine Ahnung was er sagen soll.
„Tess... das... Becca... sie..."
„Kannst du auch Sätze formulieren. Aber ich weiß was du denkst. Ich sage nur eines. Jetzt verstehe ich dich ein bisschen, warum du Julian umbringen willst. Obwohl du noch immer deine Mutter und deine Schwester hast. Ich habe niemanden."
Sein Vater ist, wie er mir einmal erzählt hat, bei dem Versuch den Palast zu stürmen, ums Leben gekommen. Von da kommt ein Großteil des Hasses auf die Königsfamilie.

„Hast du öfter solche Träume?"
„Jeden verdammten Tag!"
„Becca hat wirklich dein Leben zerstört...", sagt er mehr zu sich als zu mir.
„Ja aber ich habe gelernt damit umzugehen. Sogar wie mich Julian vor die Tür gesetzt hat. Ich lebte mein Leben weiter und dann kamst du ins Spiel. Hast mich um den Finger gewickelt, mich niedergeschlagen, entführt, gefoltert und so weiter. Den Teil kennst du ja bestens!"
Kurz lacht er auf und ich schaue ihn verwirrt an.
„Ich habe dich wirklich um den Finger gewickelt?"
„Mehr oder weniger... Ich war verletzt und naiv! Du bist nett zu mir gewesen. Hast mir zugehört. Wer weiß, hätten wir uns noch einmal getroffen, hätte ich deine Kuss-Attacke vielleicht nicht abgeblockt", lache ich und er stimmt mit ein.
„Ach, dumm gelaufen. Ich hätte mir mehr Zeit lassen sollen. Dich noch einmal schön ausführen. Mit dir Tanzen gehen sollen, ich bin ein wirklich guter Tänzer. Aber dann wäre es ein umso erschreckenderer Verlust gewesen, wenn du gemerkt hättest, dass ich doch eigentlich auf der bösen Seite stehe. Hm. Wäre schon interessant, dich zu küssen."

Ich schaue ihn erschrocken an.
„Das wirst du wohl nie erfahren, weil du's einfach total verbockt hast!"
„Hasst du mich?"
„Ja... nein... Ich hasse deine Schwester!"
„Also bin ich nicht attraktiv genug?", herausfordernd schaut er mich an.
Er hat sein spitzbübisches Lächeln aufgesetzt. Also, er sieht nicht gerade schlecht aus. Mit seinen wunderschönen blauen Augen. Den langen Wimpern. Diesen wohlgeformten Lippen und dem markanten Kinn. Seine wuscheligen schwarzen Haare unterstreichen seinen Bad-Boy Look. Obwohl er eigentlich ganz nett sein kann. Kann. Wenn er will. Aber er will nicht oft.
„Ähm... nein... siehst eh ganz okay aus."
„Ganz okay? Wirklich? Meiner Meinung nach sehe ich umwerfend aus! Sag es.", lacht er. Ja sein Lachen ist wirklich umwerfend.
„Was?"
„Das du mich wirklich sexy findest!"
Ich ziehe eine Augenbraue hoch und sehe ihn mit einem das-meinst-du-doch-nicht-Ernst - Blick an.

„Ich sehe doch wie du mich immer betrachtest, du findest mich anziehend. Das weiß ich. Also sag es bitte! Für mein Ego!"
Ich verdrehe die Augen und sage: „Nein... einfach nein. Das wirst du nie von mir hören!"
„Ach... na gut... irgendwann wirst du es aber sagen! Also wenn du mich nicht hasst und ich eh ganz okay aussehe, wo liegt dann das Problem?"
„Das fragst du doch nicht wirklich? Du hast mich entführt und gefoltert!"
„Ja... das ist ein bisschen dumm gelaufen aber gib's zu, du magst mich doch irgendwie?"
Irgendwie schon... Auf eine abartige unerklärbare Weise schon.
„Naja. Was heißt mögen...? Ich hasse dich nicht. Aber kann man einen Typen mögen, der meinen Freund umbringen will?"
„Ex-Freund! Anders, du willst meine Schwester umbringen. Du bist mit schuld, dass mein Bruder tot ist. Ich mag dich trotzdem. Abgesehen von den Umständen liegst du mit mir in einem Bett!"

Na toll, was soll ich darauf nur sagen. Ich merke wie das Blut in meinen Kopf steigt.
„Ich will halt nicht in meiner kalten unbequemen Zelle liegen!"
„Ja aber du liegst hier mit mir. Den Typen der dich entführt und gefoltert hat. Und der deinen Ex-Freund umbringen will. Du hast keine Angst, dass ich dich zur Strecke bringe?"
„Nein, habe ich nicht. Ich habe nichts mehr zu verlieren! Außerdem halte ich dich nicht für so dumm, dass du dein Druckmittel tötest."
Mat gähnt und meint verschlafen: „Schön das du mich nicht hasst, aber mir vertraust. Wir sollten noch ein bisschen schlafen. Gute Nacht, träum noch was Schönes!"
„Arschloch!", lache ich leise und schlafe irgendwann ein.

# Kapitel 16

„Tess! Steh auf! Schnell!"

Ich schrecke hoch und Mat sitzt vor mir und sieht mich auffordernd an. Ich setzte mich ebenfalls auf und merke sofort, dass es viel leichter geht als gestern. Eine Nacht in einem Bett wirkt Wunder.

„Schnell! Steh auf! Komm endlich!", hetzt er und sprintet zur Tür.

„Was ist denn los?"

Er dreht um und nimmt meine Hand damit ich ihm zur Tür folge. Sofort bereue ich meine schnellen Bewegungen. Jeder Muskel schmerzt noch immer. Aber nicht so schlimm wie gestern.

„Komm schon! Beeil dich!"

Er schnappt sich einen vollen Rucksack und eilt mit mir die Stufen hinunter. Naja... besser gesagt er zieht mich sie hinunter. Als wir an der Haustür ankommen schreit jemand von hinten.

„Mat! Warte!", Rebecca...

Sie kommt auf uns zugelaufen und nimmt Mat in den Arm.

„Pass auf dich auf, Bruderherz! Und mach bloß keinen Scheiß!"
Sie sieht sehr traurig aus. Was geht hier vor?
„Du auch! Lass dich nicht umbringen."
Sie lächelt schwach und nickt. Mir kommt es vor als würde sie gleich zum Heulen anfangen.
Mir wirft sie nur einen bösen Blick zu dann verschwindet sie hinter einer schwarzen Tür. Mat blickt ihr noch traurig nach, dann zerrt er mich hinaus.
„Aua! Was geht hier vor?", schreie ich, weil er mich ziemlich fest packt.
„Sie kommen! Dich befreien! Frieden ist ihnen wohl nichts wert. Sie haben sich für den Krieg entschlossen. Wir laufen jetzt weg!"
Sofort bleibe ich stehen und reiße mich von Mat weg. Der sieht mich nur wütend an.
„Hör zu Tess! Wir haben es ihnen gesagt. Sie wollen Krieg. Den bekommen sie. Nur sind wir zwei dann weit, weit weg! Hast du mich verstanden?"
„Aber... Ich will nicht... Was ist mit..."
„Julian? Vergiss ihn! Er hat dich abserviert, vergiss das nicht! Hier häng dir den um!", er reicht mir den Rucksack.

„Ich werde mich jetzt verwandeln. Ich weiß, du hast Angst vor Wölfen, aber lauf nicht weg. Vor mir musst du keine Angst haben. Noch nicht! Du springst auf meinen Rücken und hältst dich gut fest. Und versuch erst gar nicht abzuhauen! Ich hole dich sowieso ein. Mach mich lieber nicht wütend ich habe nämlich einen Boleit mit. Du gehorchst mir! Hast du das verstanden?", er spricht mit einer so bedrohlichen Stimme, dass ich unbewusst nicke.
Aber ich will ihm nicht gehorchen und das werde ich auch nicht. Aber leider hat er recht. Er würde mich finden und umbringen oder schlimmer, foltern bis ich sterbe.
Ich soll weg von Julian? Wieso? Ich will zwar nicht bei irgendwelchen Kämpfen dabei sein aber... so findet Julian mich nie. Vielleicht ist er auch gar nicht dabei? Weil ich ihm noch immer egal bin? Nein, dann hätte er nie so etwas im Fernsehen gesagt.
Mat läuft los und springt. Als er wieder auf dem Boden landet ist Mat weg. Vor mir steht ein großer, schwarzer Wolf mit eisblauen Augen. Er sieht aus, wie ein viel zu großer Hund. Ein flauschiger Hund. Aber er ist ein böser Wolf. Das darf ich nicht vergessen. Er kommt auf mich zu und mein Herz rast. Das ist Mat! Das ist nur Mat! Das ist

nicht Rebecca! Er hat nicht meine Familie umgebracht. Ich brauche keine Angst zu haben. NEIN! Vor ihm nicht. Das hat er selbst gesagt! Aber er hat mich auch schon mehr als einmal angelogen.
Diese unglaublich schönen Augen schauen mich abwartend an. Mat ist selbst auf alle vieren so groß wie ich. Mit seinem Kopf deutet er auf seinen Rücken. Oh Gott. Wie soll ich da bloß hochkommen? Nein, mal ganz ehrlich. Ich, wo mir jede kleinste Bewegung schmerzt. Anscheinend hat Mat irgendwie meine Gedanken gelesen, denn er legt sich hin sodass ich nur über ihn steigen muss. Und dies mache ich auch. Er steht auf und der sichere Boden unter meinen Füßen verschwindet. Ach du Scheiße... Ich atme viel zu schnell und bin kurz vorm Nervenzusammenbruch. Ich halte mich irgendwie an seinem wirklich weichen Fell fest und hoffe ich reiße ihn nicht all zu sehr. Langsam läuft er los in Richtung Wald und er wird immer schneller. Der Wind weht durch mein langes Haar. Links und rechts verschwimmen die Bäume, denen er geschickt ausweicht. Er läuft bergauf auf eine kleine Lichtung und stoppt. Mat sieht hinunter zu der schwarzen Villa, davor versammeln sich lauter Wölfe. Es

sind mindestens schon hundert. Bereit für den Kampf. Und wir laufen weg. Gegen meinen Willen. Allerdings bin ich doch auch ein Stück freiwillig mit "gegangen". Wieso bin ich so dumm? Ich hätte mich wehren sollen! Ich hätte auf Julian warten sollen... Ich sehe auf die andere Seite und will nicht glauben was ich sehe. Hunderte von Wölfen. Wie wollen die Bösen nur gegen den König gewinnen? Aber ich habe gesehen wie Blake stärker war als Julian. Wenn sie stärker sind... Hoffentlich geschieht Julian nichts.

Mat heult auf und ich erschrecke. Es ist laut. Sehr laut. Alle Wölfe dort unten bei der Villa blicken zu uns herauf und heulen. Ich habe keine Ahnung was es bedeutet. War es ein Abschied? Ein Kampfruf? Es werden bestimmt einige sterben. Auf beiden Seiten. Und das soll nur wegen mir sein? Ich will nicht, dass auch nur eine Fliege wegen mir stirbt. Nicht einmal eine nervige Mücke. Aber schon gar keine Menschen... Wölfe. Werwölfe. Nicht wegen mir... Dieser Gedanke treibt mir die Tränen in die Augen. Ich sehe zu der Wolfsarmee des Königs. Ich versuche Julian zu erblicken aber ihn darunter zu erkennen ist einfach unmöglich. Vielleicht ist er auch gar nicht hier?

Mat dreht um und läuft weiter. Wieder hinein in den Wald. Er wird immer schneller. Ich spüre unter all dem Fell sein Herz schlagen. Schnell schlagen. Ich habe keine Ahnung ob es normal bei Wölfen ist. Aber wenn ich es nicht besser wüsste, würde ich sagen er ist wütend oder traurig. Aber das ist gut möglich. Wie lange wir wohl wegbleiben werden? Ein Baum ist genau vor uns und Mat läuft direkt darauf zu. Also ob er blind wäre. Er schnauft richtig.
„Mat! Da ist ein Baum!", schreie ich verzweifelt auf.
Mein Herz rast. Er wird doch nicht bei der Geschwindigkeit auf einen Baum zulaufen! Oder will er uns beide umbringen? Oh Gott er will mich umbringen! Das ist der einzige Grund warum wir hier so allein sind! Keiner würde mich je finden!
Er schüttelt den Kopf und schlägt noch im letzten Moment einen scharfen Hacken, sodass ich runterfalle. Auf den harten Erdboden. Ein stechender Schmerz durchzuckt meinen Kopf und meinen Rücken. Die Luft wird aus meinen Lungen gepresst. Die hohen Bäume die mir die Sicht auf den blauen Himmel verdecken verschwimmen langsam vor meinen Augen. Ich spüre keinen Schmerz mehr... entweder ist die Schmerzgrenze erreicht, sodass

ich einfach nichts mehr spüre oder ich sterbe. Wenn ich sterbe, hat Mat was er wollte...

„Scheiße! Tess! Es tut mir so leid, ich wollte nicht...! Verdammt! Hey, hörst du mich?"
Er fuchtelt mit seiner Hand vor meinem Gesicht herum. Aber ich schaffe es nicht zu antworten oder einfach nur zu nicken. Ich spüre seine Arme unter meinem Rücken. Er trägt mich. Aber wohin? Zurück? Warum hat Mat kein Shirt an? Ach ja... stimmt. Beim Verwandeln in einen Menschen ist man ja nackt. Das heißt er trägt auch keine Hose... Oh man... Wo bringt er mich nur hin? Ich sehe Mats Gesicht von unten. Er ist ganz bleich. Seine schwarzen Haare stehen in alle Richtungen ab. In seinen eisblauen Augen steht die Angst. Irgendwie süß. Was? Süß? Mat? Ich muss mir den Kopf echt stark angehauen haben. Ausgerechnet das ist mein letzter Gedanke bevor ich in ein schwarzes Loch falle.

# Kapitel 17

Langsam wird das verschwommene Bild vor mir scharf. Bäume. Wo bin ich? Was ist passiert? Ich drehe meinen Kopf auf die Seite was sich als großer Fehler aufweist. Scharf ziehe ich die Luft ein. Verdammt, mein Schädel!

„Tess? Bist du wach?", höre ich Mats besorgte Stimme.

„Ja..."

Er setzt sich auf den Boden in meinem Blickfeld.

„Tess, es tut mir wirklich so leid! Ich wollte dich nie verletzen. Also nicht so. Aber ich war... abgelenkt. Du warst drei Tage lang Ohnmächtig oder so. Wie geht es dir?"

Drei Tage? Ich versuche mich langsam aufzusetzen und lehne mich gegen einen Baumstamm.

„Geht schon... lebt Julian noch?"

Mat sieht bedrückt zu Boden. Nein. Nein! Er ist nicht tot.

„Mat! Julian lebt doch noch?"

„Ja. Er lebt noch. Keine Sorge. Aber das erste was du fragst ist Julian? Ach, schon okay. Ich habe mir Sorgen um dich gemacht."

Er? Sorgen um mich? Wo er mich doch gefoltert hat bis ich ohnmächtig werde? Nein, schon klar. Jetzt, obwohl ich ja auch mit dem Boleit hätte sterben können.
„Wo sind wir?"
Ich vermute weit weg vom Schloss und der Villa.
„Im verbotenen Wald von Flow."
Wir sind in Flow? Im verbotenen Wald?
„Keine Sorge uns wird hier nichts passieren. Der Wald ist für Werwölfe er ist nur für Menschen verboten, da es bestimmt ein Schreck wäre uns zu sehen."
Ah ja.
„Wie geht es jetzt weiter?", krächze ich.
Meine Stimme klingt immer noch ziemlich schlimm. Nein, sie klingt mehr als schlimm.
„Du ruhst dich aus. Ich beschütze uns. Wir sollten noch weiter in den Wald hinein und uns eine Höhle suchen. Falls es zu regnen beginnt. So wie es aussieht ist es bald so weit. Bleib hier ich sehe mich ein bisschen um. Wenn etwas ist... schrei einfach ganz laut und ich komme."
Ich nicke und sehe wie er hinter den dichten Bäumen verschwindet. Was wohl passiert ist? Julian lebt. Das ist ja schon einmal sehr gut. Aber sind Andere gestorben? Der

Wind weht mir sanft ins Gesicht und ich rieche den Geruch der Natur. Bäume. Erde. Die ersten Frühlingsblumen. Obwohl es noch sehr kalt ist.

„Tess. Hey. Wach auf du Schlafmütze!", jemand schüttelt mich sanft an der Schulter.
Oh, anscheinend bin ich eingeschlafen. Ich sehe zu Mat, in seine wunderschönen Augen. Er sieht in meine Grünen und lächelt schwach. Zu lange sehen wir uns einfach nur an, ich bin die Erste die weg schaut. Was passiert, wenn ich ihn noch länger anschaue? Dieses Gefühl, welches ich die ganze Zeit unterdrücke. Wenn ich in seine Augen sehe ist es da. Darf es aber nicht. Es sollte nicht existieren. Er ist einer von den Bösen. Mich in Mat zu verlieben wäre das Dümmste was mir passieren kann. Ich liebe doch Julian.
„Ähm... aja genau. Ich habe in der Nähe eine kleine Höhle gefunden. Du kannst nicht gehen?"
Ich zucke mit den Schultern und versuche aufzustehen. Mat reicht mir seine Hand. Ich würde sie gerne ablehnen aber ich weiß, ohne ihn komme ich nie auf.

Ja, ich hab's geschafft. Ich stehe. Aber meine Knie wollen nicht und geben nach. Zum Glück fängt mich Mat auf, sonst wäre ich wieder gefallen.
„Okay... ich trage dich!"
Noch bevor ich wiedersprechen kann, und das wollte ich, hebt er mich hoch und geht los.
„Was ist da eigentlich vor drei Tagen passiert?"
„Das Tess, das ist Krieg. Wir wollten Land. Sie haben mit einem Angriff geantwortet. Und so geht es immer weiter. Bis wir siegen."
Mein Name klingt bei ihm so schön. So wie er ihn spricht.
„Wurde... wurde jemand getötet?", frage ich leise.
„Ja. Drei von uns. Fünf von denen. Es waren aber nur mittelmäßige Bauern. In allen Fällen."
Ich lache entgeistert auf und schüttle den Kopf.
„Was ist?", fragt er und sieht mich an.
Sein Gesicht ist viel zu nah, wenn es nach mir geht.
„Wie du über sie redest. Genauso respektslos wie der König. Dir ist schon klar, dass ich auch nur ein mittelmäßiges Dorfmädchen bin? Sie hatten vielleicht Familie! Und das alles nur, weil ich vom Schloss weggelaufen bin."

Mat bleibt stehen und sieht mich verwirrt an.
„Hey! Soweit ich mich erinnere hat dich das Prinzchen weggeschickt. Ich habe dich dann entführt. Du hast nur getan was man dir gesagt hat. Dich trifft am wenigsten Schuld!"
Wie gerne ich es ihm nur glauben würde. Kann ich aber nicht. Es hätte auch anders kommen können. Ich hätte kämpfen können. Ich hätte dortbleiben sollen. Ich hätte... und was wäre, wenn... Diese Worte mag ich nicht!

Ich liege in einer wirklich kleinen Höhle, wo uns Mat hingebracht hat. Hier passen vielleicht drei Menschen herein. Aber wir sind ja nur allein. Ich beobachte wie die Sonne langsam untergeht. Sie verschwindet hinter den Bäumen und taucht alles in ein Rot-Orange.
Ich habe Mat gefragt, ob das Verschwinden von seiner Mutter aus gegangen ist. Ja. Natürlich. Sie meinte er soll mich gut verstecken. Sie hat sich keine Sorgen um ihren Sohn gemacht, er soll einfach nur ihren Befehl ausführen. Generell haben Mat und ich am Nachmittag viel geredet. Er hatte auch keine leichte Kindheit.

Er wurde immer als der kleine, schmächtige Junge abgestempelt. Seine Schwester bekam die ganze Aufmerksamkeit. Nur sein Vater hat sich für ihn interessiert. Und der starb.
Mat liebt seine Schwester von ganzem Herzen und sie ihn. Naja, Zwillinge. Sie haben so eine komische Verbindung zueinander, wie mir Mat gesagt hat. Aber ich verstehe es nicht ganz. Irgendwie können sie mit einander kommunizieren, über Gedanken. Er hat gesagt, das ist bei Werwolfszwillingen immer so. Tja, keine Ahnung. Aber deshalb weiß er ja was geschehen ist.
Ein Handy hat er natürlich nicht mit, da uns der König sonst orten würde. Vermutet er.
Blake war immer der große, starke, böse Wolf. Und Rebecca tritt in seine Fußstapfen. Er und Mat hatten nie ein so gutes Verhältnis. Trotzdem waren sie Brüder.
Auf seine Mutter spricht man Mat lieber nicht an... bei diesem Thema ist er leicht reizbar.

Jetzt liege, halb sitze ich hier und schaue der Sonne zu. Die letzten paar Tage bekomme ich nicht mehr zusammen. Alles ist verschwommen. Mein Zeitgefühl habe ich sowieso verloren. Mir kommt es vor, als hätten sie mich mindestens ein halbes Jahr gefoltert. Vor ein paar Wochen hat Julian mit mir Schluss gemacht und ich bin arbeiten gegangen. Wie es wohl Heike geht? Macht sie sich Sorgen um mich? Und davor... waren Julian und ich glücklich. Alles innerhalb von ein paar Wochen! Meine Gefühle randalieren.

Ich habe Angst. Aber nicht vor Mat.

Ich mag Mat. Sehr. Aber ich liebe Julian. Oder? Er hat mich abserviert. Aber Mat hat mich entführt und gefoltert. Trotzdem würde ich sehr viel für ihn machen.

Mein Vater, ist nicht mein leiblicher Vater.

Mein richtiger Vater ist ein Werwolf.

Meine Mutter hat meinen Papa betrogen.

Alle sind tot. Nur mein leiblicher Vater vermutlich nicht.

Ich weiß nicht, wie es weiter gehen soll? Wird Julian mich finden? Selbst wenn, was erhofft er sich, wie es zwischen uns weitergehen soll? Soll es überhaupt zwischen uns weitergehen? Wer ist mein Vater? Lebt er noch? Habe ich vielleicht noch Halbgeschwister? Oder eine Stiefmutter? Habe ich noch irgendwo Familie? Werde ich sie je sehen? Wird mich Mat je gehen lassen?

Aber die Frage, die mich heute am meisten beschäftigt, lautet: „Was empfinde ich für Mat?"
Wie er mich mit seinen starken Armen getragen hat... Seine wunderschönen eisblauen Augen... Auch wenn er das folternde Arschloch sehr gut heraushängen lassen kann, gibt es eine andere Seite an ihm. Eine Seite mit der ich mich wirklich gut verstehe. Eine Seite mit der man reden kann. Eine Seite, die auch Gefühle hat. Eine Seite, die immer öfter zum Vorschein kommt.
„Hast du Hunger? Ein paar Müsliriegel habe ich noch! Wir müssen morgen unbedingt eine Stadt suchen und einkaufen gehen!", sagt er als mein Magen knurrt und reicht mir einen Riegel.
„Danke..."
Bevor ich niedergeschlagen und entführt wurde, hat er gesagt, dass er mich mag. War das sein Ernst? Oder ist er nur ein guter Schauspieler? Wie soll ich wissen, ob ich ihm vertrauen kann?
„Ist was? Du bist so ruhig!" stellt er fest und reißt mich damit aus meinen Gedanken.

„Ähm... Nein... Ich habe mich nur gefragt wie es jetzt weitergeht?"

Er setzt sich neben mich. Nah. Sodass unsere Hände sich leicht berühren. Das bringt mich komplett aus dem Konzept. Mein Puls beschleunigt sich und ich hoffe inständig, dass er es nicht merkt.

„Wir suchen eine Stadt, in der wir unsere Vorräte auffrischen. Dann werden wir uns unauffällig auf die Suche nach deinem Vater machen."

„Mein Vater ist tot! Rebecca hat ihn umgebracht!"

Er verdreht die Augen und sagt, er meine meinen leiblichen Vater. Was mir eigentlich klar war.

„Wo willst du suchen?", frage ich neugierig.

„Ich dachte, dass in deinem Haus bestimmt noch eine Geburtsurkunde ist. Aber da wird vermutlich nicht dein leiblicher Vater darauf stehen. Und wir können schlecht ins Schloss hineinspazieren und uns die Unterlagen suchen, wer alles zu der Zeit hier gewohnt hat.

Vielleicht wissen ja deine Nachbarn etwas?"

Sofort hat er meine ganze Aufmerksamkeit.

„Berta und Fred? Ich kann zu ihnen?"

Er lacht kurz auf und antwortet: „Davon träumst du wohl. Ich werde dich doch nicht zu ihnen schicken. Sie werden sofort zum Prinzen laufen. Und dann müsste ich sie vorher umbringen und ich vermute stark, das möchtest du nicht. Oder? Du solltest wissen, ich kenne viele Wölfe, die mir noch etwas schulden. Einer wird ihnen einen Besuch abstatten."

„Er wird ihnen doch nichts antun? Oder, Mat?"

Er lacht nur kurz und hebt die Schultern. Angst erfüllt mich. Er kann ihnen doch nichts antun. Sie sind die Einzigen, die ich noch habe!

„Du solltest schlafen."

„Mat! Du... sie... bitte nicht!"

„Scheiß dir nicht gleich ins Hemd. Sie werden es schon überleben. Außer sie gehen petzen. Dann sehe ich mich gezwungen, sie... du weißt schon.", mit der Hand macht er ein Messer nach und fährt er sich über seinen Hals.

Ich drehe mich wortlos um und stütze mit meiner Hand meinen verletzten Kopf. Ich weiß, es klingt verrückt aber auch wenn ich Mat nicht sehe weiß ich, dass er mich ansieht.

„Gute Nacht", flüstert er und mir läuft es kalt über den Rücken.
Wütend ignoriere ich ihn. Mein letzter Gedanke bevor ich einschlafe: Wieder auf einem kalten Steinboden gelandet! Aber diesmal mit Mat.

# KAPITEL 18

„Das macht dann bitte € 14,88", sagt die Kassiererin und betrachtet mich kritisch. Das macht sie schon seit wir hier durch die Tür gekommen sind.

Mat legt das Geld in ihre Hand und packt das Wasser und das Essen ein. Wir wollen gehen als mir jemand von hinten eine Hand auf die Schulter legt. Sofort drehe ich mich um und sehe das faltige Gesicht einer weißhaarigen alten Frau.

„Du bist es!", schreit sie aufgewühlt und sieht zur Kassiererin der anscheinend ein Licht aufgeht, „Du bist die Freundin des jungen Prinzen. Das entführte Mädchen!"

Die junge Verkäuferin tippt schnell ein paar Ziffern in das Telefon ein und sagt, dass ich hier bin. Währenddessen redet die alte Frau einfach weiter.

„Mach dir keine Sorgen, du kommst wieder zum Prinzen zurück!"

Dann fällt ihr erst Mat auf, der ganz blass hinter mir steht.

„Das ist doch auch der Junge aus dem Fernsehen, der, der das Mädchen entführt hat!"

Ich müsste nur Zeit schinden und Julian kommt. Dann wäre ich wieder frei. Aber bin ich jetzt gefangen? Wenn

sie kommen... dann bringen sie Mat bestimmt um. Das kann ich nicht verantworten. Nein.
„Entschuldigung, aber Sie müssen mich verwechseln. Wiedersehen!"
Schnellen Schrittes eile ich davon.
„Nein warten Sie. Hier passiert Ihnen nichts!"
Was? Eine andere Frau versperrt mir und Mat den Weg nach draußen.
„Sie müssen hier bleiben!", schreit ein Mann von irgendeiner Ecke hervor.
„Schnappt euch den Jungen, bevor er abhaut!", ich kann die Stimme nicht dem Gesicht zuordnen. Alle reden durcheinander. Ich will zu Julian. Ich will aber auch mit Mat meinen Vater finden. Sie würden Mat umbringen!
Jemand nimmt meine Hand. Mat. Er umfasst sie. Dann läuft er los. Direkt an der Frau vorbei. Und ich laufe mit. Freiwillig. Bei jedem Schritt, schmerzen meine Muskeln und Gelenke.
„Halt! Haltet sie auf!"
Noch mehr Menschen sehen uns an. Wir laufen auf der gut besuchten Straße. Hektisch sieht Mat sich um. Er sucht einen Ausweg. Immer mehr Leute werden auf uns

aufmerksam. Immer mehr Leute versuchen uns aufzuhalten. Immer mehr Leute schreien völlig wirres Zeug durcheinander.
Mat zieht mich in eine weitere nicht so gut besuchte Straße hinein. Aber die Menschen hinter uns verschwinden nicht. Meine Lunge brennt wie Feuer. Meine Füße wollen nicht mehr. Aber ich muss weiterlaufen. Hier geht es nicht um mein Leben. Sondern um das von Mat. Ich muss für ihn laufen. Hektisch schaut Mat zurück und murmelt etwas, das sich für mich wie „Scheiße!“ angehört hat.
„Stopp oder ich schieße!", brüllt eine tiefe, bedrohliche Stimme.
Nein! Mat hält immer noch meine Hand. Er zuckt zusammen.
„Mat!", keuche ich.
Er bleibt stehen. Beißt unbewusst auf seiner Unterlippe. Unschlüssig ob wir nicht doch weiterlaufen sollten.
Der Mann, von dem ich ausgehe, dass er es geschrien hat, zeigt mit der Pistole auf uns. Tränen steigen mir in die Augen. Nein. Das darf nicht wahr sein. Nein...
Die Polizei taucht hinter der großen Menschenmenge auf und kommt strikt auf uns zu.

„Sind Sie Tess Winter?", fragt der, der mir gerade zu den Schultern reicht.
„Ja aber...", weiter lässt er mich nicht reden.
„Ist das Mat Sun?"
„Sie dürfen ihn nicht verhaften!", bitte ich keuchend. Allerdings werden ihm schon Handschellen angelegt. Ich weiß, er könnte sie leicht alle umhauen, oder sich in einen Wolf verwandeln. Aber vor all den Menschen? Nein. Das verstößt gegen irgendein Gesetz der Wölfe.
„Nein, bitte. Lassen Sie ihn!"
Eine Träne folgt der nächsten. Ich atme flach. Ich verstehe die Welt einfach nicht mehr.
„Es ist zu spät, Tess. Es tut mir wirklich sehr leid!", traurig sieht er mich an.
Einer der Beamten führt ihn weg von mir. Ich will ihnen folgen, aber der kleinere Polizist hält mich zurück.
„Bitte folgen Sie mir! Der Prinz wird in zwei Stunden hier sein. Bis dahin können Sie sich ausruhen."
Er packt mich am Arm und zerrt mich weg.
„Aber... nein. Ich will zu Mat! Lassen Sie mich los! MAT!", schreie ich verzweifelt.
Er dreht sich zu mir um und sieht mich hoffnungslos an.

„Es tut mir leid, Fräulein Tess. Ich habe den Befehl, Sie in das nächste Polizeirevier zu bringen!"

Aber... er zieht mich weiter. Durch all die Leute die mich mitleidig anschauen. Was denken sie wohl?

„Wo bringen Sie Mat hin?"

„Er wird, bis der König und der Prinz kommen, im Gefängnis festgehalten."

Der Polizist bringt mich zu einem Streifenwagen. Dann fahren wir weg.

Die Bäume ziehen schnell an meinem Blick vorbei.

„Was geschieht mit ihm?", frage ich nach langer, stiller Zeit.

„Das habe ich nicht zu entscheiden. Aber vermutlich, wird er hingerichtet", sagt er unbeeindruckt.

Nein... er darf nicht umgebracht werden. Wie kann ich das nur verhindern?

„Bitte nehmen Sie hier Platz. Soll ich ihnen ein Glas Wasser bringen?", fragt eine höfliche Sekretärin. Ich schüttle nur still den Kopf. Dann setzt sie sich neben mich. Sie will etwas sagen, lässt es dann aber.

„Wollten Sie noch etwas sagen?", frage ich aus reiner Neugier.

„Sie wurden doch von diesem Mat entführt. Warum verteidigen Sie ihn dann?"

Das ist eine gute Frage.

„Ich weiß nicht. Auch wenn er mich gefoltert hat, war er der Einzige, der mich nett behandelt hat. Es klingt einfach zu verrückt. Er war der Einzige mit dem ich vernünftig reden konnte. Und er hat mir zugehört. Er hat mich trotz der Situation verstanden. Er hat das Alles auch nur gemacht, weil er es musste. Ich weiß ich sollte ihn hassen. Aber..."

„... Sie mögen ihn", beendet die Blonde meinen Satz.

Bedrückt sieht sie mich an. Dann schüttelt sie den Kopf und atmet tief durch. Sie blickt auf ihre protzige, goldene Uhr und meint: „Der König und der Prinz müssten jeden Augenblick kommen."

Unbewusst greife ich an meine Kette. Ich habe sie nie abgelegt.

Wie soll es zwischen Julian und mir weitergehen? Nachdem er mich so verletzt hat? Nachdem er mich fallen hat lassen. Und Mat mich aufgefangen hat.

Was will er noch von mir? Ich dachte ich sei ihm egal. Ich meine ich freue mich, dass er kommt. Sehr sogar. Aber wie soll es nur weitergehen. Ich will Mat nicht verlieren.
In dem Moment geht die Tür auf und Julian stürzt herein. Ich stehe unbewusst auf. Er steht da und sieht mich an als ob er es nicht glauben kann. Die Sekretärin verbeugt sich und verschwindet dann durch irgendeine Tür. Dann stehen Julian und ich da.

„Tess...", es ist kaum ein Flüstern.
Er kommt ein paar Schritte auf mich zu und will mich umarmen. Aber ich weiche ein paar Schritte zurück. Entgeistert sieht er mich an. Und es zerreißt mir mein Herz ihn so enttäuscht zu sehen. Vor meinem inneren Auge spielt sich die Szene ab, wo ich gegangen bin und er mir am Fenster nachgeschaut hat. Er hat sich einfach weggedreht!
„Tess... Es tut mir so unendlich leid!", wieder kommt er ein paar Schritte auf mich zu. Ich will zurück, aber da ist eine Wand. Ich stehe an.

Er steckt seine Hand aus und wischt vorsichtig die Tränen von meinen Wangen. Seine Berührung ist so zart. So liebevoll.
„Julian!"
Ich gehe einen Schritt nach vorn und umarme ihn. Er ist wieder da. Er hat mich geholt. Wie lange ich mir gewünscht habe, ihn einfach nur wieder zu sehen. Ihn zu berühren. Und jetzt... ist er da. Freudig schließt er seine Arme um mich. Als er sich von mir löst sieht er mir in die Augen - und küsst mich. Froh. Leidenschaftlich. Zärtlich. Hoffnungsvoll.
In dem Moment blende ich alles um mich herum aus. Es gibt nur Julian und mich. Nur uns zwei. Und der Gedanke, was mit Mat geschehen wird. Ich weiß, wenn ich Julian küsse, sollte ich nicht an Mat denken, aber ich kann es nicht steuern.
Julian drückt mich an die Wand. Er grinst so unglaublich fröhlich, das ich nicht anders kann als auch zu lächeln. Aber ich habe das Bild von Mat, wie er fortgeschleppt wird vor meinem inneren Auge.
„Ich habe dich so vermisst. Ich habe dich gleich am nächsten Tag gesucht. Du kannst dir nicht vorstellen wie

verzweifelt ich war. Es tut mir alles so unglaublich leid. Kannst du mir verzeihen?"
Ich bin froh, dass er wieder hier ist. Aber ich brauche Zeit.

Als ich nicht antworte, sondern auf den Boden starre, setzt er mich enttäuscht ab.
„Ich verstehe schon. Ich habe dich sehr verletzt."
„Ich brauche Zeit, Julian."
Diesmal ist er an der Reihe den Boden anzustarren. Er will etwas sagen, aber was?
„Ähm... ich habe gehört... du hast Mat sehr verteidigt... und wärst freiwillig mit ihm weggelaufen... Stimmt das?", er stottert, ich sehe wie schwer es ihm fällt das zu fragen und ich weiß nicht wie ich antworten soll. Ich gehe ein paar Schritte in dem Raum umher und drehe Julian den Rücken zu.
„Ja. Das stimmt", sage ich leise. Ich will nicht sein Gesicht sehen. Ich will nicht diesen Blick spüren.
„Aber... Warum hast du das gemacht? Er hat dich entführt?"
Meine Augen brennen. Ich hasse es. Dieses Gefühl. Wie mich Mat einfach anzieht. Es ist falsch, fühlt sich aber so

verdammt richtig an. Eine einzelne Träne rollt über meine Wange. Julian geht um mich herum und stellt sich wieder vor mich. Er legt die Hand unter mein Kinn und hebt meinen Kopf, sodass ich ihn ansehen muss. Ich sehe in seine wunderschönen blauen Augen. Sie sind eisblau, wie die von Mat. Aber doch so anders.

„Was wirst du mit ihm machen?"

„Ihn umbringen!", sagt er leichthin ohne jegliche Gefühlsregung.

Mein Atmen stockt und geht ganz flach. Das war das Ende der einzelnen Träne, deren ganzen Freunde rollen auf meine Wange hinab.

„Tess! Was ist zwischen dir und Mat vorgefallen?"

„Bitte... bring ihn nicht um... er hat es nicht verdient! Bitte lass ihn Leben Julian!", flehe ich ihn an.

Er dreht sich kurz zur Seite und atmet tief ein und aus. Dann wendet er sich wieder mir zu.

„Warum sollte ich das? Empfindest du etwas für ihn? Sein Bruder hätte uns beinahe umgebracht!", sagt Julian lauter.

„Ja ich weiß. Aber es war sein Bruder, den wir umgebracht haben. Ich weiß auch, dass seine bösere Zwillingsschwester meine Familie getötet hat. Und er hat mich entführt. Gefoltert. Aber er hat das nur gemacht, weil er endlich von seinem Rudel akzeptiert werden will. Er hat mir nie ernsthaft etwas angetan. Also... naja fast. Trotzdem... Wenn jemand verdient hat zu sterben, dann seine Schwester. Aber nicht Mat!"

Julian sieht an meiner Schulter vorbei.

„Alles was er gemacht hat, es sind genug Gründe, ihn umzubringen. Ich will dich verstehen, kann es aber nicht. Schau dir an was er mit deinem Leben gemacht hat?"

Das bringt das Fass eindeutig zum Überlaufen.

„Was ER gemacht hat? Hallo? Julian? DU hast mein Leben zerstört! DU hast mich weggeschickt! DU hast mein Herz gebrochen! Wegen DIR bin ich angehauen. Wegen DIR wollte ich ein neues Leben anfangen. Irgendwo wo ich DICH nie mehr wiedersehen muss. Das was DU mir angetan hast... war viel schlimmer als das was Mat mir angetan hat. Ja, er hat mich körperlich verletzt. Aber DU hast mein Herz einfach weggeschmissen. Und er hat es aufgefangen!", schreie ich ihn an.

Seine Augen werden groß und glasig. Aber er sieht eher wütend aus als traurig.

„Tess. Denk daran mit wem du redest!", sagt er jedoch ruhig.

„Was? Oh mein Gott, tut mir wirklich leid eure Majestät! Weißt du was Julian? Mir ist es verdammt nochmal scheißegal, wer du bist. Bring mich doch um! Ich habe nichts mehr zu verlieren. Denn meinen einzigen Freund bringst du ja sowieso um. Meine Familie ist tot und du... du hast mich verloren und ich hoffe du weißt, dass ganz allein du daran schuld bist!", schreie ich wütend.

Natürlich weiß ich, dass ich auch einfach hätte im Schloss bleiben können, dann wäre das alles nicht geschehen. Ich bin auch daran schuld. Aber er soll ruhig ein schlechtes Gewissen haben.

„Mat? Dein einziger Freund? Es soll meine Schuld sein? Mein Vater hat mich dazu gezwungen!", schreit er jetzt auch.

„Oh doch Julian. Ich dachte du liebst mich. Ich dachte du würdest für UNS kämpfen. Ich dachte wirklich, ich bin dir wichtig. Und ja... Mat ist mein Freund. Er hat mir zugehört. Mat war für mich da, als du so weit weg warst! Ich habe keine Lust mehr darüber zu diskutieren. Ich bitte dich nur um einen Gefallen, lass Mat frei und am Leben!"

Ich gehe an ihm vorbei und steuere auf die Tür zu. Aber Julian hält mich am Arm zurück.
„Du weißt, ich werde ihn umbringen müssen!"
„Ich weiß, dass gerade du als Prinz nichts musst! Auf Wiedersehen eure Majestät, wenn Sie so freundlich wären und mich loslassen würden!"
„Tess... bitte. Wo willst du denn hin?"
„Ich werde dort weitermach wo Mat und ich aufgehört haben. Ich werde meinen Vater suchen. Allein. Oder mit Mat!"
Ich schaue auf seine Hand, die meinen Arm umfasst und er lässt mich los. Ich verbeuge mich kurz und gehe schnellen Schrittes hinaus.
Ich trete in den nächsten Raum, wo die Sekretärin wartet. Aber die Tür geht hinter mir wieder auf.
„Tess! Also war's das jetzt?"
Ich bleibe stehen, die Sekretärin sieht uns erschrocken an. Ich weiß nicht? War's das? Er hat mich gefunden. Er wird Mat umbringen. Er ist der Junge, den ich immer noch liebe. Von ganzem Herzen. Ich drehe mich nicht zu ihm um.

„Vergiss nicht, du hast Schluss gemacht!"

Ich gehe weiter.

„Willst du wieder mit mir zusammen sein?", seine Stimme ist von Sehnsucht erfüllt. Wie kann man da nur widerstehen.

Abrupt bleibe ich stehen. Ob ich wieder mit ihm zusammen sein will?

Ich liebte ihn. Ich liebe ihn auch jetzt noch. Aber nicht mehr so wie anfangs. Er hat mich verletzt sehr sogar. Aber ich liebe ihn. Wieder mit ihm zusammen zu sein, war alles was ich mir die letzten Wochen gewünscht habe.

„Nein. Nicht unter diesen Umständen!"

Ich drehe mich immer noch nicht zu ihm um. Die Sekretärin starrt entgeistert von mir zu Julian.

„Liebst du Mat?"

Mir bleibt mein Herz stehen. Mat. Ich weiß nicht genau. Liebe ich ihn? Ich mag ihn sehr. Aber lieben? So wie ich Julian liebte? Ich weiß nicht.

Ohne eine Antwort gehe ich hinaus. Ich will mich zu ihm umdrehen. Ihn ein letztes Mal sehen. Aber ich mache es nicht! Seinen vermutlich sehr enttäuschten Blick könnte

ich nicht ertragen. Ich gehe hinaus, wo so viele Menschen stehen. Alle sehen mich an.
Was erwarten sie von mir? Ich gehe die paar Stufen auf die Straße hinunter und stehe inmitten der Menschen.
„Wo ist der Prinz?"
Ich gehe einfach weiter. Immer mehr Menschen reden auf mich ein.
„Wo ist ihr Freund?"
„Wir der Kidnapper umgebracht?"
„Werden sie heiraten?"
Mit Tränen in den Augen ignoriere ich sie alle und gehe einfach die Straße hinunter. Sobald die Menschenmenge hinter mir ist, laufen mir die Tränen die Wange hinunter. Wie die Niagara Fälle!
Als ich schon mindestens dreißig Meter weiter bin, höre ich wieder all die Fragen. Diesmal drehe ich mich um. Julian steht auf den Stufen und sieht mir hinterher. Auch aus der Entfernung sehe ich seine Tränen. Es tut mir weh ihn so zu sehen. Aber er hat es selbst verbockt, er hat mich mehr verletzt als sonst jemand, das kann ich nicht so hinnehmen. Ich gehe um die Ecke und lasse mich an der Hauswand hinunterrutschen. Das Gesicht in den Händen

vergraben. Was habe ich da geradegemacht? Ich habe gerade Julian, den Prinzen, einfach stehen lassen. So niedergeschlagen wie er mich angesehen hat. Dieser Blick hat sich in mein Gedächtnis gebrannt und ich habe dieses Gefühl, dass es dort noch für eine lange Weile gespeichert sein wird. Ich schluchze unkontrolliert auf. Nie wieder werde ich mit Julian zusammenkommen. Selbst wenn ich jetzt zurückgehen würde, würde er es mir verzeihen? Würde ich ihm irgendwann verzeihen können? Und Mat? Vielleicht wird er in diesem Moment umgebracht...

„Tess! Wo bist du?"
Schnell tauche ich aus meinen Händen empor und sehe um die Ecke. Ich hüpfe mehr oder weniger auf. Mit großen Augen stehe ich da. Mat. Er kommt auf mich zu gerannt. Ich laufe ihm ein Stück entgegen. Mir ist es egal ob Julian mich sieht. Nein... eigentlich ist es mir ganz und gar nicht egal. Ich will ihn nicht noch mehr enttäuschen.
„Mat! Du lebst!"
Er steht direkt vor mir und nimmt mich in die Arme. Er drückt mich so fest an sich, sodass ich fast keine Luft mehr bekomme.

„Danke Tess! Ich weiß, das habe ich nur dir zu verdanken! Aber... was ist mit Julian?", er löst sich von mir und sieht mir eindringlich in meine verheulten, brennenden Augen. Ich kaue auf meiner Unterlippe. Ich schaue an seiner Schulter vorbei. Julian steht noch genau dort und sieht zu uns herüber.
„Wir... hatten einen Streit."
„Wegen mir?"
„Auch."
Wir stehen immer noch hier und Julian beobachtet uns noch.
„Es tut mir leid. Ich wollte eure Beziehung nicht zerstören."
„Nein, es ist nicht deine Schuld. Sie war schon kaputt."
Mat dreht sich zu Julian um dann sieht er wieder zu mir.
„Also hast du dich zwischen mir und Julian, für mich entschieden?"
„Ich konnte dich doch nicht sterben lassen!"
„Ich dachte du liebst ihn?", fragt er leise als ob er die Antwort nicht hören will.
„Ja, ich liebte ihn auch. Ich weiß nicht genau, was ich jetzt für ihn empfinde. Aber... in letzter Zeit fahren meine

Gefühle eine wilde Runde auf der Achterbahn. Ich brauche einfach Zeit um mir über einige Dinge klar zu werden."

Wir drehen uns um und gehen weg. Gemeinsam. Ich weiß nicht genau was gerade geschehen ist, aber ich vermute ich werde es noch bereuen.

Habe ich Julian gerade für immer verloren? Vermutlich ja. Habe ich Mat gerade gerettet? Ja.

„Wie geht es jetzt weiter?", frage ich und versuche nicht über meine Schulter zu sehen.

„Wir müssen uns nicht mehr verstecken, ich würde sagen wir suchen uns ein Hotel, duschen, essen und machen uns auf die Suche nach deinem Vater."

Ein Hotel? Wieso nicht? Ich vermute stark, dass es kein Zufall ist, dass Mat meine Hand so oft "rein aus Versehen" berührt. Mir macht es allerdings nichts aus.

Dicht neben einander gehen wir die Straße entlang. Mein Vater irgendwo vor mir in der Zukunft. Mat neben mir in der Gegenwart. Julian hinter mir in meiner Vergangenheit. Dort hinterlässt er ein tiefes, schwarzes Loch in meinem Herzen. Ich bin nicht wirklich wütend auf ihn, sondern auf mich. Dass ich, genauso wie er, einfach aufgegeben habe.

Nur wollte er mich zurück. Aber ich blöder Dummkopf habe mich in den super aussehenden Feind verliebt.
Das hast du wieder toll gemacht Tess!

# KAPITEL 19

Das angehnehme warme Wasser rinnt über mein Gesicht und meinen Körper. Ich wünschte ich könnte die Erinnerungen wie den Dreck an mir wegwaschen. Damit sie in den Abfluss geschwemmt werden und ich nie wieder an das denken muss.

Wir sind in einem Hotel noch in der Stadt. Die Dusche tat gut. Mat hatte ja angeboten mich in die Dusche zu begleiten. Aber ich lehnte mehr oder weniger lachend ab. Im Spiegel erkenne ich mich beinahe nicht wieder. Ich bin dünner, obwohl ich nie dick war. Meine Haut ist aschfahl, obwohl ich immer schon Haut wie Schnee hatte. Meine Augen haben ihr Strahlen verloren, obwohl sie immer strahlten wie Sterne (so hat Julian sie immer beschrieben). Ich schließe sie und dränge die Tränen zurück. Vielleicht war das Angebot von Mat doch eher so gemeint, weil er Angst hat, dass ich zusammenbreche. So wie ich aussehe... ist es wirklich nicht abwegig. Jedoch so wie ich Mat kennen gelernt habe, dachte er dabei an etwas ganz anderes. Das kann er vergessen!

Ich schlüpfe in meine neuen Klamotten, die wir unterwegs gekauft hatten. Wieder starrten uns alle dumm an. Die Leute flüsterten ihren Partnern etwas zu. Alle tuschelten miteinander. Über uns. Aber keiner sagte etwas. Zum Glück.

Mat hat seinen Rucksack mit dem vielen Geld wieder zurückbekommen. Da mein Gewand dreckig war und stank, kaufte er mir neues. Zwei Pullis, drei Shirts und drei Hosen. Nie hätte ich mir das leisten können. Aber für ihn spielt Geld keine Rolle. Er selbst kaufte sich auch etwas. Ein paar Shirts und ein paar Hosen. Dann gingen wir in eine Drogerie und kauften uns das Alltägliche. Zahnbürste mit Zahnpasta, Shampoo und eine Bürste.

Ich gehe aus dem Bad und sehe zu Mat, der auf dem Doppelbett von uns Zweien saß. Es war kein anderes Zimmer frei.

Jetzt geht Mat duschen, er hat mir den Vortritt gelassen. Wie ein Gentleman.

Ich gehe zum Rucksack und suche mir die Bürste heraus. Ich schaue im großen Fach, aber da ist sie nicht. Ich schaue

in ein Seitenfach und da ist sie. Stimmt. Ich habe sie dort hingegeben.
Aber etwas anderes erweckt meine Aufmerksamkeit. Ein Stück Papier. Mit dem Siegel des Königs.

*Liebste Tess!*

*Wenn du das hier liest, dann bist du fort von mir. Vermutlich mit Mat... Ich weiß nicht wie es im Moment steht, indem du das liest. Vielleicht sind wir wieder zusammen wie ich es sehr hoffe, oder eben nicht. Falls nicht, möchte ich, dass du weißt, dass ich dich sehr liebe. Du bist die Liebe meines Lebens. Ich hätte dich nie fortschicken dürfen. Es tut mir alles so unendlich leid. Es war allein meine Schuld. Ich hoffe, du kannst mir irgendwann verzeihen. Du kannst jederzeit zu mir kommen. Ich werde auf dich warten. Tag für Tag. Ich werde beten, dass dir nichts geschieht. Ich werde hoffen, dass du zu mir zurückkommst. Immer.*
*Bitte vergiss mich nie. Ich liebe dich!*
*Mit traurigen und herzlichen Grüßen,*
*dein Julian.*

Da war es wieder. Dieses vertraute Brennen in den Augen. Eine Träne tropft auf das Blatt Papier und die Tinte verschmiert ein bisschen. Wieder und immer wieder lese ich mir diesen Brief durch. Er hat ihn in Mats Rucksack gegeben und gehofft, dass ich ihn finde. Das habe ich. In diesem Moment bereue ich noch mehr, was ich getan habe. Er wird auf mich warten. Jetzt nach dem Gespräch auch noch? Wann hat er diesen Brief wohl geschrieben? Im Flugzeug, als er zu mir geflogen ist? Immerhin sind wir am anderen Ende des Landes.
Er hat dort vermutlich schon von Mat gewusst. Aber woher wusste er, dass Mat leben wird? Hatte er nie vor ihn zu töten? Vollkommen verwirrt lese ich den Brief zum bestimmt zehnten Mal. Der Blick von Julian wie er auf den Stufen steht und zu Mat und mir herübersieht. Die Tränen in seinen Augen. Ich werde es nie vergessen können.

Mat kommt aus dem Bad. Wie viel Zeit ist denn vergangen? Mein Blick bleibt an seinem Bauch hängen. Sein super sexy Waschbrettbauch. Er trägt nur seine Jeans. Dann sehe ich in sein Gesicht. Er mustert mich verwirrt. Dann sieht er auf den Brief und fragt, was es ist. Ich drücke

ihn ihm wortlos entgegen und versuche mich zu beruhigen.
Ich beobachte ihn beim Lesen. Kurz flackert Eifersucht auf. Aber nur kurz. Ich bin mir nicht sicher, ob ich es mir nur eingebildet habe.
Als er fertig ist.
„Tess...", wie er mich ansieht. Seine wunderschönen eisblauen Augen. „Willst du wieder zurück zu ihm?"
Oh, das denkt er. Ja, ich will nicht im Streit mit ihm auseinandergehen. Aber ich bin noch nicht bereit, ihm jetzt gegenüber zu treten. Also schüttle ich nur leise den Kopf und bemühe mich meine Tränen zurückzuhalten.
Mat legt einen Arm um meine Schulter und drückt mich zu sich. Mein Kopf liegt auf seiner nackten Schulter. Ich atme seinen Geruch ein. Natur. Sofort schlägt mein Herz höher. Mit seiner Hand streicht er über meine halbtrockenen, welligen Haare.

„Willkommen bei den wöchentlichen News aus dem Königshaus!", heißt uns der Moderator, Patrik willkommen.

Mat hat den Fernseher eingeschaltet, nachdem er mich gefragt hat ob es für mich okay ist.
„Diese Woche ging es heiß her. Wir berichten heute über die Neuen Pläne zur Infrastruktur, den kleinen Aufstand heute am Nachmittag und das Thema das Flow am meisten interessiert. Tess ist wiederaufgetaucht! Außerdem haben wir einige Leute in ihrer vorigen Umgebung interviewt."
Interview? Das ist neu! Warum schaue ich es mir eigentlich an? Ich will wissen, wie es Julian geht. Abgesehen davon interessiert mich sehr wie er die Geschichte aus seiner Sicht beschreibt. Das ist der Hauptgrund.
Mat und ich sitzen aufrecht im Bett und schauen gespannt auf den Fernseher.
Man sieht wie Patrik die Königsfamilie willkommen heißt. Der König plappert über den Verkehr und so weiter, ich höre ihm nicht wirklich zu. Vielmehr bin ich mit der Frage beschäftigt, welche Leute sie in meinem Umfeld meinen?

Nach einigen Minuten wendet sich der ziemlich junge Moderator an Julian. Er sieht aus, wie ich ihn heute

Nachmittag gesehen habe. Traurig. Enttäuscht. Verletzt. Nur wegen mir.
Das schlechte Gewissen macht sich in mir breit.
„Sehr geehrter Prinz, wir alle hörten, dass ihre Freundin Tess wieder aufgetaucht ist. Jetzt fragt sich das ganze Volk: wo ist sie jetzt?"
Weiß er es nicht?
„Hallo Patrik. Leider muss ich Ihnen und dem Volk mitteilen, dass sie sich nicht hier befindet. Sie hält sich noch irgendwo im Süden auf."
Patrik schaut verwirrt in die Kamera.
„Aber was macht sie denn noch dort? Wann kommt sie endlich zu uns?"
„Gar nicht mehr. Sie kommt nie wieder zurück. Ich habe ziemlich großen Mist gebaut, wissen Sie", er lacht kurz traurig auf und redet weiter, „Ich bin jetzt einmal ganz ehrlich. Da sie nur ein Dorfmädchen ist, kam sie für das Protokoll nicht in Frage, die neue Königin zu werden. Ich habe auf meinen Vater gehört und mit ihr Schluss gemacht. Ich habe sie vom Schloss weggeschickt. Sie gehorchte meinem Befehl und ging mit gebrochenen Herzen. Danach wurde sie von Mat entführt. Hätte ich sie

nie weggeschickt, wäre sie jetzt vermutlich hier. Aber sie ist nun weg. Ich habe sie fallen lassen und Mat hat sie aufgefangen. Genau dies hat sie mir gesagt. Sie hat sich ausgerechnet mit ihrem Entführer angefreundet. Und vielleicht sogar noch mehr. Sie wissen, Tess und Mat wurden im Süden gesichtet. Tess ist freiwillig mit ihm weggelaufen. Aber sie wurden geschnappt. Als ich dann endlich ankam, wich sie vor mir zurück. Ich kann es ihr nicht übelnehmen. Sie hat guten Grund dazu. Wir haben uns gestritten. Sie bat mich nur um einen einzigen Gefallen. Mat am Leben zu lassen. Er hätte die Todesstrafe verdient. Aber wenn ich ihn umgebracht hätte, würde ich Tess für immer verlieren. So habe ich wenigstens noch die Hoffnung, dass sie irgendwann merkt, dass wir zusammengehören und zu mir zurückkommt. Ich wünsche ihr, dass sie mit Mat glücklich wird. Sie hat es verdient glücklich zu sein, nach Allem was ich ihr angetan habe..."
Patrik sitzt geschockt neben Julian und weiß nicht, was er sagen soll. Ich dachte nicht, dass er die Wahrheit sagt. Obwohl er ja das Ganze mit den Wölfen ausgelassen hat.
„Liebt Tess Sie denn gar nicht mehr?"

„Nein... ich glaube in gewisser Weise liebt sie mich schon noch. Aber sie braucht Zeit, die gebe ich ihr, da es ja nur meine Schuld ist."
„Es ist nicht Ihre Schuld, Prinz Julian."
Kurz lacht er wieder so traurig auf.
„Doch ist es. Ich hätte für uns kämpfen sollen. Habe ich nicht. Dafür muss ich jetzt wohl büßen."
„Tess hat sich also in ihren eigenen Entführer verliebt. Das ist ein Schock, den das ganze Land und Sie natürlich auch, einmal verkraften müssen."
„Bitte liebes Volk. Ich möchte nicht, dass ihr Tess verurteilt, weil sie sich in Mat verliebt hat. Er hat sie in Gefangenschaft noch am besten behandelt. Er war für sie da, als ich sie hängen hab lassen. Verurteilen Sie die Zwei bitte nicht!"
„Das ist wirklich sehr gutmütig von Ihnen, werter Prinz."
Dann leitet er in die Pause ein und die Nationalhymne ertönt. Wie versteinert sitze ich da und kann mich nicht bewegen. Was Julian da gesagt hat... Das ich in Mat verliebt bin. Mat weiß es doch nicht einmal! Das ganze Land weiß über mich und Mat Bescheid. Von der Seite

sieht er mich schief an. Aber ich kann mich noch immer nicht bewegen. Ich bin viel zu geschockt.
Er legt seine Hand auf meinen Arm und sagt vorsichtig: „Stimmt das, was das Prinzchen da gesagt hat?"
„Ähm... ich weiß nicht. Ich habe doch gesagt meine Gefühle fahren gerade Achterbahn mit verdammt vielen Loopings und ich weiß nicht genau was ich für Julian... oder dich empfinde... Ich meine, ich mag dich. Sehr sogar. Aber Julian. Ich weiß einfach nicht genau."
„Du magst mich?"
„Sonst würde ich hier nicht bei dir sitzen sondern bei Julian sein", sage ich und denke daran, wie es jetzt bei Julian wäre.
„Also... ich mag dich... sehr. Obwohl mich meine Mutter und meine Schwester vermutlich deshalb umbringen werden. Vor allem wenn sie es durch die Medien erfahren. Aber was soll's. Ich kann nichts für meine Gefühle!"
Er kann nichts für seine Gefühle! Ich schaue ihm direkt in die Augen. Die im fahlen Mondlicht zu leuchten scheinen. Dann kommt es mir erst, dass sie wirklich leuchten. Wie bei Julian. Er hat gesagt, dass sie nur leuchten, wenn man für jemanden große Gefühle hegt.

Ich erinnere mich zurück wie ich mit Julian bei Berta und Fred im Haus in einem Bett gelegen habe. Dieses Gefühl. Dieses Gefühl das ich jetzt auch spüre. Heimat. Liebe. Hoffnung.
„Deine Augen leuchten!", sage ich leise und lächle ihn an. Sofort schließt er sie. Aber als er sie öffnet, leuchten sie noch immer.
„Gib's auf. Du kannst es nicht kontrollieren. Julian hat mir erklärt was es bedeutet!"
„Ach wirklich? Das hat er dir gesagt? Dann verzeihst du mir vielleicht, was ich jetzt einfach tun muss!"

Er legt seine Hand auf meine Wange und kommt langsam näher. Seine Augen leuchten. Er lächelt schwach. Seine Hand auf meiner Wange fühlt sich so gut an. Er kommt mir immer näher und näher. Er schließt die Augen und ich mache es ihm nach. Zuerst legt er seine Stirn auf meine und wartet ab, wie ich reagiere. Dann traut er sich weiter. Vorsichtig streifen seine Lippen die meinen. Wieder wartet er ab, ob ich ihn zurückdränge. Aber das mache ich nicht. Ich will es nicht. Dann streifen seine Lippen wieder meinen Mund diesmal länger. Bis ein richtiger zärtlicher

Kuss entsteht. Mat küsst mich. Es ist so falsch und fühlt sich aber so richtig an. In meinem Bauch gehen bunte Blumen mit lieblichen Schmetterlingen darauf auf. Es ist ein so wunderschönes Gefühl. Der Kuss wird immer leidenschaftlicher und gefühlsbetonter.

Mat drückt mich flach auf das Bett und liegt über mir. Er küsst meinen Hals bist zu meinem Schlüsselbein. Ich kann nicht anders als zu lächeln. Nein, es ist ein breites Grinsen. Mit der Hand stütz er sich neben meinem Kopf ab, damit nicht sein ganzes Gewicht auf mir lastet.

Seine weichen Lippen auf meinen. Als er seine Augen wieder öffnet leuchten sie!

Irgendwann schlafe ich glücklich in seinen Armen ein.

# Kapitel 20

„Hallo? Oh. Ja. Okay. Sehr interessant. Danke, Sebastian, damit sind wir Quitt! Nein, ich spiele ihr nichts vor, wie kommst du nur auf solche Gedanken? Ich habe sie wirklich gerne! Ist es sehr schlimm? Verdammt, sie werden mich umbringen oder? Was?! Nein! Hat es Tote gegeben? Scheiße... Nur wegen Tess und mir? Okay... danke für die Info. Mach's gut. Wir hören uns!"
Ich öffne die Augen und drehe meinen Kopf in die andere Richtung zu Mat. Er sitzt neben mir mit einem Handy in der Hand. Sollte ich das mit anhören? Wenn nicht, wäre er hinausgegangen. Es regnet. In Strömen. Der Wind pfeift. Mat lächelt mich besorgt an. Ich setze mich auf und meine Muskeln und Gelenke schmerzen nicht mehr so schlimm.
„Morgen! Gut geschlafen?"
Ich zucke mit den Schultern. Eigentlich habe ich überhaupt nicht viel geschlafen. Diese "kleine Knutscherei" hat mich völlig aus dem Konzept gebracht. Und alles andere auch. Schlafen war so gut wie unmöglich.
„Gibt es etwas Wichtiges?", ich deute auf das Handy.

„Na ja. Wir sind den Prinzen los. Wir müssen uns nicht mehr verstecken. Aber... Mein Volk... es akzeptiert uns nicht. Gestern war wohl ein ziemlich heftiger Aufstand. Mehrere Tote. Sie wollen, dass ich dich umbringe... keine Angst, das werde ich nicht machen. Dafür mag ich dich viel zu sehr! Jedenfalls, ich war vorher schon nicht beliebt, und jetzt... Kein Einziger wird mich als Alpha-Tier akzeptieren. Keiner."
Das verstehe ich nicht ganz. Was ist so schlimm daran?
„Wieso?"
Er greift nach meiner Hand und sofort schlägt mein Herz schneller.
„Weil du eine von Denen bist. Das wissen sie."
„Eine von Denen?" Jetzt verstehe ich nur mehr Bahnhof.
„Jap... Du bist eine von den Guten. Du wirst zum Rudel des Königs gehören. Also zum Prinzen. Mein Rudel wird dich vermutlich nicht aufnehmen, was ich jetzt so gehört habe. Meine Mutter ist stinksauer... und Becca... oh Gott, sie ist wirklich... wenn sie dich sieht wird sie dir vermutlich gleich das Genick brechen. Sebastian hat gesagt, dass ein paar Leute los sind um uns... dich zu suchen. Sie wollen dich umbringen. Das heißt... wir

müssen wieder fliehen. Weit in den Norden hinauf. Sie dürfen uns nicht finden. Wir müssen heute noch los."

„Aber... ich bin doch nicht um so viel anders als du und die anderen? Wieso wollen sie mich umbringen", frage ich eingeschüchtert

„Tess. Du bist ganz und gar nicht wie ich. Du bist stärker, deshalb müssen wir auch unbedingt deinen Vater finden. Ach ja, Sebastian war bei Berta und Fred. Aber noch einmal zurück. Du hast das Zeug dazu vermutlich mehrere von Wölfen auf einmal umzubringen. Wenn du dich schon verwandelt hättest, bräuchten wir nicht so viel Angst zu haben. Denn du bist meine Superwaffe. Und das schon als Mensch. Du hältst viel mehr aus als wir. Abgesehen von deinen körperlichen Fähigkeiten, hast du noch eine reine Seele und die werde ich beschützen."

Ich fahre mir mit der Hand durch die Haare und versuche sie so halbwegs in Form zu bringen.

„Eine reine Seele? Was meinst du Mat?"

„Du trägst nicht diese Schuldgefühle mit dir herum. Wenn du erstmal jemanden - getötet hast... dann ist es zu spät. Im Moment ist es dir egal, aber was danach kommt. Ich will nicht, dass du jemanden töten musst."

Eine reine Seele. Wie gut kenne ich Mat eigentlich? Wie viele unschuldige Menschen hat er umgebracht? Könnte ich damit fertig werden? Könnte ich jemanden umbringen? Nein. Aber in der Situation mit Blake, als ich ihn und Julian kämpfen sah. Julian hätte verloren. Um ihn zu retten, habe ich mitgeholfen Blake zu töten. Ich erinnere mich an diese schrecklichen Schuldgefühle.
„Wie viele Menschen - hast du getötet?"
Will ich die Antwort überhaupt wissen? Bedrückt sieht er auf die blaue Bettdecke hinunter.
„Viele. Zu viele. Irgendwie musste ich mich ja beweisen. Glaub mir, ich habe es nicht gerne gemacht. Die Gefühle danach... Becca hat mir gelernt sie zu ignorieren... dann habe ich weiter getötet, das Schlimmste... es machte mir nichts mehr aus. Ich habe eine schlimme Vergangenheit, Tess, aber du hast mich dazu gebracht, alles zu hinterfragen und wieder zu fühlen. Ich hätte alles gemacht, was Becca oder meine Mutter mir gesagt haben, nur um die Zuneigung von meiner Mutter und vom Rudel zu bekommen. Ich liebe Becca, sie ist mein Zwilling. Aber ich bin nun mal sentimentaler. Ich konnte nicht mit ihr mithalten, weil meine Schuldgefühle mich innerlich

zerrissen haben. Ich wollte mich bei ihr melden, aber sie ignoriert mich. Ich glaube, sie hasst mich", erzählt er zerstreut.

Und daran bin ich schuld. Wieder einmal. Was soll ich nur antworten? Er hat viel zu viele Menschen getötet. Ich fühle mich schon schuldig, wenn ich eine etwas größere Spinne töte. Jedes größere Tier tut mir dann furchtbar leid. Und wenn es nur eine Spinne ist. Aber Menschen. Und dann noch mehrere. In gewisser Weise ist Mat nicht besser als Julian. Mat hat alles getan, um Zuneigung zu gewinnen. Um nicht gehasst zu werden. Er hätte alles getan. Ohne den Mut sich gegen seine Mutter zu wehren. Wie Julian, der nicht den Mut hat, einmal gegen seinen Vater zu sprechen. Dadurch hat er mich verloren. Aber Mat hat Menschen getötet. Das muss ich erstmals verkraften. Ich schließe meine Augen und versuche die aufkommenden Gefühle unterzuordnen. Ein Gefühl, der Verständnislosigkeit. Wie konnte er nur so viele Menschen töten?

Ein Gefühl, der Angst. Was, wenn er einmal wütend auf mich ist?

Ein Gefühl, der Bewunderung. Er hat es trotzdem geschafft jeden Tag aufzustehen. Als meine Familie getötet worden ist, wäre ich am liebsten jeden Tag im Bett geblieben. Aber er ist aufgestanden. Und hat vermutlich weiter getötet, was natürlich nicht so toll ist. Irgendwie wird mir gerade erst bewusst, wie gefährlich er ist.
„Was hat er über Berta und Fred gesagt?", versuche ich vom Thema abzulenken.
„Sie wissen, dass deine Mutter um die Zeit oft mit einem Arbeitskollegen essen war. Allerdings immer gemeinsam mit deinem Vater."
Okay... vielleicht haben sie sich danach heimlich getroffen?
„Wissen sie einen Namen?"
„Ja... Liam Underwood."
Noch nie gehört.

Ich gehe ins Bad, wasche mich und ziehe mich an. Ich weiß nicht genau, was in mir vorgeht. Ich liebe Julian. Aber Mat. Das gestern hat sich so richtig angefühlt. Hätte ich ihn auch geküsst, wenn ich gewusst hätte, wie viele Menschen er schon getötet hat? Dann die Blicke von

Julian im Fernsehen. Warum ist meine Mutter nicht hier. Sie hätte den perfekten Rat. Aber sie ist tot. Weil Rebecca, Mats Schwester, alle umgebracht hat. Außer mich. Julian und das Volk würden mich akzeptieren. Mats nicht. Julian liebt mich wirklich. Mat auch? Bei Julian müsste ich nicht flüchten. Bei Mat schon. Julian hat niemanden aus Spaß umgebracht. Mat, hat ganze Dörfer abgeschlachtet. Im Grunde spricht das meiste gegen Mat. Nur nicht meine Gefühle. Was würde meine Mama sagen? Hör auf dein Herz. Wenn ich die Augen schließe, sehe ich Julian. Dann Mat. Und wieder Julian und Mat. Bis beide verblassen. Wie soll ich auf mein Herz hören, wenn es mir nichts Eindeutiges sagt?
Ich wasche mir mein Gesicht mit kaltem Wasser und gehe hinaus.

„Wie geht es jetzt weiter?"
„Wir gehen, fahren oder fliegen in den Norden. Nein, fliegen ist zu gefährlich. Sie würden uns schneller finden. Wir könnten mit dem Zug fahren. Allerdings müssen wir deinen Vater finden. Ich habe die ganze Zeit überlegt, wie wir es am besten anstellen. Tauchen wir einfach in der

Stadt auf und fragen nach ihm? Aber wir wissen nicht einmal, ob er hier gewohnt hat. Es gibt nur eine Möglichkeit, wie wir ihn schnellstmöglich finden..."

Meine Hände krallen sich unbewusst in meinen Pulli.

„Ja, ich weiß. Aber...", ich suche nach einer anderen Möglichkeit aber es gibt einfach keine. Keiner kann uns die Daten geben, die wir brauchen. Außer... Julian. Er könnte sie mir besorgen.

Das Zimmer dreht sich vor meinen Augen. Ich schließe sie und es beruhigt sich wieder. Mat kommt zu mir herüber und nimmt meine Hände in seine. Ich sehe auf sie hinab und kann nur daran denken, wie viele Leute sie schon umgebracht haben. Ich drehe mich weg von ihm und starre auf den Boden, aber er legt mir seine Hand auf die Schulter.

„Tess... Glaub mir, ich habe noch mehr Angst als du!"

Pff, das glaube ich kaum. Warum sollte er Angst haben? Julian hat ihn doch laufen lassen.

„Gerade du, musst keine Angst haben!"

Er nimmt seine Hand weg und ich höre ihn laut ausatmen.

„Oh doch! Du kannst dir nicht vorstellen, wie sehr ich Angst um dich habe."

„Ich kann auch auf mich selbst aufpassen!"
„Ha. Das glaube ich kaum. Vielleicht kommt ja gleich wieder ein Typ dahergelaufen, sagt ein paar nette Worte und du vertraust ihm schon? Tess! Das Leben hier ist verdammt gefährlich!", sagt er etwas zu laut.
„Ja, vielleicht habe ich diesem Typen zu schnell vertraut..."
Ich zeige ihm immer noch den Rücken.
„Nein Tess! Du kannst mir vertrauen! Aber... ich meine nur, du bist ein viel zu gütiger Mensch. Ich will nur nicht, dass dir etwas geschieht. Und wenn wir zum Prinzen gehen...", er bricht ab und ich drehe mich um zu ihm, aber er sieht mir nicht in die Augen.
„Was dann? Du musst keine Angst mehr vor Julian oder König Maximilian haben! Ich bin doch diejenige die zu ihrem Ex muss!"
Dann geht er einen Schritt auf mich zu und sieht mir direkt in die Augen.
„Genau das ist es ja! Wir gehen gemeinsam hin, aber ich weiß nicht ob du wieder mit mir herauskommst!", mit diesen Worten nimmt er seinen Rucksack und geht zur

Tür. Mit dem Kopf deutet er mir, dass ich kommen soll, aber seine Worte haben mich wörtlich erstarren lassen.
Er hat Angst, dass ich dann bei Julian bleibe. Ich lasse ihn zappeln. Noch hat er Geduld mit mir, aber wie lange? Irgendwann wird er mich auch verlassen, dann stehe ich allein da.
„Kommst du?", er wartet schon im Türrahmen.
Gemeinsam verlassen wir das Hotel.
Von allen Seiten werden wir beobachtet. Jeder, wirklich jeder, kennt uns. Manche machen hinter unserem Rücken Fotos von uns.
Keiner sagt etwas. Bis wir im Zug in den Norden sitzen.
„Es tut mir leid. Ich wollte vorhin nicht laut werden", entschuldigt sich Mat.
Aber er hat doch gar keinen Grund dazu.
„Nein, mir tut es leid. Ich lasse dich zappeln. Ich weiß einfach nicht... was ich machen soll?"
„Liebst du Julian noch?", fragt er leise, sodass uns kein anderer hört.
„Ja... nein... doch. Ich weiß nicht."
„Bereust du, was du gestern getan hast?"
Dass ich ihn abserviert habe? In jeder einzelnen Sekunde.

Wortlos nicke ich. Ich habe Angst, wenn ich etwas sage, fange ich an zu heulen.
Eine Weile ist es wieder still.
„Liebst du mich?"
„Was?", frage ich leicht überfordert.
„Liebst du mich?", wiederholt er ruhig.
Ich sehe in seine wunderschönen eisblauen Augen. So anders als die von Julian.
„Ich... weiß ni-"
„Bitte verlassen sie schnell und geordnet den Zug. Vor uns ist ein Angriff", kommt aus dem Lautsprecher über mir. Mehr Info bekommen wir auch nicht.
Ein Angriff? Scheiße!
Mat schnappt sich meine Hand und zerrt mich den schmalen Gang entlang. Alle Leute drängen und wollen schnellstmöglich aus dem Zug hinaus. Manche regen sich über das Geld auf und ob sie es wieder zurückbekommen. Ist Geld denn das Wichtigste? Hier geht es um Leben und Tod!

# KAPITEL 21

Wir stehen mitten auf den Schienen. Von rechts kommt ein Zug. Schnell. Alle Menschen laufen auf die Seite, auch Mat zieht mich an der Hand zurück, da ich ihn erst zu spät gesehen habe. Ohne ihn wäre ich jetzt...
Aber... einer war zu spät dran. Er war zu langsam. Ein kleiner Junge. Ich höre seine schmerzenden Schreie... bis sie langsam verstummen. Der Zug rollt über ihn hinweg und gibt den Blick auf ihn frei. Ich schnappe nach Luft, schlage mir die Hand vor den Mund um nicht zu schreien. Oder zu kotzen. Überall ist Blut. Und der Junge...
Eine Frau mittleren Alters stürzt zu ihm. Seine Mutter. Tränen sammeln sich in meinen Augen. Meine Kehle ist wie zugeschnürt. Die Mutter kniet sich mitten in die Blutlache neben den Überresten ihres Sohnes. Mat schaut kurz emotionslos zu ihr, dann nimmt er meine Hand und zerrt mich weg. Ich will aber nicht weg. Ich will der armen Mutter helfen. Ich weiß, wie man sich fühlt. Diese Bilder erinnern mich an Ella. Wie sie tot neben mir liegt. Ihr Blut an meinen Händen. Ihr angsterfüllter Blick ins Nichts. Ich kann meine Tränen nicht mehr zurückhalten.

„Mat...w-wir müssen ihr h-helfen!", schluchze ich.
„Nein! Wir müssen hier schnellst möglich weg. Sie sind hinter uns her!"
Diese Worte sind wie ein Schlag in den Bauch. Sie sind nicht hinter uns her, sondern hinter mir. Wenn sie nicht hinter mir her wären, wäre der Zug nicht stehen geblieben. Dann wäre er nie in den kleinen Jungen gerast.
„Hilfe! Bitte helft mir doch!", schreit die Mutter.
Ich versuche mich Mat zu entreißen aber er hält mich zu fest. Keiner hilft ihr. Alle laufen weg. Wie emotionslos sind diese Menschen? Hier wurde ein Junge getötet und alle sehen weg. Alle ignorieren die arme Mutter neben der Leiche ihres blutverschmierten Sohnes.
„Mat! Lass mich los!", ich schlage mit einer Hand gegen seine Brust, aber er lässt mich nicht los. Stattdessen sieht er mir tief in die Augen und sagt eindringlich: „Tess! Dieser Junge ist tot! Du kannst ihm nicht helfen! Wir müssen hier schnell weg, sonst sind wir die Nächsten!"
Er zieht mich Widerwillen weiter.
Lässt ihn dieser Tod einfach kalt? Macht es ihm nichts aus? Ist er wirklich so... gefühlskalt?

Er zieht mich hinter sich her. So viele Leute laufen völlig wirr in alle Richtungen. Nein, sie laufen alle in eine Richtung. Süden. Weg vom Aufstand. Und wir? Wir laufen direkt in einen Wald hinein. Wir laufen und laufen. Ich kann nicht mehr... das ist Mat allerdings ziemlich egal. Schreiende Schuldgefühle machen sich in mir breit. Die Mutter ganz allein. Bäume ziehen an uns vorbei. Wieder erscheinen mir die Bilder von Ella. Die Bisse in ihrem Hals und auf den Händen und Beinen. Sie waren einfach überall. Das war Rebecca. Mat Zwillingsschwester. Sie ist genauso kalt wie er gerade. Ich dachte Mat wäre... Was dachte ich eigentlich? Mat kümmert der Tod nicht. Er hat schon so viele unschuldige Menschen getötet. Klar, dass es ihn nicht mehr berührt. Aber ich... ich kann das nicht! Ich komme damit einfach nicht klar. Der Aufstand ist wegen mir. Sie suchen mich. Noch einen Tod mehr verkrafte ich nicht. Daran zu denken fällt mir schwer... aber ich will nicht so sein wie Mat! Wenn ich jetzt weiter mit ihm weglaufe, dann bin ich doch nicht besser.
Ich atme kurz und schnappartig. Dann steht mein Entschluss fest. Ich bleibe stehen falle aber nach vorne, da Mat mich weiterzieht.

„Was ist denn los?", sagt er fast gar nicht außer Atem.
Bei seinem Anblick wird mir ganz komisch. Ich versuche zu Atem zu kommen.
„Mat... Es tut mir leid. Aber ich kann das nicht! Es dürfen nicht mehr Leute wegen mir sterben! Das... das verkrafte ich einfach nicht!"
„Was?! Du kommst jetzt weiter! Sofort oder...!", sagt er bedrohlich.
Erschrocken lasse ich seine Hand los und taumle ein paar Schritte nach hinten. In diesem Moment, ähnelt er sehr seiner Schwester. Seiner bösen Zwillingsschwester.
Sein Blick wird weicher.
„Tess! Bitte! Nein, so wollte ich das nicht sagen! Bitte, komm weiter!"
Ich kann aber nicht. Brennend heiße Tränen fließen mir über die Wangen. Kaum merkbar schüttle ich den Kopf.
„Was hast du vor?"
„Ich - ich werde mich ausliefern!"
Seine Augen werden groß und sein Kinn fällt hinunter.
„Das ist jetzt nicht dein Ernst!", er bewegt sich kaum, er ist wie eingefroren.

„Doch, Mat! Ich kann nicht damit leben! Dieser Junge gerade, ist gestorben weil SIE auf der Suche sind. Nach mir! Ich kann und will nicht so sein wie du! Ich kann meine Gefühle nicht einfach abstellen!"
Verletzt sieht er mich an. Es dauert einige Sekunden bis ich merke, was ihn so verletzt.
*‚Ich kann und will nicht so sein wie du!'*
Ich fahre mir durch die Haare und könnte mich selbst schlagen für meine Dummheit.
„Das... war nicht so gemeint!"
„Was du willst nicht so ein Monster sein wie ich? Okay... das verstehe ich. Ich habe viele Menschen getötet! Sie haben geschrien und mir ist es heute noch egal! Ich würde es jederzeit wieder tun. Du hast Recht, Tess. Du hast vollkommen Recht. Ich bin ein gefühlsloses, kaltes Monster...! Geh! Geh und lass dich töten! Mir ist es egal, was sie mit dir machen! Aber eines sage ich dir. Der Tod, und sei er noch so qualvoll, ist tausendmal schöner, als dass was sie mit dir anstellen werden!", schreit er beinahe wütend.
Tränen über Tränen. Selbst Mats Augen sind feucht. Mein Herz zieht sich zusammen...

„Aber... Mat... Nein! Ich...", ich weiß einfach nicht was ich sagen soll.
„Nein Tess! Geh! Geh weg! Du kommst doch sowieso nicht klar damit, dass ich ein Monster bin. Ohne mich bist du besser dran! Geh doch zu deinem geliebten Prinzchen! Du liebst ihn doch sowieso viel mehr als mich. Das merkt doch ein Blinder! Falls du überhaupt etwas für mich empfindest. Geh und lass dich umbringen. Ich werde dich nicht nochmal herausholen!"
Der eisige Wind peitscht mir ins Gesicht! Der Boden scheint sich zu drehen. Meine Lunge brennt.
Was soll ich sagen? Ich habe es nicht so gemeint! Er sieht mir tief in die Augen.
„Geh doch! Du hast etwas Besseres verdient als ein Monster wie mich! Aber bitte! Liefere dich nicht aus!"
Ich soll gehen. Ich will gehen. Allein? Wohin? Mich ausliefern lassen? Was würden sie mit mir machen?
Meine Unterlippe zittert. Ich sehe alles nur verschwommen durch meinen Tränenvorhang.
Ich gehe einen Schritt auf Mat zu uns schließe den geringen Abstand zwischen uns. Dann küsse ich ihn. Das Kribbeln in meinem Bauch muss ich einfach ignorieren,

wenn ich meinen Plan durchziehen will. Anscheinend merkt Mat was ich vorhabe. Denn all die Tränen gehören nicht mir.

„Es tut mir so unfassbar leid!", flüstere ich in sein Ohr, drehe mich um und laufe zurück.

Ich spüre seinen Blick auf meinem Rücken. Ich fühle mich genauso schlecht, wie ich Julian verlassen habe.

Eines wird mir erst jetzt schmerzhaft bewusst. Ich stehe jetzt völlig allein da.

# KAPITEL 22

Die Bäume verschwinden langsam hinter mir, damit auch Mat. Ich laufe bis ich inmitten von Häusern stehe. Die Straßen sind menschenleer. Alle sind in deren Häusern, verstecken sich vor den Angreifern.

„Was ist eigentlich wenn wir sie finden?", fragt eine tiefe Stimme weiter weg.

Schnell laufe ich hinter ein Haus und verstecke mich im Schatten. Ich sehe sie nicht aber ich höre sie.

„Tja. Tess werde ich höchstpersönlich umbringen und Mat...", verdammt ich kenne diese Stimme, „Ich hoffe Mutter lässt ihm am Leben. Aber nach allem, was er sich geleistet hat, vermute ich, sie bringt ihn um oder foltert ihn bis er stirbt. Wir sollten im Wald suchen. Mat versteckt sich immer in einem Wald. Und wo mein verdammter Bruder ist, kann diese kleine Schlampe nicht weit sein. Wenn ich sie endlich in die Finger bekomme, mach ich das, was ich schon vor Wochen hätte tun müssen. Ich werde sie jagen und langsam und qualvoll zerfetzen bis zum letzten Atemzug!"

Rebecca. Ich halte meine Hände vor den Mund um nicht irgendeinen unkontrollierten Laut von mir zu geben. Verdammt! Was mache ich hier nur? Ich habe Mat einfach stehen lassen. Wie Julian. Ich bin keinen Deut besser als Mat. Ich lasse sie einfach stehen. Einfach so. Beide. Ich habe sie beide verlassen. Wie konnte ich nur so dumm sein. Sie werden Mat umbringen. Ich muss ihm helfen. Ich kann ein Schluchzen nicht unterdrücken. Hoffentlich hat es Rebecca nicht gehört.

„Hast du das gehört?"

Werwölfe... außergewöhnlich gutes Gehör. Ich stecke gerade ziemlich tief in der Scheiße. Ich wollte mich doch ausliefern. Aber jetzt, wo sie mich wirklich gehört haben, schaut die Sache ganz anders aus. Wenn sie mich erwischt. Tötet sie mich auf der Stelle, aber ich muss zurück zu Julian und zu Mat. Ich muss mich entschuldigen bevor ich sterbe! Aber vor allem muss ich Mat warnen!

„Es kam von hier hinten!", sagt die tiefe Stimme.

Wer ist das? Ich traue mich nicht um die Ecke zu schauen. Ich muss hier weg! Zurück zu Mat! Aber wie? Um zum Wald zu kommen, muss ich an Rebecca vorbei. Vor mir liegen einfach nur Häuser. Ich schleiche um die nächste

Ecke und laufe schnell weg. Um einige Ecken. Bis die Stimmen verklingen. Ich läute an einer Tür an. Ungeduldig wippe ich mit dem Fuß. Aber keiner macht auf. Naja ein Anschlag, jeder der aufmachen würde, wäre dumm.
Ich laufe zur nächsten Tür und klingle. Wieder macht keiner auf. Dann die Nächste und darauf folgt die Nächste. Um eine Ecke klingle ich wieder, völlig verzweifelt. Ein Fenster wird leise geöffnet und eine Frau mittleren Alters schaut heraus. Als sie mich erkennt macht sie große Augen.
„Sie sind doch Tess Winter!"
„Psss! Ja, bitte lassen Sie mich hinein. Sie verfolgen mich! Bitte!", flehe ich leise.
Die Frau scheint zu überlegen. Dann schließt sie das Fenster und alles ist wieder ruhig. Lässt sie mich hier einfach so stehen? Ich drehe mich schon mit Tränen in den Augen weg, als hinter mir die Tür geöffnet wird.
Sie deutet mit der Hand, dass ich hereinkommen darf.
Als die Tür geschlossen ist sage ich: „Danke! Danke vielmals. Sie retten mir gerade mein Leben! Darf ich bitte Ihr Telefon benutzen?"

„Ja ja sicher! Warten Sie, ich habe es gleich hier in der Küche. Aber sagen Sie, was haben Sie mit dem Anschlag zu tun? Ist es, weil Sie mit diesem Mat zusammen sind?"
„Ich bin nicht... Ja gewissermaßen. Ich muss mit Julian reden! Oh Gott! Er hasst mich! Er kann mir nicht helfen. Doch kann er, aber wird er es auch?"
Okay... das ist eher ein Selbstgespräch. Aber wird er mir helfen?
Die Frau mit dem strengen Dutt gibt mir ihr Handy und ich wähle die Nummer von Julian, die ich natürlich auswendig kann.
„Julian?"
„Tess? Bist du das?"
„Ja! Oh Gott, Julian ich brauche deine Hilfe! Ich stecke in großen Schwierigkeiten. Ich weiß, du hasst mich aber bitte hilf mir nur dieses eine Mal! Bitte!"
„Tess. Beruhige dich. Wo bist du? Was ist passiert?"
„Ich bin in Greenwood. Rebecca und so ein anderer Typ sind hinter mir und Mat her. Wir wollten in den Norden hinauf fliehen, als uns der Aufstand dazwischenkam. Ein Junge wurde vom Zug überfahren. Ich wollte ihm helfen. Mat nicht. Er hat so viele...", mir fällt wieder die Frau

neben mir ein, sie weiß nichts von Werwölfen, „Ich konnte mich nicht ganz damit abfinden, dass er und einige andere wegen mir gestorben sind. Ich halte das einfach nicht durch. Mat schaltet einfach seine Gefühle ab, aber ich kann das nicht. Ich wollte zurück und mich ausliefern. Ich habe Mat gewissermaßen verlassen. Obwohl wir nie zusammen waren. Glaube ich. Julian bitte... Rebecca und dieser Typ suchen uns. Mat ist irgendwo im Wald und ich bin hier in einem Haus bei einer Frau. Und bitte, hilf uns! Ich weiß nicht mehr, was ich machen soll. Ich muss ihm helfen!"

Ich rede viel zu schnell und bin nach der Erklärung außer Atem. Ich weiß eigentlich gar nicht so genau, was ich gesagt habe oder ob es Sinn ergeben hat. Aber Julian kennt mich, er wird mich verstehen. Hoffe ich.

Eine Weile ist es still. Dann höre ich ihn schwer atmen.

„Okay... Wo bist du genau?"

„Wo sind wir hier genau?", frage ich die Frau die mir darauf die Adresse nennt.

„Okay... Greenwood ist nicht so weit weg. Wir fliegen, dann sind wir in einer viertel Stunde hier. Kannst du Mat irgendwie erreichen?"

„Er hat ein Handy, aber ich weiß die Nummer nicht. Ich weiß auch nicht, wo er ist. Sie werden ihn töten Julian. Genauso wie mich! Und dich vermutlich auch. Bitte pass auf dich auf, ich habe schon so viele verloren. Ich habe letztens einen Fehler gemacht. Aber ich kann Mat nicht sterben lassen! Bitte, Julian!"
„Ich bin gleich bei dir Tess. Mit einer ganzen Armee. Dann suchen wir Mat und alles wird gut! Ich verspreche es! Verlass das Haus nicht! Du bleibst drinnen und machst nichts ok?", seine Stimme ist so beruhigend und doch sehr bestimmend.
„Danke!"
Danach lege ich auf und gebe der Frau ihr Handy.
„Kommen Sie, setzten Sie sich doch!"
Sie weist auf ein Sofa im Wohnzimmer hin. Ich lasse mich darauf fallen und fühle mich, als ob ich überhaupt keine Kraft mehr habe. Die Frau setzt sich neben mich.
„Soll ich Ihnen einen Tee machen?"
„Nein, danke. Sehr lieb von Ihnen."
Durch das Fenster höre ich leise Stimmen.
„Tess! Ich weiß, dass du hier bist! Bitte wir wollen mit dir reden!", Rebecca.

Ich springe auf und laufe zum Fenster. Sie biegen gerade in die Straße ein. Schnell drehe ich mich weg, sodass sie mich nicht sehen sollten.
„Du glaubst doch nicht ernsthaft, dass sie darauf hereinfällt?", fragt der Typ mit den braunen Haaren.
„Halt deine Klappe Sebastian! Einen Versuch ist es wert. Ich kann sie riechen. Sie stinkt noch nach Mensch. Sie war hier."

*Ring. Ring.*

„Ach sieh dir das an. Mat ruft seinen einzigen Freund an."
Nein! Nein! Nein... das kann er nicht machen! Sie werden ihn töten!
„Hey Mat! Sie hat was? Wo bist du jetzt? Okay. Ja ich kümmere mich drum."
Dann lächelt er Rebecca hinterlistig an.
„Gefunden! Er ist im Wald. An der Grenze zur Stadt. Seine kleine Schlampe hat ihn sitzen lassen. Sie wollte sich ausliefern. Wegen Schuldgefühlen! Die hat sie ja nicht mehr alle! Komm Becca. Suchen wir Mat. Deine Mutter wird sich freuen, ihn zerfetzen zu können."

Sie drehen sich um und gehen. Geschockt sehe ich ihnen nach. Tränen sammeln sich wieder in meinen Augen. Aber ich kann nicht weinen. Es ist einfach nichts mehr da.
„Oh Gott. Von was reden die Zwei? Wer ist das?"
Nein, verdammt! Die Frau, von der ich nicht einmal weiß wie sie heißt. Wie muss das für sie klingen.
„Haben sie einen Zettel und einen Stift?"
Sie kramt in einer Lade und reicht es mir anschließend.

*Lieber Julian.*
*Es tut mir so Leid. Alles. Sie wissen, wo Mat ist. Im Wald an der Grenze zur Stadt. Sie suchen ihn. Sie werden ihn töten! Ich muss zu ihm sofort. Bitte, finde uns noch lebend.*
*Deine Tess*

Ich falte den Zettel und drücke ihn der Frau in die Hand.
„Hören Sie mir genau zu. Ich bin Ihnen über alles dankbar. Wirklich. Der Prinz wird bald hier auftauchen. Bitte geben Sie ihm diesen Zettel. Lesen Sie ihn bitte nicht. Es ist wirklich dringend. Es geht um Leben und Tod. Dieser Zettel ist von allerhöchster Wichtigkeit! Er muss an den Prinzen und zwar nur an den Prinzen ausgehändigt

werden. Versprechen Sie mir, dass sie ihn Julian ungelesen geben?"
„Ja ich verspreche es. Aber was geht denn hier vor?"
„Das kann ich Ihnen nicht sagen... Bitte geben Sie ihm einfach nur den Zettel"
„Ja ich werde ihm diesen Zettel ungelesen geben."
Ich mache mich auf den Weg zur Tür. Mein Blick bleibt an der modernen Wanduhr hängen. In zehn Minuten sollte Julian schon hier sein. Scheiße. Zehn Minuten. Ich gehe zur Tür, bedanke mich nochmals und verschwinde auf der Straße. Vorsichtig luge ich um die Ecke. Aber da ist niemand. Auf Zehenspitzen schleiche ich zur nächsten, aber auch hier ist keiner mehr.
Hinter ein paar anderen entdecke ich dann Rebecca und Sebastian. Mat hat ihm vertraut. Und er hintergeht ihn. Vor mir liegt schon die Waldgrenze. Irgendwo dort ist Mat. Sie sind viel zu schnell. Julian ist noch nicht hier. Wie soll ich die Zwei allein davon abhalten, uns zu töten?
Warte auf Julian! Er weiß weiter!, sagt die Stimme in meinem Kopf.
Ich kann nicht warten, wenn es dann zu spät ist...
„Und jetzt? Wo ist er?", fragt Becca ungeduldig.

„Setzt doch deine Zwillingskräfte ein."
Sie schließt die Augen und alles bleibt ruhig. Das einzige was ich höre, ist der kühle Wind.
Rebecca öffnet die Augen und lächelt Sebastian an.
„Er kommt hierher!"
„Echt? Was hast du gesagt?"
„Ach liebes Brüderchen, ich bin auf der Suche nach dir. Ich mache mir sooooo große Sorgen um dich! Bitte, sag mir du und Tess lebt noch. Wo seit ihr?", sagt sie sarkastisch.
„Du bist genial. Ich liebe dich!", dann küsst er sie.
Sie sind zusammen? Jetzt verstehe ich die Welt wirklich nicht mehr. Mat, kommt hierher. Direkt in die Falle. Wie kann ich ihn warnen? Wie kann ich sie ablenken?
Mit selbstsicherem Auftreten trete ich aus meinem Versteck. Aber in mir ist die Angst. Riesige, dunkle, verschlingende Angst.
„Was wollt ihr von Mat? Er hat doch nichts gemacht! Ich bin doch schuld daran. Hier bin ich."
Mit großen Augen drehen sich die Zwei um. Dann verziehen sich ihre Münder zu hinterhältigem, fiesem Lächeln.

In Rebeccas Augen schimmert die Mordlust.
„Hallo Tess. Hier hast du dich also versteckt. Wo ist mein Bruderherz?"
„Er kommt doch hierher dachte ich?"
„Du kleine Schlampe hast uns also belauscht!"
„Möglich", meine ich selbstsicher und hoffe, dass sie nicht sieht, wie meine Hände zittern.
Rebecca knurrt mich wütend an.
„Wieso hast du Mat verlassen? Hast du ihn nur benutzt, damit er dich wegbringt?"
„Was? Nein! Ich... Ich kann einfach..."
„Sie kann nicht mit so einem Monster wie mir leben", sagt eine beleidigte Stimme aus dem Wald heraus.
Mat.
„Mat! Nicht sie wollen uns töten! Warum bist du hier? Verschwinde!", schreie ich.
Rebecca und Sebastian lachen nur lauthals los.
„Paranoid deine Kleine?", meint Sebastian.
„Sebastian? Was machst du hier?", fragt Mat und tritt aus dem Wald heraus.
„Ich habe Becca begleitet."
Mats kalter Blick wandert zu mir.

„Bitte Mat... lauf weg! Sie wollen dich genauso umbringen wie mich!"
„Warum bist du dann hier?", sagt er kalt.
„Weil ich sie von dir ablenken wollte. Damit du noch eine Chance zu leben hast. Du hast ein Leben verdient! Aber sie wollen dich zu deiner Mutter bringen, die bringt dich dann um... Bitte"
Mat, steht noch weit genug weg, um weglaufen zu können. Sie würden ihm nicht nachkommen. Das weiß ich einfach.
„Und dich hier sterben lassen? Tess. Du weißt was ich für dich empfinde. Ich werde dich nicht sterben lassen!"
„Hm. Ich mische mich mal kurz ein. Also Mat. Was willst du von ihr? Sie ist eine kleine, hinterlistige Schlampe? Sie hat dich doch nur benutzt, um von uns weg zu kommen. Sie hat dich doch absichtlich in sich verliebt gemacht. Und jetzt hat sie dich verlassen! Wie es von Anfang an geplant war!"
Mat sieht traurig zwischen Rebecca und mir hin und her.
„Nein! Mat! Das stimmt nicht! Ich würde dich nicht verlassen, wenn es nicht einen guten Grund dafür gibt! Ich..."

„Was Tess?", sagt er kühl, „Du liebst mich nicht! Nicht so wie ich dich liebe. Warum wolltest du wirklich in den Norden? Um weiter von meinem Rudel weg zu kommen? Stimmt das Tess?"

Tränen steigen mir wieder in die Augen.

„Nein! Natürlich nicht! Ich bin doch nicht so skrupellos. Außerdem war es deine Idee, in den Norden zu gehen! Bitte Mat, glaube mir. Ich mag dich. Wirklich. Vermutlich mehr als ich sollte. Aber daran kann ich einfach gerade nicht denken. Denn sie wollen dich und mich umbringen! Lauf weg, bevor es zu spät ist!"

Mat ist hin und her gerissen. Wem glaubt er mir oder Rebecca. Dem Mädchen das er angeblich liebt, seine Liebe aber nicht so erwidert wie er will, oder seiner Zwillingsschwester, die er schon seit seiner Geburt kennt. Langsam geht er einen Schritt nach vorne.

„Nein Mat! Lauf weg!"

„Ich werde dich nicht allein lassen!"

Er tritt an seiner Schwester vorbei und stellt sich neben mich.

Irgendwie macht es mich sehr glücklich, dass er mir mehr vertraut als ihr und seinem *"besten Freund"*.

Rebecca springt nach vorne und vor mir steht ein Wolf. Ein großer Schwarzer Wolf mit fast schwarzen Augen. Sebastian macht es genauso. Und Mat auch.
Oh mein Gott! Drei Wölfe. Und ich. Zwei davon wollen mich töten. Und Mat... er wird nicht seine Schwester umbringen.
Einer knurrt den anderen an. Mat stellt sich schützend vor mich. Sein schwarzes, glänzendes Fell ist samtweich, als ich darüberstreiche. Rebecca zeigt ihre messerscharfen Zähne und Mat knurrt sie an. Sebastian und Rebecca umkreisen uns wie hungrige Haie. Mat dreht sich mit ihnen mit, sodass er immer vor mir steht. Er will mich beschützen. Die anderen wollen uns töten. Sebastian bleibt ein bisschen hinter Rebecca. Nach einigen langen Sekunden steht Rebecca vor mir und Sebastian vor Mat. Dann greift Sebastian an. Er springt auf Mat zu und zeigt seine weißen Zähne mit denen er mich leicht umbringen kann. Geschockt davon trete ich einen Schritt zurück. Unbewusst direkt vor Rebecca. Die mich aus ihren schwarzen Augen mordlustig ansieht. Das war's dann wohl. Mat muss gegen Sebastian kämpfen. Rebecca geht einen Schritt auf mich zu. Ich weiche gleich zwei zurück.

Mit ihrer langen Zunge schleckt sie sich über ihre Zähne. Ein Wolf neben mir heult auf. Ich sehe hinüber. Mat humpelt. Sebastian mit seinem braunen Fell nicht. Ich bin abgelenkt und Rebecca nutzt ihre Gelegenheit. Sie springt auf mich zu. Ich lande auf dem Boden über mir der Wolf der meine ganze Familie getötet hat. Alle außer mich. Jetzt ist wohl auch meine Zeit gekommen.

Ich würde schreien, aber der Knoten in meinem Hals verhindert es. Ich würde mich wehren, aber ich bin wie erstarrt. Angst breitet sich in mir aus. Aber nicht Angst um mein Leben, wenn ich sterbe, was passiert mit Mat und Julian? Mat wird getötet. Wegen mir. Nein, in meinen letzten Minuten gebe ich nicht mir die Schuld. Sondern Rebecca. Hätte sie nicht meine Familie getötet, wäre ich nie ins Schloss zu Julian gekommen. Ich hätte mich nie in ihn verliebt. Er hätte mich nie verlassen. Ich wäre nie gegangen und Mat hätte mich nie entführt. Mat hätte sich nicht in mich verliebt. Wir hätten nie fliehen müssen. Es hätte keine Aufstände gegeben. Es wären nicht unnötig unschuldige Menschen gestorben. Wir wären jetzt nicht hier. Alles ist auf Rebecca zurück zu führen.

Eisige Kälte kriecht in meinen Körper und lässt mich schaudern. Tränen steigen mir in die Augen, aber ich unterdrücke sie. Ich will verdammt sein, bevor Rebecca meine Tränen sieht!

Entweder ich bilde es mir ein oder sie lächelt mich fies an. Sie kneift ihre Augen zusammen und öffnet ihr Maul. Ich sehe hinüber zu Mat. Sebastian hat ihn verletzt. Der Boden ist voller Blut. Mat humpelt stark. Das ist unser Ende.

Der schwarze Wolf ober mir fixiert meine Schulter. Dann...

„Aaahhhhh!", schreie ich vor Schmerzen.

Sie beißt in meine Schulter und lässt nicht los. Der Schmerz ist so stark, dass ich ihn beinahe nicht mehr spüre. Viel schlimmer, als alles was mir der Boleit angetan hat.

Schwarze Punkte tauchen vor meinen Augen auf. Sie werden immer größer. Der Wolf wird von mir weg geschleudert. Ein weiterer Wolf taucht auf einer mit dunkelblondem Fell. Julian.

Dann wird die ganze Welt von einer tiefen Dunkelheit eingehüllt.

# KAPITEL 23

Oft habe ich geträumt, dass Julian bei mir im Bett sitzt und einfach nur meine Hand hält. Aber jedes Mal, wenn ich von ihm träume, spüre ich diese Schuldgefühle. Anscheinend träume ich auch jetzt.

„Bitte wach auf Tess!", höre ich wie durch einen Polster sagen.

Ich habe ihn, wenn ich träume noch nie reden hören. Warum soll ich aufwachen? Ich schlafe doch nur? Aber zu gerne würde ich Julian wirklich sehen. Ich versuche meine Augen zu öffnen. Schaffe es aber nicht. Stattdessen falle ich wieder in ein schwarzes Loch. Kälte. Angst. Dunkelheit. Einsamkeit...

„Wie soll ich es ihr sagen? Sie wird mich hassen!", Julian.

„Nein, sie wird dich verstehen. Du musstest sie doch retten!", wer ist das.

Eine sehr bekannte Stimme. Eine Frauenstimme. Höflich. Nett. Königin Sophia.

Ich öffne meine Augen und muss schnell blinzeln. Hell. Es ist sehr hell. Wo bin ich? Die Wände sind weiß. Der Boden ist weiß. Alles ist weiß und steril. Der beißende Geruch von Desinfektionsmittel hängt in der Luft. Vor meinem Bett stehen Julian und seine Mutter.

„Tess! Oh Gott du bist wach. Endlich! Wie geht es dir?"

„Ich hole eine Schwester", sagt Königin Sophia und verschwindet.

„Julian...?"

Mein Schädel brummt und meine Schulter schmerzt höllisch. Aber es könnte schlimmer sein.

„Was ist passiert?", krächze ich.

„Rebecca und Sebastian. Rebecca hat dich sehr schwer verletzt. Sie hat dir in die Schulter... Hals gebissen und eine Hauptschlagader getroffen. Du wärst fast verblutet."

Die Schwester kommt herein.

„Wie fühlen Sie sich?"

„Ganz okay. Glaub ich."

Sie nimmt eine Lampe heraus und leuchtet mir in die Augen. Danach hört sie mein Herz ab und macht andere Tests.

„Okay. Bis auf Ihre Verletzung an der Schulter ist nichts weiter. Bitte schonen Sie sich für die nächste Zeit."

Sie knickst vor der Königin und dem Prinzen und geht aus dem Zimmer.
„Wo ist Mat?", meine Stimme versagt und mir liegt der Name Mat schwer im Magen.
Julian sieht bedrückt zum Boden. Dann zu seiner Mutter.
„Also... hör zu Tess. Reg dich bitte nicht auf. Als ich dich schreien hörte, bin ich schneller gewesen als alle Anderen. Ich habe gegen Rebecca gekämpft um sie von dir wegzulocken, aber sie wollte mit Mat und dem anderen Kerl abhauen. Meine Leute haben sie verfolgt. Haben aber nur diesen Typen schnappen können. Rebecca hat Mat weggebracht. Wir konnten sie nicht mehr finden. Sie haben Mat. Aber wir haben den anderen. Vielleicht gehen sie auf einen Tausch ein?"
Ich brauche einige Sekunden, bis ich es endlich checkte. Das Sunwoolf Rudel hat Mat wieder. Seine Mutter wird ihn töten. Sie wird ihn umbringen! Es ist als hätte man mir mitten in mein Herz gestochen.
„Julian... sie werden ihn töten! Wir müssen ihn suchen! Jetzt!"
Ich will aufstehen. Ich will ihn suchen, aber Julian drückt mich zurück aufs Bett.

„Nein, Tess. Du musst dich erst erholen. Ich habe schon ein paar Leute hingeschickt um das Rudel auszuspionieren. Mat ist dort und er lebt noch."
Er lebt noch. Noch. Dieses eine Wort schallt noch lange in meinem Kopf nach.
„Wir müssen ihn daraus holen. Du weißt gar nicht, was sie dort für Sachen machen! Es ist wirklich brutal! Wir müssen ihm helfen. Er wird es nicht überleben!"
Julian sieht zu seiner Mutter, die darauf das Zimmer verlässt. Julian setzt sich auf die Bettkante und nimmt meine Hand.
„Tess. Ich weiß du... du liebst ihn, aber du musst erst einmal fit werden. Mein Vater und ich haben am Nachmittag eine Besprechung. Ich will den Rat davon überzeugen, Mat zu retten. Allerdings sind sie alle nicht gut auf ihn zu sprechen."
„Aber warum?"
„Naja, sie denken, er hat dich mir ausgespannt. Abgesehen davon ist er einer von DENEN! Es wird schwer den Rat vom Gegenteil zu überzeugen."
Meine ganze Hand kribbelt. Unwillkürlich zeichnet er mit dem Daumen Kreise auf meine Handfläche. Ich erinnere

mich wie Mat gesagt hat, sein Rudel wird mich nie akzeptieren, weil ich eine von DENEN bin. Ich bin einfach auf der einen Seite. Und Mat auf der anderen.
„Ich habe nie gesagt, dass ich ihn liebe!", gestehe ich und suche seinen Blick aber er weicht mir aus.
„Also liebst du ihn nicht?"
„Das habe ich auch nie gesagt. Weißt du, es geschieht einfach gerade so viel. Ich habe meine Familie verloren, dann dich. Und er. Jetzt ist er auch weg. Alle sind weg. Ich weiß nicht, was ich fühlen soll. Weder bei Mat noch bei dir. Ich will mein Herz nicht wieder an etwas hängen, um es dann wieder zu verlieren. Nicht so wie bei dir. Ich mag Mat, sehr sogar. Aber ich mag dich auch noch immer."
Was heißt da mögen. Ich liebe Julian. Und Mat? Ist es falsch beide zu lieben? Ja. Ich lasse beide zappeln. Das hat keiner von ihnen verdient.
Auf einmal sieht er mir direkt in die Augen. Darin blitzt ein kleiner Hoffnungsschimmer auf.
„Wir werden ihn irgendwie retten. Ruh dich jetzt aus."
Er steht auf, sieht auf unsere Hände und zögert, als wolle er noch etwas sagen, dann lässt er sie aber still los und geht.

Allein liege ich hier und starre auf die Uhr. Minute für Minute kommt er der Fünf darauf näher. Julian meinte die Besprechung ist um Fünf aus und dann kommt er wieder zu mir und sagt mir, ob sie uns helfen.
Ehrlich gesagt, ich glaube nicht, dass sie uns helfen werden. Aber wenn ich nicht daran glaube, auf was soll ich sonst noch hoffen?
Alles ist still. Nur die Uhr tickt. Langsam macht mich diese Stille noch wahnsinnig. Ich habe den ganzen Tag versucht zu schlafen, damit die Zeit schneller vergeht aber ich muss einfach immer an Mat denken. Jeden Moment, jede Sekunde könnte er sterben. Ich höre die Schreie von Ella in meinem Kopf... vermischt mit meinen. Dazu die Bilder wie Rebecca meine Familie eiskalt getötet hat und wie Mat gegen Sebastian kämpft und zu verlieren scheint. Julian wie er mir vom Fenster aus nachsieht wie ich weggehe und er sich dann weg dreht.
Diese unendliche Traurigkeit!

# Kapitel 24

Die Tür geht auf und Julian reißt mich aus meinen trüben Gedanken. Er sieht sehr aufgelöst aus. Sein Hemd ist halb aus der Hose und an den Händen aufgekrempelt. Seine Krawatte schief und locker und in seinen Haaren könnte ein Vogel nisten.

Und trotzdem sieht er so unfassbar gut aus.

Sofort richte ich mich auf und schaue ihn fassungslos an. Wortlos setzt er sich zu mir auf die Bettkante und lehnt sich neben mich. Nebeneinander starren wir die verdammte weiße Wand an. Sein niedergeschlagenes Auftreten, es spricht Bände. Er ist so ruhig, wenn sie uns helfen würden, hätte er es mir schon längst gesagt. Da er aber nur still neben mir sitzt und traurig die Wand anstarrt, vermute ich sie helfen uns nicht. Aber vielleicht verarscht er mich ja nur und er springt gleich auf und sagt mir, sie werden Mat dort herausholen. Aber nichts derart geschieht.

Sie helfen uns wohl wirklich nicht. Was bedeutet das jetzt? Ein einziger schrecklicher Gedanke, der wahr wird. Ein

Albtraum. Ein dunkler düsterer Gedanke. Mat wird sterben!

„Tess... ich habe wirklich alles versucht", sagt er nach einiger Zeit, „Es tut mir wirklich leid."

Ich weiß, er meint es auch so. Tränen steigen in meine Augen aber ich will nicht weinen. Ich will nicht! Julian sieht mich von der Seite an. Ich schließe die Augen um die Tränen, die ich vergebens versuche zurück zu halten, zu verbergen. Ein Kloß bildet sich in meiner Kehle. Lauter nervige Gedanken schwirren in meinem Kopf herum und machen mich noch deprimierter...

Mat wird sterben, wegen mir.

Er wird gefoltert, schlimmer als ich es mir vorstellen kann.

Ich werde ihn nie wiedersehen.

Er hat mich geliebt, ich ließ ihn zappeln.

Ich muss ihm helfen, nur wie?

„Tess, wir finden einen Weg!", behutsam legt er den Arm um mich und ich kuschle mich an seine Brust. Meine Schulter sticht und schnell lege ich mich bequemer hin. Die Tränen brennen in meinen Augen aber ich lasse sie nicht heraus. Nein.

Mein Kopf rattert und rattert. Ich muss zu ihm. Alle dort kennen mich. Wo ist er genau? Wie komme ich zu ihm? Ist er stark verletzt? Werde ich mit ihm einfach flüchten können? Für wen werde ich mich entscheiden? Will mich Mat überhaupt noch?

„Du musst mir nicht helfen... ich weiß du willst es nicht!"

Warum sollte er mir helfen, Mat zu retten? Warum? Wenn er tot ist, weiß er, dass ich bei ihm bleibe. Warum will er mir also helfen?

„Ich will das Beste für dich Tess. Wenn es Mat ist... dann helfe ich dir."

Mein Herz schmilzt nur so dahin und ich kuschle mich noch näher an ihm. Sein Herz unter meiner Handfläche schlägt viel zu schnell. Ich spüre die Muskeln wie sie sich anspannen. Wie sich seine Brust ungleichmäßig hebt und wieder sinkt. Das alles wegen mir?

„Danke", murmle ich und sehe zu ihm auf in seine unglaublich wunderschönen eisblauen Augen. Was geschieht wenn ich ihn jetzt küsse? Was bedeutet es für Mat und mich?

Schnell sieht Julian weg. Hat er das Gleiche wie ich gedacht?

Die Tür geht wieder auf und ein Mädchen in Dienstkleidung stürmt aufgeregt herein.

„Tess!"

Ich setzte mich schnell auf und starre sie ungläubig an.

„Anna!"

Anna, mein Dienstmädchen. Sie ist hier? Ich dachte, sie will mich nicht sehen, weil ich Julian abserviert habe. Schnell sieht sie zwischen uns hin und her. Dann verbeugt sie sich. Julian lässt mich aus und ich richte mich langsam auf, bis ich vor ihr stehe und sie umarme soweit es meine Verletzung zulässt.

„Tess. Wie geht es Ihnen? Habe ich euch gestört? Soll ich wieder gehen? Was ist mit diesem Mat?"

Dann holt sie mal tief Luft und setzt sich auf den Sessel neben meinem Bett. Julian sieht mich erstaunt an. Für ihn ist sein Kammerdiener nur ein Angestellter. Aber für mich ist Anna eine gute Freundin geworden.

„Anna, ich bin so froh, dass du  hier bist. Mir geht's den Umständen entsprechend."

„Sie müssen mir alles erzählen!"

Ich setze mich wieder neben Julian und erzähle ihr die ganze Geschichte. Julian hört sie auch erst zum ersten Mal von mir.

Wie ich im Gasthaus gelandet bin. Wie Mat so charmant war und mich danach entführt hat. Wie er und Rebecca mich gefoltert haben. Wie Mat mit mir geredet hat. Wie er mich verstanden hat. Wie er mich aufgefangen hat, nachdem Julian mich hat fallen lassen. Wie ich mich langsam aber sicher in ihn verliebt habe. Wie wir geflüchtet sind. Wie er sich um mich gekümmert hat. Wie liebevoll und gemein er gleichzeitig war. Wie wir in den Norden reisten. Wie wir entdeckt und gefangen genommen wurden. Wie ich Julian abserviert habe. Das schlechte Gewissen, das ich gegenüber ihm habe. Wie wir weiterreisten und der Anschlag im Weg war. Wie Mat mich von dem toten Jungen und deren arme Mutter weggeschleppt hat. Wie ich Mat einfach nicht verstehen konnte. Wie gefühlslos er doch ist. Wie ich ihm das alles gesagt habe und ihn einfach habe stehen lassen. Wie ich Rebecca und Sebastian hörte und weg lief. Wie ich Julian anrief und wieder zurück zu Mat wollte. Wie ich dachte, ich würde sterben, ohne mich mit Julian oder Mat zu

versöhnen. Und das Alles ohne zu erwähnen, dass die beiden Werwölfe sind. Es ist schwerer als man glauben sollte. Alles dreht sich um Wölfe, aber es geht auch, ohne das Geheimnis zu erzählen.
Das Alles in der Gegenwart von Julian zu erzählen ist etwas komisch. Aber ich weiß, er versteht mich.
Julian hat wieder gesagt, dass es ihm so leid tut, dass er mich weg geschickt hat. Ich habe mich oft entschuldigt, ihn einfach so stehen gelassen zu haben.
Anna hat alles immer nur mit einem „Ah" und „Oh" kommentiert.
Als wir noch viel geredet haben, kam dann eine Schwester herein und bat sie zu gehen, da ich meine Ruhe bräuchte.
Ja sicher... Weil ich schlafen kann...
Anna verabschiedete sich mit einer Umarmung und ging.
Jetzt sind Julian und ich wieder allein.
„Schlaf gut Tess!", sagt er leise und küsst mich auf die Wange.
Ich spüre seine weichen Lippen auf meiner Wange, die dort zu lange verweilen, und sehne mich nach nichts mehr... als sie auf meinen zu spüren. Aber ich kann nicht. Nicht wenn ich nicht weiß was mit Mat ist.

„Gute Nacht Julian!"
Dann ist er auch schon weg und ich bin allein in meinem sterilen Zimmer.
Zwei Uhr nachts. Drei Uhr nachts. Vier Uhr morgens. Und immer noch wach. Ich kann einfach nicht schlafen. Wenn ich meine Augen schließe, sehe ich all das was ich in den letzen Wochen versucht habe zu verdrängen. Jede Minute sehe ich auf die Uhr und sehne mich nach der Zeit, wenn Julian oder Anna kommen. Halb fünf. Ich stehe auf und gehe zum Fenster. Alles wird langsam heller. Ich kippe das Fenster und spüre wie die kalte Luft in das Zimmer kriecht. Vögel fangen an zu zwitschern. Der Frühling ist da. Mir ist gar nicht aufgefallen, wie der Schnee schmolz und die darunter versteckten Frühlingsblumen zum Vorschein brachte.
In meine Decke eingewickelt stehe ich am Fenster und sehe über die Schlossmauern hinweg. Die Fabriken die vereinzelt schon giftigen Rauch in den Himmel stoßen. Die heruntergekommenen Häuser armer Bauern und die noblen Luxushäuser von Reichen.
Keine Ahnung, wie lange ich hier stehe aber hinter einem Hügel kommt schon die Sonne hervor. Ich sehe auf die

Uhr. Sechs Uhr. Ich bin fast zwei Stunden einfach nur dagestanden. Ich gehe wieder zu meinem Bett und kaum, dass ich liege, kommt eine Schwester herein. Eine noch sehr junge.
„Guten Morgen Fräulein Tess. Haben Sie gut geschlafen?", fragt sie höflich und nimmt die Zettel in die Hand, die vorne an meinem Bett befestigt sind.
„Ja, danke", lüge ich sie an.
Sie nickt nur kläglich und legt die Zettel zurück. Danach geht sie wieder hinaus um kurz darauf mit einer kleinen Taschenlampe und Medikamenten wiederzukommen. Sie leuchtet mir in die Augen und ich kneife zusammen vor der plötzlichen Helle.
„Wie fühlen sie sich?"
„Eigentlich ganz gut. Sehr gut sogar."
Das stimmt. Keine Kopfschmerzen oder anderes. Ich fühle mich nur müde. Mit einem silbernen Ding hört sie mein Herz und meine Atmung ab. Schließlich will sie sich noch die Wunde ansehen. Ich ziehe mein Shirt von der Schulter weg und sehe ihre erstaunten Augen. Ungläubig streicht sie vorsichtig über meinen Hals und meine Schulter.

„Was ist?", frage ich, da ich mir nicht den Kopf so verrenken kann.
„Die Wunden... sie sind völlig verheilt. Es sind nur noch Rötungen zu sehen. Wie kann das sein? Nicht einmal eine Narbe!"
Was? Völlig verheilt?
„Ich weiß nicht?"
Oh doch, und wie ich es weiß. In guten zwei Wochen habe ich Geburtstag. Ich werde zum Werwolf. Dieser Gedanke lässt mich schaudern und die Schwester tritt zurück.
„Ich werde Ihren Arzt fragen, wenn er Dienst hat. Ich bringe Ihnen Ihr Frühstück."

# KAPITEL 25

„Julian! Wir haben ein riesiges Problem!", ich springe hektisch vom Bett auf und laufe zu ihm.

„Auch guten Morgen! Was ist denn los?", fragt er müde.

Ich ziehe mein Shirt von der Schulter und halte sie ihm sprichwörtlich unter die Nase.

„Erklär das mal der aufgewühlten Schwester da draußen!"

Er nimmt meine Schulter und streicht behutsam darüber. Bei seiner Berührung rennt mir eine Gänsehaut auf... und er merkt es.

„Ich sage ihr einfach, sie soll sich keine Sorgen machen und die Klappe halten", gähnt er und legt sich auf mein Bett.

„Okay? Was ist mit dir los?", frage ich besorgt und setze mich an die Bettkante.

„Ähm... Ich war gestern draußen, war eine anstrengende Nacht."

„Wieso?"

„Ich habe viele Werwölfe gefragt, ob sie einen gewissen Liam Underwood kennen."

Er war die ganze Nacht für mich auf!

„Und?", will ich ungeduldig wissen.
„Einer weiß, wo er vor fünf Jahren gelebt hat. Und das wird dir oder vor allem mir nicht so gefallen."
„Wo?!"
„Oben im Norden. Bei den Silberwoolfs."
„Den Silberwoolfs?"
„Ich habe dir doch mal erzählt. Im Süden die gefährlichen Sunwoolfs im Norden die im Frieden lebenden Silberwoolfs", erklärt er schläfrig und schließt seine Augen.
„Was heißt das jetzt?"
„Wir werden in den Norden reisen. Und diesen Liam suchen."
Seine Augen sind geschlossen, sein Atem geht gleichmäßig.
„Was ist mit Mat?"
Er öffnet sie und sieht mich traurig an.
„Ich weiß nicht. Er wird durchhalten müssen. Wenn wir wissen, wer dein Vater ist, hilft er uns vielleicht. Dein Vater ist bestimmt ein Alpha. Alphatiere lassen gewöhnlich ihre Kinder nicht im Stich. Außer bei Mat. Wenn sie uns helfen, wenn wir wissen, warum du so stark

bist, dann haben wir vielleicht eine geringe Chance ihn zu retten. Ach ja. Das mit dem Heilen ist nicht normal. Das liegt wohl an deinem Super-Werwolf-Gen."
Ich lege mich neben ihn und er dreht sich auf die Seite, sodass er zu mir sieht, wenn er seine Augen offen hätte...
„Aber wer weiß, wie lange er noch durchhält?"
Grüblerisch sieht er mich an.
„Er muss. Aber versteh mich doch bitte. Wir können nicht einfach zu zweit dort auftauchen und hoffen, dass wir lebend wieder herauskommen! Das geht einfach nicht."
„Ich weiß... Aber wir müssen ihn irgendwie kontaktieren, dass er die Hoffnung nicht aufgeben soll."
„Wie stellst du dir das vor?"
Eine SMS kann ich ihm wohl nicht schreiben. Einen Brief wird er nie bekommen. Und sonst? Was für Möglichkeiten haben wir?
„Wir könnten einen Brief an seine Mutter schicken, dass wir mit einer riesigen Armee kommen. Dafür müssen sie sich vorbereiten. Wir können nur hoffen, dass Mat dann etwas davon mitbekommt."
Julian nimmt meine Hand und meint: „Das ist ein etwas naiver Plan. Vor allem würde mich mein Vater dafür

umbringen. Außerdem wer weiß, ob er das dann mitbekommt. Das ist keine gute Idee."
„Hast du eine bessere Idee?", schnauze ich ihn an.
„Wir könnten es auch einfach lassen", schlägt er gelangweilt vor und gähnt.
Wie kann er nur so... so ein Arschloch sein. Ich dachte, er hilft mir?
„Das ist jetzt nicht dein Ernst!", ich stelle mich vor das Bett in dem er fast schläft und stemme meine Hände in die Hüften. Julian öffnet langsam die Augen und sieht mich entschuldigend an, sagt aber nichts weiter.
„Was ist mit Sebastian? Können wir ihn nicht schicken?", frage ich aufgewühlt mit dem Fuß wippend.
„Denkst du wirklich, er geht zurück? Ich an seiner Stelle würde weit, weit weglaufen."
„Dann schicke ihm ein paar Wachen mit. Er soll Mat sagen, dass wir kommen. Droh ihm ein bisschen!"
„Das ist auf jeden Fall einmal besser als einen Brief zu schicken. Okay. Hör mir zu. Ich werde diesen Sebastian aus dem Gefängnis holen. Wir werden ihm klarmachen, was er zu sagen hat. Ich vermute wir werden ihn foltern müssen, da er sonst einfach etwas anderes sagt. Wir

müssen ihm Angst machen. Ich denke er glaubt, dass du tot bist. Also bist du unsere Geheimwaffe. Wir schicken ihn mit ein paar Wachen zurück. Wir Zwei werden in den Norden fliegen und deinen Vater suchen, wenn es dir gut genug geht."

„Mir geht's körperlich super! Also in zehn Minuten?", frage ich einverstanden.

Er zieht eine Augenbraue nach oben: „Jetzt? Du willst jetzt schon los? Darf ich nicht ein paar Stunden schlafen? Ich weiß nicht, was uns dort erwartet. Ich kann dich vielleicht nicht so gut beschützen."

„Schlafen kannst du, wenn du tot bist. Ich kann auf mich aufpassen!"

Er lacht kurz und leise auf und nimmt meine Hand.

„Ohne Schlaf, bin ich das auch bald! Ich bringe Sebastian dazu, die Nachricht richtig weiter zu geben. Bleib hier, er soll dich nicht sehen. Okay?"

„Ja...", maule ich beleidigt.

Wenn er nicht geschlafen hat, ist er unerträglich. Ich sehe ihm nach, wie er müde aus dem sterilen Zimmer schlürft. Wie lange wird das wohl dauern? Wird er ihn verletzen?

Ist Julian auch so brutal wie Mat? Ich hoffe nicht... obwohl er es verdient hätte...

## Kapitel 26

„Tess!", höre ich Anna durch die ganze Krankenstation schreien.

Ich bin nicht in meinem Zimmer, ich halte es einfach nicht aus, einfach blöd herumzustehen und nichts machen zu können. Inzwischen bin ich beim großen Panorama-Fenster gesessen, habe mich mit einer sehr netten, älteren Krankenschwester unterhalten und jetzt gehe ich der Stimme nach.

„Ich bin hier!", sage ich und sehe sie schon.

Annas Blick ist traurig. In der Hand hält sie eine Tasche.

„Hey, was ist das?"

„Dein Gepäck. Ich soll dich zum Jet bringen. Julian wartet schon. Er hat gesagt, ihr fliegt in den Norden? Wieso?"

Ich weiß nicht, wie viel ich ihr sagen soll.

„Das darf ich dir nicht sagen."

Ihr Blick wird wenn möglich noch enttäuschter.

„Oh. Okay. Aber passt gut auf euch auf", sagt sie ganz aufgeregt und wir machen uns auf den Weg. Inzwischen ist es später Nachmittag.

Wir betreten eine riesige Halle. Indem ein privater, königlicher Jet steht. Julian wartet davor. Anna umarmt mich, gibt einem Mann meine Tasche, der sie einlädt und geht.

Julian sieht fertig aus.

„Bereit?"

„Ich schon aber du?"

„Geht schon. Komm."

Wir treten ein und mir stockt der Atem. Große, bequem aussehende Ledersitze auf einer Seite. Auf der anderen eine riesengroße Couch. Mit einem Glastisch davor. Von hier aus sehe ich mindestens drei Fernseher.

Julian dreht sich zu mir und sagt: „Schon toll oder? Komm mit, ich will dir den hinteren Teil auch noch zeigen."

Es gibt noch mehr? Staunend gehe ich ihm nach. An einer Ecke steht eine Stewardess, mit dunkelblauem Kostüm, kleinem Hut auf dem Kopf und einem Halstuch. Wir gehen weiter. Hier ist eine Bar mit Barhockern. Ein Mann mit ähnlicher Kleidung wie die Stewardess steht dahinter und verbeugt sich vor Julian.

Aber wir gehen weiter. Noch weiter! Wir treten durch eine Tür, was sich wohl dahinter verbirgt?

Ein Schlafzimmer?! Ein großes Doppelbett. Ein kleiner Kasten. Ein Mini-Kühlschrank. Ein Schreibtisch. Drei weitere Türen. Er geht bestimmt auf eine zu.
„Mein Schlafzimmer ist hier."
„Warte. Du hast hier ein eigenes Schlafzimmer?"
„Natürlich!", grinst er selbstverständlich.
Ich hatte mein ganzes Leben nur EINES. Das habe ich mir eine Zeit lang mit Ella geteilt! Aber nur eine kleine Zeit lang. Vorher hat sie bei meinen Eltern geschlafen. Sie schlief keine zwei Monate bei mir und dann kam Rebecca...
Wir gehen hinein. Es ist ähnlich wie das von seinen Eltern nur kleiner.
Eine Stewardess kommt zu uns und verbeugt sich.
„Prinz Julian und Fräulein Tess, wenn Sie sich bitte für den Start bereit machen würden", sagt sie wie ein Roboter.
„Natürlich."
Wir gehen wieder zurück und setzen uns auf die weichen Ledersitze und gurten uns an. Mein Herz schlägt so schnell, dass ich es sogar leise höre.
„Aufgeregt?", fragt Julian mir gegenüber.
„Ich bin noch nie geflogen."

„Oh, stimmt. Ich meinte zwar wegen der Silberwoolfs. Aber fliegen ist nicht so schlimm. Du spürst nur einen kleinen Druck in den Ohren und gleich können wir auch wieder frei herumgehen."
„Okay... Ja, wegen der Silberwoolfs auch. Wie sollen wir Liam nur finden?"
„Er muss ein Alpha sein. Und glaub mir, sobald wir ihr Territorium betreten, ist gleich jemand da, der uns ausliefern, umbringen oder gar nichts machen wird."
Sehr beruhigende Worte...
Ich sehe aus dem Fenster. Die Sonne verschwindet langsam hinter den Bergen. Wir bewegen uns. Oh, Gott. Oh, Gott. Oh, Gott!
„Was ist, wenn wir abstürzen?", frage ich und schaue auf das Schloss zurück.
„Es gibt ein Absturzraum."
„Einen was?"
„Ein Absturzraum. Das ist nichts anderes als ein gut gepolsterter Metallkäfig. Wenn wir im Wasser landen haben wir Pech. Aber hey! Das ist der königliche Jet. Glaub mir unsere Piloten stürzen nicht ab."
Hoffen wir's.

Ich starre aus dem Fenster, der Boden unter uns entfernt sich immer mehr, bis die Startbahn nur noch ein kleiner grauer Strich ist. Der Druck in meinen Ohren ist wirklich ungut. Wir fliegen! Wie Vögel! Das ist verdammt cool!
„Ist Liam eigentlich auch ein König oder sowas?", frage ich als der Druck langsam nachlässt.
„Ich weiß nicht. Soweit ich weiß, sind die Silberwoolfs nur ein Rudel und kein Königreich wie wir."
Die Stewardess kommt zu uns und fragt, ob wir etwas trinken möchten. Ich schüttle nur den Kopf und Julian bedankt sich höflich und lehnt ebenfalls ab. Er gurtet sich ab und zeigt mir, es ihm gleich zu tun. Wir gehen wieder zurück zu seinem Zimmer. Er breitet sich auf dem Bett aus und klopft auf den leeren Platz neben sich. Also lege ich mich zu ihm.
„Wie lange fliegen wir?"
„Zwei Stunden. Allerdings landen wir noch in unserem Territorium. Dort wird ein Zimmer für uns bereit gemacht. Wir schlafen eine Nacht und morgen fahren wir dann zu den Silberwoolfs."
Wow. Wann hat er das alles organisiert? Ich lege mich auf die Seite um ihn besser sehen zu können.

„Was hast du mit Sebastian gemacht?"
Julian seufzt und schließt die Augen.
„Der Typ war echt hartnäckig. Andauernd hat er gesagt, dass er sein Rudel nicht verrät. Dabei soll er ja nur eine Nachricht überbringen."
„Hast du ihn verletzt?"
„Seine Hand war schon gebrochen. Seine Rippen waren schon geprellt. Also habe ich ihn einfach mit Boleit bearbeitet."
Bei den Gedanken an den Boleit, bildet sich eine Gänsehaut auf meinen Armen. Ich weiß wie schmerzhaft er ist.
„Hast du ihn schon mal angefasst?"
„Was?"
„Na den Boleit."
„Ja, einmal hat mich mein Vater bestraft. Danach bin ich, keine Ahnung wie lange, auf der Krankenstation gelegen. Ich frage mich immer noch, wie du es so leicht wegstecken kannst."
„Leicht", lachte ich sarkastisch.

*Klopf. Klopf.*

„Ja?", murmelt Julian müde und genervt.
Die Tür öffnet sich einen Spalt breit und die Stewardess sieht herein.
„Es tut mir leid, falls ich Sie geweckt haben sollte, aber wir befinden uns im Landeanflug."
„Ja wir kommen schon", gähnt er.
Ich öffne meine Augen, ich will nicht aufstehen. Dieses Bett ist so weich!
Julian kämpft sich aus dem Bett und zieht mich an der Hand mit. Wir sind beide eingeschlafen. Er hat die Nacht nicht viel geschlafen. Ich auch nicht. Wir setzten uns wieder auf die braunen Ledersessel und schnallen uns an.

„Falls Sie noch etwas wünschen, bitte sagen Sie mir zu jeder Stunde Bescheid. Schlafen Sie gut", so verabschiedet sich eine junge Frau im grauen Hosenanzug, als wir vor unseren Zimmern stehen.
Wo wir gerade sind? Das frage ich mich auch. Wie viel Häuser hat die Königsfamilie eigentlich?
Jetzt stehen wir allein in dem breiten Gang. Ich gehe zu meinem Zimmer. Wir haben getrennte Zimmer, was ich

sehr schade finde. Als ich meine Tür öffnen will, sagt Julian etwas.
„Tess? Falls... Du kannst auch bei mir schlafen, wenn du möchtest."
Ich lächle ihn breit an und nicke überglücklich über diesen Vorschlag. Wir gehen in sein Zimmer und dort steht ein Mann.
„Willkommen, Prinz Julian und... Fräulein Tess. Ich bin Ihr-"
„Ja, danke aber ich brauche heute und morgen keinen Kammerdiener. Bitte sagen Sie dem Dienstmädchen von Tess, dass Sie beide heute Abend frei haben."
„Aber Prinz Ju-"
„Wir möchten, bis wir aufstehen, nicht geweckt werden. Danke, genießen Sie ihren freien Abend", schafft Julian in königlichem, herumkommandierendem Ton an.
Wortlos geht der Mann hinaus und schließt die Tür hinter sich. Erschöpft lässt sich Julian ins Bett fallen.
„Wie nett", sage ich sarkastisch und setze mich auf die Bettkante. Das Zimmer ist wie erwartet riesig.
„Sie erwarten von mir nichts anderes. Und ich bin müde!"
„Was muss er jetzt denken?"

„Du machst dir Gedanken. Das ist doch egal."

„Sagte der verwöhnte Prinz", lache ich.

Er setzt sich auf und lacht ebenfalls.

„Sowas traust auch nur du dich sagen."

„Naja, wir schlafen in einem Bett, du hast mich schon mal geküsst, du hast mich vor dem Wolf gerettet und jetzt hilfst du mir wieder. Ich denke nicht, dass du mich wegen einer Bemerkung wegsperren lässt."

„Aber auch nur...", dann hält er inne.

„Nur was?", helfe ich ihm auf die Sprünge.

„Weil... ich dir vertraue."

Das wollte er nicht sagen! Was wollte er wirklich sagen?

Mein Magen knurrt und Julian greift zum Telefon und drückt die erste Nummer.

„Ja, wir hätten bitte gerne eine Kleinigkeit zu essen auf dem Zimmer. Nein, nur nicht zu viel Gemüse. Danke."

„Zimmerservice", sagt er und lächelt mich an. Seine Augen leuchten leicht. Er liebt mich immer noch.

„Was schaust du so?"

Ich schüttle den Kopf und frage was er meine.

„Du hast mich so... verträumt angesehen."

„Ach, hab ich das?"

„Ja!"
„Ich finde es nur schön, dass deine Augen immer noch leuchten", gestehe ich ihm.
Sofort macht er sie zu und legt sich auf den Rücken.
„Ich bin übermüdet. Da kommt das schon vor."
Jaja. Immer diese Ausreden.

Nach dem wir ziemlich viel Aufschnitt verdrückt haben, schlafen wir sofort ein. Ich war überrascht von mir selbst, wie viel Fleisch ich essen kann. Aber das liegt wohl an dem Wolf in mir.

# Kapitel 27

„Ins Territorium der Silberwoolfs bitte", sagt Julian als wäre es normal, dass er von Wölfen spricht. Der Chauffeur nickt nur und fährt los.
Verwirrt sehe ich ihn an.
„Viele Werwölfe arbeiten für uns. Auch dein Arzt, deshalb hat niemand etwas gesagt."
„Das sagst du mir erst jetzt?"
„Es gibt so viel über uns, das du noch nicht weißt. Und das macht mir ein wenig Angst."
„Nicht nur dir."
Wir fahren eine gute Stunde. Wir passieren die Grenze von Flow ohne Zwischenstörung. In der ersten Stadt, die wir erreichen, setzt uns der Chauffeur ab.
„Fahren Sie bitte wieder zurück. Wir melden uns, wenn Sie wieder kommen sollen."
„Wie Sie wünschen Prinz Julian, bitte passen Sie auf sich auf. Hier ist es gefährlich."
„Das weiß ich, danke."
Dann steigt er ein und wir sind allein inmitten fremder Menschen. Anscheinend sind wir, oder besser gesagt

Julian, nicht so fremd. Schnell sammelt sich eine Menschenmenge um uns heran. Alle wollen ein Foto oder ein Autogramm.
„Es tut mir leid, wenn ich euch enttäuschen muss, aber wir haben einen Termin."
Damit gehen wir davon. Aber die Menge folgt uns.
„Bitte respektieren Sie unsere Privatsphäre und halten Sie Abstand!", sagt Julian in strengerem Ton. Hier in diesem Land hat er zwar nichts zu melden, aber den Respekt der Leute hat er trotzdem. Wir gehen schnell davon. Am Rand eines Waldes setzten wir uns auf eine Bank. Diese Stadt ist so anders als in Flow. Hier gibt es nicht nur stinkreich und bettelarm. Hier ist alles ausgeglichen. Der König und auch Julian sollen sich ein Beispiel daran nehmen.
„Und jetzt?"
„Du bleibst hier. Ich muss in den Wald. So werden sie schneller aufmerksam auf uns. Wenn ich einen Wolf gefunden habe, oder er mich, komme ich wieder zurück."
„Ich komme mit!", widersetzte ich mich ihm.
Er lacht nur kurz auf und meint: „Typisch. Ich dachte du hast Angst vor Wölfen?"
„Vor dir nicht."

„Es ist gefährlich!"

„Glaub mir, das ist nicht das Gefährlichste das ich gemacht habe! Außerdem bin ich doch so ein Super-Gen-Wolfdings."

„Du bist stärker als alle Anderen, das stimmt. Aber als Mensch... könnte dein Super-Gen-Wolfdings dir nicht viel helfen."

„Ich habe dich!", sage ich und lächle ihn mit einem unschuldigen Kinderblick an.

So sehen immer kleine Kinder aus, wenn sie etwas haben wollen. Und ich.

„Nein, Tess. Bitte bleib hier!"

„Dann folge ich dir geheim."

„Dann kette ich dich hier fest."

„Dann schreie ich um Hilfe und jemand befreit mich."

„Sicher dass du ein Wolf wirst und kein sturer Esel?"

„Jap. Der sture Esel bin ich doch schon längst", das stimmt leider.

Ich kann furchtbar stur sein.

„Meine Güte, Tess. Du treibst mich noch in den Wahnsinn", lacht er jedoch, „Also. Aber wir machen es wie ich will. Du bleibst ganz dicht bei mir. Wenn ein anderer Wolf auftaucht, bleibst du ruhig! Du wirst kein Wort verstehen, aber wenn ich dich komisch anschnauze, heißt das lauf weg. Und dann läufst du auch weg! Verstanden? Du läufst hierher und wartest. Egal ob ich heule oder nicht, du wirst nicht zurückkommen und dich wieder in den Weg stellen. Ist das klar?"

„Kristallklar!"

Wir gehen als Menschen in den Wald. Weit genug, sodass uns niemand mehr sehen kann.

„Vielleicht haben wir auch Glück und es findet uns ein Netter."

„Vielleicht."

Julian spring nach vorne. Als er auf dem Boden landet, ist er nicht mehr er selbst. Sondern ein großer, dunkelblonder Wolf mit wunderschönen eisblauen Augen. Er deutet mit dem Kopf, ihm zu folgen. Langsam gehe ich neben ihm. Das ist wirklich gruselig. Julian reicht mir auf allen Vieren bis zur Schulter, so groß ist er. Mit der Hand streiche ich durch sein flauschiges, seidiges Fell. Kurz abgelenkt, sieht er zu mir, dann geht er weiter.

„Verstehst du mich jetzt eigentlich?", sage ich leise.

„Ja natürlich verstehe ich dich. Immerhin habe ich Ohren."

Mit dem Kopf macht er irgendeine komische Bewegung, sieht aus wie ein Nicken. Geschockt bleibe ich stehen.
„Ähm... Julian? Wieso kann ich dich in meinem Kopf hören?", frage ich beängstigt.
„Du hörst mich?!", schreit seine Stimme in meinem Kopf.
„Ja!", spreche ich laut aus.
„Oh man. Dein Vater muss ja ein Gott sein, wenn du meine Gedanken hören kannst. Das können wir normalerweise nur im verwandelten Zustand. Hast du vorhin bei der Menschenmenge etwas gehört?"
„Nein, aber jetzt, wo ich mich auf dich konzentriere."
„Was ist nur los mit dir?", sagt die Stimme.
Was würde wohl Mat sagen? Wäre er begeistert oder hätte er ein bisschen Schieß vor mir? Nein, ich glaube er hätte es cool gefunden.
Wir gehen. Ich höre Julians Stimme hin und wieder in meinem Kopf, wenn er denkt. Wie ein Vogel, der im Gebüsch landet schon auf sich aufmerksam macht.
Hinter uns ertönt ein tiefes Knurren.
„Was wollt ihr hier, Prinz?", höre ich eine tiefe männliche Stimme im Kopf sagen.

„Kannst du ihn hören?", fragt Julian und ich nicke nur stumm.
„Du bist verrückt, wenn du mit dir selbst redest!"
Langsam drehe ich mich um und sehe den Wolf. Er ist ein bisschen kleiner als Julian und hat braunes Fell.
„Wer bist du?", fragt Julian
„Du kannst mich Chris nennen! Was machst du hier? Jemand könnte euch verletzen wollen! Ich zum Beispiel."
Ich atme scharf ein und Angst breitet sich in mir aus.
„Ich will keinen Kampf. Bring mich zu deinem Alpha-Tier."
„Wieso sollte ich?"
„Weil ich der Höhergestellte bin!"
„Ja, in Flow vielleicht. Hier bist du nichts weiter als ein Straßenköter."
„Was willst du, damit du uns zu ihm bringst?"
Chris dreht eine Runde um uns und Julian dreht sich mit ihm. Ich stehe wie angewurzelt da.
„Wer ist die Kleine."
„Meine Freundin."

Seine Freundin! Er hat gesagt ich bin seine Freundin! Ich unterdrücke ein fettes Lächeln, aber trotzdem kann ich es nicht ganz verbregen.

Chris sieht mich argwöhnisch an.

„Ich wusste gar nicht, dass der Prinz eine Freundin hat? Das hätte man bestimmt in den Nachrichten gehört. Wann heiratet ihr denn?"

„Es weiß noch keiner. Führst du uns zu deinem Alpha-Tier?"

„Nur wenn du mir verrätst, warum sie uns hören kann."

Am liebsten würde ich sofort zu ihm schauen aber das würde mich verraten.

„Sie ist ein Mensch!", sagt Julian.

„Und sie hat uns gehört."

„Sie ist ein Mensch!", wiederholt Julian geduldig.

„Trotzdem kann sie uns hören. Was hast du gemacht, damit du mich hören kannst", will Chris wissen und stellt sich vor mich. Regungslos ohne jegliche Gefühlsregung stehe ich vor ihm.

„Sie kann dich nicht hören! Sag mir was du willst und führe uns zu deinem Alpha-Tier."

Chris umrundet uns nochmal langsam.

„Wieso töte ich dich nicht einfach?"
„Du weißt, du würdest verlieren."
„Ok. Gegen dich habe ich bestimmt nicht die besten Chancen... Wenn... ich euch zu ihm bringe, will ich, dass du mich in dein Rudel aufnimmst. Ich möchte, dass du meiner Frau und meinem Sohn ein Dach über dem Kopf bietest. Ich will, dass mein Sohn die beste Ausbildung bekommt. Meine Frau und ich sollen eine gute Arbeit haben. Ein gutes Einkommen. Wir wollen nie wieder frieren. Wenn du mir all das gibst, bringe ich dich zu ihm."
„Okay. Aber ich dachte, hier ist alles ganz anders als in Flow."
Ich versuche mir nichts anmerken zu lassen.
„Ja, das was ihr hier seht ist aber nur ein Teil. Auf der anderen Seite des Waldes herrscht pure Armut."
Julian legt sich hin und ich klettere auf ihn. Dann laufen die Zwei los.

Ein Schmerz sticht in meinem Kopf. Alles wird unscharf. Verdammt was ist gerade passiert?
Ich spüre etwas Warmes an meiner Wange hinunterlaufen. Ich greife hin und sehe dass es leider keine Tränen sind.

Es ist Blut. Mein Schädel brummt. Ich sehe mich schnell um. Chris steht einfach wie angewurzelt da. Julian liegt etwas rechts von mir. Er kämpft sich hoch und sieht zu mir.

„Alles okay?", höre ich in meinem Kopf.

Zögerlich nicke ich. Julian sieht zu dem dritten Wolf. Er hat uns von der Seite angesprungen. Ich bin voll mit dem Kopf gegen einen Baum gekracht. Schwarze Punkte tanzen vor meinen Augen.

„Hey Prinzchen! Was machst du hier?", höre ich eine fremde Stimme.

„Wer bist du?", fragt Julian.

Chris schaltet sich ein: „Steffi! Was machst du hier? Lass das! Ich kümmere mich um sie!"

„Chris... warum wundert mich das nicht? Ich übernehme! Verschwinde!", sagt die Frauenstimme bedrohlich.

„Steffi! Lass sie in Ruhe!", verteidigt uns Chris.

„Prinzchen... warum redest du mit dem Mädchen? Wer ist sie überhaupt? Ich denke sie bricht gleich zusammen."

Julian sieht besorgt zu mir.

„Verdammt Steffi! Lass die Zwei in Ruhe!"

„Wieso verteidigst du sie? Was hat er dir versprochen? Ein Dach über dem Kopf?"
„Na und...? Verschwinde jetzt!"
„Bestimmt nicht! Du weißt was mit Eindringlingen passiert!", sagt der hellbraune Wolf und kommt auf uns zu, „Also Prinzchen. Nochmal. Wer ist das?"
Chris stellt sich zwischen uns.
„Steffi verschwinde verdammt nochmal! Sie haben dir nichts getan."
Gerade wollte er uns selbst noch umbringen und jetzt verteidigt er uns.
„Schon gut Chris. Bring Tess zu deinem Alpha. Sie hat keine Chance", denkt Julian gelassen.
„Oh wie süß. Das denkst du doch nicht wirklich oder?", sagt sie und fixiert mich mit ihren grauen Augen.
„Oh doch. Das denke ich, dir ist bewusst das ich ein Alpha-Tier bin oder?"
„Ja, ich weiß genau wer du bist. Aber du weißt nicht wer ich bin."
Man hatte mir immer gesagt, kenne deine Feinde.
„Chris bring sie weg. Jetzt!", meint Julian mit tiefer bedrohlicher Stimme und geht auf diese Steffi zu. Chris

kommt zu mir und legt sich vor mich. Mühsam stemme ich mich hoch, aber meine Knie geben nach und ich falle wieder auf den Boden. Die schwarzen Punkte tanzen wilder.
Nein Tess, du wirst nicht ohnmächtig, sage ich mir und stemme mich wieder hoch. Ich klettere auf Chris und halte mich fest. Dann läuft er auch schon los. Ich sollte Julian helfen, aber ich kann nicht. Nicht wenn mein Kopf so brummt. Mich wundert es, dass Julian mich Chris anvertraut. Er vertraut ihm, dass er mich sicher zum Anführer bringt.
„Dich mache ich fertig", höre ich die Stimme von Steffi. Dann verschwindet die Stimme.
„Also Tess. Du kannst mich hören oder?"
„Ja", sage ich schwach aber auch nur, weil er anscheinend die Seiten gewechselt hat.
„Dir geht es gerade nicht gut, oder?"
„Ne", murmle ich und schließe die Augen. Ich bin auf einmal so unfassbar müde.
„Wir sind gleich da."

„Was ist passiert? Wer ist das? Chris, was hast du angestellt?", höre ich eine männliche Stimme sagen. Jemand holt mich von dem Wolf herunter und legt mich auf etwas sehr Unbequemes.

„Chris, hilf Julian", murmle ich leise und versuche meine Augen zu öffnen.

„Ja, das werde ich. Keine Sorge!"

Ich öffne mühsam die Augen und sehe ihn hinausgehen. Ein Mann mittleren Alters sieht mich verwirrt an. Sein Haar ist braun. Kein einziges graues Haar. Er trägt eine kleine Brille die ihn älter wirken lässt als er vermutlich ist. Seine grünen Augen mustern mich genau.

Er kommt zu mir und setzt sich auf die Kante.

„Wie heißt du?", fragt er mit strenge Miene.

„Tess. Tess Winter", murmle ich die schwarzen Punkte werden langsam weniger.

„Kommst du aus Flow?", fragt er mit leichter hysterischer Stimme.

„Ja. Sind Sie Liam?", hastig steht er auf und dreht mir den Rücken zu.

„Ja, der bin ich. Wieso bist du hier?"

Ich versuche mich aufzusetzen und es gelingt mir. Sofort dröhnt mein Schädel wieder.

„Ich habe eine Frage."

„Die da wäre?"

Soll ich ihn wirklich einfach so gerade heraus fragen, ob er mein Vater ist?

„Kannten Sie meine Mutter? Emma Winter?"

Er dreht sich ganz langsam um, rückt sich die Brille zurecht und atmet langsam aber laut aus. Liam lehnt sich auf den Tisch gegenüber und mustert mich nochmal genau.

„Bitte sag nicht, dass du..."

...meine Tochter bist?

„Sind Sie mein Vater?", frage ich ihn ernst.

„Wie alt bist du?"

„Ich werde in zwei Wochen 18."

„Du wirst 18!", schreit er fast.

Ich wiederhole meine Frage, ob er mein Vater sei. Aber ich bekomme keine Antwort.

„Mit wem bist du hier?"

„Julian. Prinz Julian."

„Na toll. Wo ist er?"

„Er kämpft."

„Er ist ein Alpha. Mach dir keine Sorgen um ihn. Zu deiner Frage... wie kommst du darauf, dass du meine Tochter sein solltest?"

„Ich werde zum Werwolf! Berta und Fred haben gesagt, dass sich meine Mutter zu dieser Zeit oft mit Ihnen getroffen hat. Und es gibt da etwas an mir, das komisch ist. Ich bin nicht wie die anderen. Ich bin stärker, also ich halte zum Beispiel mehr Berührungen mit dem Boleit aus als schon verwandelte Werwölfe. Ich kann die Gedanken der Werwölfe hören. Meine Wunden heilen jetzt schon viel schneller. Wenn Sie mein Vater sind, dann bitte sagen Sie mir, was mit mir passiert", bettle ich schon fast.

Es klingelt an der Tür und kurz darauf kommen zwei Wölfe herein. Wie unhöflich ich doch eigentlich bin. Ich komme verletzt her und das erste was ich mache ist ihn mit Fragen zu bombardieren.

„Tess, alles okay? Hast du dich verletzt?", fragt Julian in meinem Kopf.

„Es geht mir gut."

Geschockt sieht Liam von mir zu den Wölfen.

„Kannst du sie wirklich verstehen?", fragt er erstaunt.

„Ja."
„Könntest du ihn fragen, ob er etwas zum Anziehen hat? Ich möchte nicht nackig herumlaufen. Kommt als Prinz nicht so gut, wenn du mich verstehst", meint Julian.
„Liam. Haben Sie etwas zum Anziehen für die Jungs?"
„Grace! Bring ihnen Gewand!"

In menschlicher Gestalt, in normalem Shirt und Hose sitzt Julian neben mir und wartet auf eine Erklärung. Chris ist irgendwo draußen.
„Also sind Sie ihr Vater?", fragt er schließlich.
„Falls deine Mutter nicht mit jemand anderen geschlafen hat schon. Du hast meine Augen", wenn mich nicht alles täuscht, klingt ein bisschen Stolz in seiner Stimme mit.
„Und die Haarfarbe, alle in meiner Familie waren blond."
„Waren? Wieso? Wie geht es deiner Mutter?"
Ich sehe zu Julian, der einen tiefen Kratzer auf der Wange hat. Allerdings beginnt es schon zu heilen.
„Rebecca Sun. Vom Sunwoolf Rudel hat ihre ganze Familie getötet. Bis auf sie. Und wir brauchen Ihre Hilfe. Ich weiß ja nicht, ob sie in den Nachrichten verfolgt haben, was in Flow passiert, aber Mat Sun..."

„Ich bin mit eurer Lage sehr gut vertraut. Von da kommst du mir also so bekannt vor. Du bist das Mädchen, die sich in ihren Feind verknallt hat. Du bist das Mädchen, das den Prinzen hat sitzen lassen. Sehr mutig von dir. Das hast du bestimmt von mir", lacht er schwach und zeigt seine geraden Zähne.
Schuldbewusst aber leicht lächelnd sehe ich auf den braunen Teppichboden.
„Ja, das bin ich. Das Sunwoolf Rudel hat Mat wieder. Sie werden ihn umbringen. Das darf aber nicht geschehen", sage ich leise.
„Ihr verlangt doch nicht etwa von mir, dass ich euch, zwei wild fremden Menschen, helfe einen dritten wild fremden Menschen zu retten?"
„Ich bin deine Tochter", meine ich und sehe zu ihm.
Sein Gesicht scheint zu verzweifeln.
„Du bist der Einzige aus meiner Familie, der noch lebt."
„Ich kenne dich erst seit ein paar Minuten! Nun gut. Ich will dich kennenlernen, Tess. Dann entscheide ich, ob ich dir helfe oder nicht. Grace, wann ist das Mittagessen fertig?", schreit er in Richtung Tür. Ich weiß nicht wo wir hier sind. Aber es sieht groß und luxuriös aus.

„In fünf Minuten", ertönt eine weitere Stimme von außen.
„Also ist deine Mutter tot?"
„Ja."
„Hattest du Geschwister?"
„Einen älteren Bruder, Jacob und eine kleine Schwester, Ella. Beide tot. Genau wie mein Vater. Naja, fast Vater."
„Das tut mir wirklich leid. Wieso willst du den Zwillingsbruder von dem Monster retten, das deine Familie getötet hat?", fragt er ruhig und setzt sich auf einen Stuhl mir gegenüber.
„Mat, er ist einfach anders als sie. Er hat mir in einer weiteren schweren Zeit geholfen. Als niemand für mich da war, hat er mir zugehört. Er hat mir weitergeholfen."
„Was ist mit ihm?", mit dem Kinn deutet er auf Julian, der von meiner Antwort gekränkt aussieht.
„Ich weiß nicht. Er hilft mir jetzt, dafür bin ich dir auch sehr dankbar", mit einem dankenden Lächeln sehe ich zu ihm.
„Wenn ich nicht gewesen wäre, dann wärst du nie entführt worden. Dann wäre all das hier nicht passiert", traurig sieht er an mir vorbei.

„Das stimmt nicht. Das ändert nichts daran, dass ich ein Werwolf werde!"

„Liam, warum ist Tess jetzt schon so stark und kann Dinge, die normale Wölfe nicht können?"

Er atmet tief durch und sieht mir dann direkt in die Augen.

„Die Nacht in der du gezeugt wurdest, war nicht irgendeine Nacht. Es war eine Mondfinsternis."

Julian lehnt sich zurück, schießt die Augen und versucht ruhig zu atmen. Auch Liam sieht etwas verängstigt aus. Ich bin hier wohl die Einzige, die keine Ahnung von allem hat.

„Und? Das heißt jetzt was? Ich dachte der Mond ist euch egal?"

„Ja, das stimmt nur zur Hälfte. An einer Sonnenfinsternis sind wir schwach. Sehr schwach. Jeder könnte uns leicht umbringen, ohne dass wir im Stande sind uns zu wehren. Aber bei einer Mondfinsternis ist es das genaue Gegenteil. Wir sind stark und nichts kann uns aufhalten. Ich bin ein Alpha und die Mondfinsternis verstärkt meine Sinne und Fähigkeiten. Dies hat sich dann wohl auf dich übertragen."

„Also bin ich ein Super-Mondfinsternis-Wolf? Ist doch cool", lache ich leicht.

„Das ist nicht lustig, Tess", sagt Julian ernst.
„Der Prinz hat recht. So etwas wie dich hat es nur ein einziges Mal gegeben."
Liam sieht zu Julian. Die Zwei kennen sich aus... ich aber nicht. Keiner macht Anstalten, weiter zu reden.
„Ähm... ja... das heißt jetzt was?"
Julian legt seine Hand auf mein Knie und sofort ist mir warm. Sofort schlägt mein Herz schneller. Meine Lunge will mehr Luft. Mein ganzer Körper kribbelt... bei einer so simplen Berührung.
„Tess... Das war vor... keine Ahnung 300 Jahren? Es gibt nur wenige Aufzeichnungen über ihn. Aber darin steht, dass er seine Macht dazu einsetzte, alle Wölfe zu regieren. Wirklich alle, auf der ganzen Welt. Sein Charakter hat sich geändert. Er wurde selbstverliebt, herrschsüchtig, egoistisch. Am Ende hatte er keine Freunde. Nur lauter Wolfssklaven. Die Macht hat ihn verändert. Und du... Die Möglichkeiten stehen gut, dass es dir genauso geht."
Seine Berührung, das Kribbeln, ist alles vergessen. Wütend stehe ich auf und bereue es sofort wieder, da die kleinen tanzenden schwarzen Punkte wieder auftauchen. Schnell halte ich mich an der Tischkante fest.

„Du denkst wirklich, ich könnte so ein Monster werden?", frage ich ärgerlich.
Julian steht ebenfalls auf und sieht mich entschuldigend an.
„Nein! So habe ich das nicht gemeint! Du bist das komplette Gegenteil von einem Monster. Aber ich meine nur... Ich will nicht, dass dich die Macht kontrolliert."
„Das wird sie nicht!", sage ich vielleicht etwas lauter als nötig gewesen wäre.
„Reg dich bitte nicht so auf!", Julian streckt die Hand nach mir aus, zieht sie aber wieder zurück.
Mein Blick gleitet zu Liam, der sich auf den Stuhl zurückgelehnt hat und uns grinsend betrachtet.
„Das Temperament deiner Mutter. Also, wir wollen hier jetzt doch nicht streiten. Julian, ich möchte dich nur daran erinnern, dass dieser Super-Mondfinsternis-Wolf damals, schon als Mensch widerlich war. Ich denke, die menschlichen Charakterzüge werden verschärft. Also... wenn du, Tess, nicht jetzt schon herrschsüchtig und so bist, mache ich mir da keine Sorgen. Allerdings mache ich mir Sorgen darum, wie du mit dieser Kraft umgehen kannst."

„Essen ist fertig!", höre ich eine Stimme aus einem Raum hinter der Holztür schreien.

Liam ist mir wirklich sehr sympathisch. Nicht weil er mein Vater ist. Er hat den gleichen Humor wie ich. Wir haben beim Essen hauptsächlich über mein Leben geredet. Mein leiblicher Vater wollte alles wissen.
Hobbys. Welche Hobbys? Weglaufen und versuchen am Leben zu bleiben? Ausbildung. Nicht gerade prickelnd.
Freunde. Heike? Anna? Sonst keine. Eigentlich ist mein Leben ziemlich traurig. Nur habe ich es nie so empfunden.
Denn es war FAST immer jemand da, der mich aufgebaut hat. Trotz all dem Schmerz habe ich nie aufgegeben... und ich habe es auch nicht vor!
„Die Zeit heilt nicht die Wunden. Du gewöhnst dich lediglich an den Schmerz", meinte Liam. Jetzt wo ich im Bett liege und darüber nachdenke, merke ich erst wie recht er mit dieser Aussage hat.
Der Schmerz über den Verlust meiner Familie ist immer noch so groß wie am ersten Tag, aber ich habe gelernt mit diesem Schmerz zu leben. Ich habe mich daran gewöhnt.

Ich liege neben Julian. Wieder einmal. Ich bin froh darüber. Wie sich herausgestellt hat, lebt Liam allein mit seiner Haushälterin, Grace, in einem kleinem aber sehr luxuriösem Haus. Drei Schlafzimmer. Eines für Liam, eines für Grace und ein Gästezimmer. Ein Wohnzimmer. Drei Bäder. Küche und Keller. Im Gästezimmer steht ein Doppelbett, ein Schreibtisch, ein Kleiderkasten und zwei Nachttische. Nichts Besonderes, aber mehr als ich mir in meinem ganzen Leben gewünscht habe. Immer noch besser als 17 Jahre lang auf einer harten Matratze zu schlafen und sich das Zimmer mit seiner Schwester teilen zu müssen. Müssen? Nein. Für mich war es eher dürfen. Mein ganzes Leben lang habe ich auf Privatsphäre verzichtet. Also macht es mir jetzt auch nichts aus. Naja fast. Immerhin schläft der Prinz neben mir!!! Allein seine Anwesenheit macht mich nervös. Noch immer! Ich ziehe die Decke bis zum Hals und drehe mich auf die Seite. Zur dunkelrot gestrichenen Wand. Es ist sehr dunkel hier, vermutlich würde ich nicht einmal meine eigene Hand vor meinen Augen sehen. Julian atmet ruhig und gleichmäßig, deshalb vermute ich, dass er schläft.

Ob uns Liam hilft oder nicht, hat er uns noch nicht gesagt. Er meinte, er wolle mich kennenlernen um herauszufinden... naja wie soll ich sagen... ob ich es wert bin. Ich hoffe, er sagt es uns morgen. Falls nicht... wäre das Mat's Todesurteil... wenn er nicht schon längst...
Eine Träne rollt mir über die Wange. Eine einzelne.

# KAPITEL 28

„Guten Morgen", murmle ich verschlafen und betrete das Wohnzimmer.

Dort sitzen Liam, Chris und Julian. Als ich aufwachte, war er weg. Chris habe ich gestern nicht mehr gesehen.

„Guten Morgen, Tess!", begrüßt mich Liam freundlich.

„Gut geschlafen? Du warst ziemlich unruhig", fragt Julian.

Ich habe alles andere als gut geschlafen!

„Tut mir leid, wenn ich dich wachgehalten habe."

„Du entschuldigst dich bei mir, dass du nicht gut geschlafen hast? Das musst du nicht. Komm, setz dich."

Er tippt mit der Hand auf den Platz neben sich auf dem unbequemen Sofa, wo wir gestern schon saßen. Chris, links von Julian, bleibt still. Liam sitzt wieder auf seinem bestimmt bequemeren Stuhl und betrachtet uns. Mein Arm berührt Julians, zu dritt ist es auf der Couch etwas eng. Sofort, reagiert mein Körper wieder auf ihn.

„Also Tess. Wir haben über Mat gesprochen", fängt Liam an.

Hellhörig sehe ich zu ihm, dann zu Julian.

„Ich kenne Mat nicht. Soll ich wirklich, meine Leute für jemanden opfern, der es mir nicht wert ist?" Oh nein, er wird ablehnen.
Meine Augen werden schon feucht und riesige Enttäuschung macht sich in mir breit.
„Aber du bist meine Tochter, dass kannst du nicht abstreiten. Ich liebte deine Mutter. Sehr sogar. Aber sie hat sich für IHN entschieden. ER hat dich statt mir aufgezogen und das tut mir so unfassbar leid. Ich wäre gerne dein Vater gewesen. Ich bin dir 17 Jahre schuldig und deshalb werde ich hinter dir stehen. Bei jeder deiner Entscheidungen, Tess."
Jetzt weine ich. Aus Freude! Ich springe auf und umarme ihn stürmisch.
„Danke! Danke! Danke! Danke!", sage ich noch gefühlte hundert Mal.
„Julian und ich haben schon Pläne gemacht. Morgen geht es los. Chris sammelt mein Rudel zusammen und wir reisen heute noch ab von hier."
„Heute noch?", frage ich glücklich und erwartungsvoll.
Heute. Morgen werden sie ihn retten? So schnell? Ich meine, ich wollte doch, dass es schnell geht... aber dass es

wirklich so schnell funktioniert, hätte ich nicht gedacht! Das ist einfach nur super! Ich setze mich wieder neben Julian und umarme ihn.
„Danke. Danke für alles!"
„Für dich würde ich alles machen!", sagt er leicht traurig und erwidert meine Umarmung. Seine Hände streichen über meinen Rücken. Die Umarmung dauert länger als nötig. Für ihn muss es schlimm sein... Mat zu retten.
Scheiße!
Morgen. Morgen... Morgen! In 24 Stunden! Dann stehen Julian und Mat vor mir. Ich muss mich entscheiden! Aber... für wen? Julian? Oder doch Mat? Will Mat mich überhaupt noch? Wir haben uns im Streit getrennt. Dann wurde er gefangen genommen. Von seiner Zwillingsschwester!
„Alles okay?", fragt Chris und sieht mich merkwürdig an. Zögerlich nicke ich. Alle Drei sehen mich erwartungsvoll an. Keiner sagt etwas.
„Grace?", schreit Liam wieder und die kleine ältere Frau mit den roten Locken betritt den Raum, „Bitte mach Tess doch etwas zum Frühstück."

Sie deutet mir mitzugehen. Und ich folge ihr in die Küche, setze mich an den runden Tisch und sie zählt mir liebevoll auf, was sie mir alles machen kann. Am Ende entscheide ich mich für ein schlichtes Brot mit Marmelade.

Ich stehe am Fenster in meinem Zimmer und sehe hinter das Haus, wo Julian mit seinem Vater telefoniert. Sein Kopf ist leicht gerötet und andauernd fuchtelt er mit der Hand herum. Anscheinend diskutieren sie heftig. Ich weiß, sein Vater war nicht damit einverstanden, dass wir hierher fliegen und trotzdem hat er uns gelassen. König Maximilian ist gegen die Befreiung von Mat, sonst hätte er uns geholfen.
*Klopf, klopf*
„Ja?", schreie ich und Liam tritt in das für mich große Zimmer. Für Julian muss es winzig sein.
Er setzt sich auf die Bettkante und sieht zu mir.
„Was war denn vorhin los?", fragt er mit vertrauensvoller, väterlicher Stimme.
Ich weiß, ich kenn ihn noch keine 24 Stunden, aber ich vertraue ihm.
„Was meinst du?", frage ich und setzte mich neben ihn.

„Im Wohnzimmer, du bist plötzlich kreidebleich geworden. Geht es dir gut? Willst du dir die Wunde nicht lieber untersuchen lassen?"
Die Wunde als ich mit dem Kopf gegen einen Baum flog. Die, die schon geheilt ist.
„Nein. Es ist nur... Ich liebe Julian. Aber Mat... Morgen sind sie hoffentlich beide bei mir. Aber...", dann breche ich ab, da meine Stimme zu versagen droht.
„Oh, ich verstehe. Wie du weißt, habe ich keine Kinder, deshalb habe ich nur einen Rat für dich. Hör auf dein Herz. Einer von den beiden wird damit klar kommen. Sieh mich an? Ich bin das beste Beispiel. Ich bin über deine Mutter völlig hinweggekommen."
Hör auf dein Herz.
„Mein Herz sagt mir aber nichts", sage ich traurig und starre den kratzigen Teppich an.
„Oh doch. Glaub mir. Ich weiß ja nicht wie es mit Mat steht, aber als Julian gestern die Hand auf dein Knie gelegt hat, da bist du doch... das war dein Herz. Oder die Umarmung! Es redet sehr wohl mit dir, du musst nur lernen, es zu verstehen!"

Liam legt kurz den Arm um meine Schulter und verschwindet danach leise aus dem Zimmer. Ich gehe wieder zum Fenster. Zuerst kann ich Julian nicht sehen, entdecke ihn aber dann auf dem Boden sitzend. Er lehnt sich gegen einen Baumstamm, eine Hand in seinen wuscheligen Haaren. Das macht er immer, wenn er nicht weiß was er machen oder sagen soll. Verzweifelt redet er in sein Handy. Ich gehe aus dem Zimmer über die edlen Holztreppen zu ihm hinaus in den Garten.

„Hey... Lass mich mal mit ihm sprechen", sage ich zu Julian und er reicht mir erschöpft das Handy.

„Eure Majestät."

„Tess? Ist dir bewusst, was du da vor hast? Und das nur wegen diesem Jungen?", sagt er verabscheuend.

„König Maximilian, bitte hören Sie mich an. Ich weiß, Sie können Mat nicht ausstehen. Aber versetzen Sie sich doch mal in meine Lage. Sie würden doch auch alles machen, um ihre Frau, Nicole oder Julian zu retten. Ich habe niemanden mehr. Und die wenigen Leute, die mir etwas bedeuten, möchte ich am Leben wissen."

Am anderen Ende der Leitung ist es stumm.

„Tess. Mir sind deine Gefühle, die du für Mat hegst sehr wohl bewusst. Jedoch bringst du damit das ganze Land in Gefahr. Aus vertrauensvoller Quelle weiß ich, dass das Sunwoolf-Rudel so stark wie noch nie ist. Sie könnten uns besiegen. Wenn du jetzt die Wut von der Alpha-Wölfin auf dich ziehst, wird das ganze Land darunter leiden. Ich weiß, ich kann dich nicht zwingen, es nicht zu tun. Dazu bist du meiner Erfahrung nach, viel zu stur. Du würdest dich meinen Befehlen wiedersetzen um die zu retten, die du liebst. Ein kleiner Teil von mir kann dich nachvollziehen. Aber ich muss an das Volk denken und kann dich nur höflichst bitten, das Sunwoolf-Rudel in Ruhe zu lassen."
Wut kocht in mir hoch. Meine Hand zu einer Faust geballt.
„Sie müssen die ganze Sache einmal von der anderen Seite betrachten", schlage ich vor und versuche höflich zu klingen, „Jetzt ist das Rudel stark, nach einem Angriff nicht mehr. Wir würden sie überraschen und wären klar im Vorteil! Außerdem haben wir doch auch noch Liams Rudel. Nach diesem Überraschungsangriff wären sie schwächer. Wenn wir es aber nicht angreifen, wird es womöglich noch stärker und greift bei nächster

Gelegenheit das Schloss an und gewinnt. Wir können es vermeiden."
Ich höre wie er leise auflacht.
„Tess Winter. Ich gebe meine Fehler nicht zu, denn ich habe immer Recht. Aber in diesem Punkt muss ich dir leider zustimmen. Du denkst strategisch, das gefällt mir. Nun ja... Du hast ein gutes Argument geäußert und deshalb werde ich dir und meinem Sohn helfen, das Rudel zu schwächen. Und zwar nur zu diesem Zweck. Wenn ihr Mat befreien wollt, müsst ihr euch darüber kümmern. Ich schicke euch ein paar Wölfe als Unterstützung mit."
„Ich danke Ihnen herzlichst, eure Majestät."
Lächelnd reiche ich Julian das Telefon und setze mich gegenüber von ihm hin. Unbewusst reiße ich das Gras aus und lasse es wieder auf den Boden regnen.
„Wie hast du das gemacht?", fragt er erstaunt und grinst mich breit an.
„Ich bin eine Überredenskünstlerin!"
In letzter Zeit habe ich Julian nie so entspannt und doch aufgeregt gesehen. Im Schneidersitz sitze er vor mir und lächelt mich zuckersüß an. Seine Haare stehen in alle Richtungen weg. Seine Augen leuchten. Dieser Anblick

rührt mich zu Tränen. Seine Augen leuchten. Nach allem, was ich ihm angetan habe, liebt er mich immer noch.

„Du weißt, was das bedeutet?", fragt er angespannter und legt seine Hand auf meine.

Als er merkt wie ich auf seine Berührung reagiere, lächelt er wieder.

„Ja... Krieg!", sage ich allerdings super ernst.

# KAPITEL 29

Im Luxus Flugzeug haben Julian und ich viel geredet. Haufenweise geredet. So viel wie schon eine halbe Ewigkeit nicht mehr. Er erzählte mir alles, was ich verpasst habe, als ich bei Mat war. Er erzählte mir auch von Zoey. Zoey von Stenburg. Sie ist eine Prinzessin. Sie ist hübsch mit ihren blonden Haaren. Ihrem lila Kleid. Den dazu passenden hohen Schuhen. Der kleinen Clutch. Sie ist 17 und wird bald 18. Sie ist ein Werwolf. Zoey kommt von einem Nachbarland.

„Sie ist die am wenigsten Oberflächliche", berichtete Julian und zeigte mir das Foto von ihr.

Er war auf der Suche nach einer Frau. Und dieser Gedanke, löst einen stechenden Schmerz in meiner Brust aus. Im Herzen. Eigentlich hätte er heute ein Video Chat-Date mit ihr. Aber er sagt es ab. Wegen mir.

„Nein! Bitte, sag es nicht ab!", log ich und ignorierte die schmerzhafte Wahrheit.

Ich werde zwar ein Wolf, entspreche aber noch lange nicht dem strengen Protokoll. Ich bin weder eine hübsche Prinzessin, noch habe ich eine ausreichende Ausbildung.

Ich bin keine Adelige oder wenigstens eine Hofdame. Nein, ich Tess Winter, bin ein stink normales, ungebildetes, super-Werwolf-Gen tragendes Dorfmädchen. Ich hätte keine Chance. Egal, wie sehr Julian mich liebt oder ich ihn. Abgesehen davon, ist da auch noch Mat. Von dem ich keine Ahnung habe, wie er auf mich reagieren wird. Immerhin habe ich ihn mitten im Wald abserviert. Ich weiß nicht, ob er mir verzeiht.

Jetzt sitze ich in meinem alten Zimmer im Schloss. Der König hat mich "herzlich" (herzlicher als sonst) empfangen. Nicole ist beinahe ausgerastet vor Freude als sie mich und Julian sah. Und Königin Sophia war wie immer sehr nett, aber förmlich. In ein paar Stunden fliegen wir in den Süden. Julian ist gerade, nach langem Überreden bei seinem Video Chat-Date. Wie ich es hasse. Aber ich habe ihn doch überredet. Warum eigentlich? Ich habe keine Chance und er braucht eine für das Protokoll akzeptable Frau. Ich will ihn nicht aufhalten. Anna war den ganzen Vormittag bei mir, muss sich jetzt aber um die Wäsche kümmern. Jetzt sitze ich an meinem Tisch über einem Blatt Papier mit einem Kuli in der Hand.

*Hey, Heike!*
*Es tut mir leid, dass du so lange nichts von mir gehört hast. Naja, ich bin mir sicher du bist auf dem Laufendem. Die Medien haben ja darüber berichtet. Ich hoffe dir und Ben geht es gut. Ich bin gerade im Schloss. Ich würde so gerne mit dir reden, dir alles erzählen. Aber das ist sowas wie ein Staatsgeheimnis oder so. Langsam blicke ich selbst nicht mehr durch. Zwischen Julian und mir hat sich die Lage wieder beruhigt. Danke, dass du die paar Tage so eine gute Freundin für mich warst! Ich hoffe, du schreibst mir bald zurück.*
*Mit herzlichen Grüßen,*
*Tess Winter*

Ich weiß nicht genau warum ich gerade JETZT einen Brief an sie schreibe. Immerhin hat sie seit meiner Entführung nichts mehr von mir persönlich gehört. Aber irgendwie habe ich Angst, dass später nicht alles so läuft wie geplant. Wenn sie mich oder Julian festhalten... wenn sie uns umbringen... vielleicht habe ich nie wieder die Chance an sie zu schreiben. In einer Stunde geht unser Flug. Das

Sunwoolf-Rudel weiß, dass wir kommen. Sie wissen aber nicht wann und von wo. Das ist unser Vorteil. Unser Plan? Ganz leicht.

1. Alle Wölfe stellen sich am Rande vom Wald auf und machen sich bereit zu kämpfen.
2. Wir greifen an, wollen die Villa und somit das Hauptquartier überfallen.
3. Während alle kämpfen, schleichen Julian, Liam und ich uns in das Gefängnis und befreien Mat.
4. Ein paar andere Leute nehmen Mats Mutter und Rebecca fest.
5. Lauf weg so schnell du kannst. In Sicherheit! Mit Mat!

Ich weiß nicht, wie ich mich ablenken soll. Meine Hände zittern furchtbar und meine Augen brennen die ganze Zeit. Anna meinte ich sei heute ganz schön unruhig. Warum wohl? Ein kurzer Blick auf die Uhr und mein Herz bleibt fast stehen. Es ist bereits vier Uhr. Julian sagte, er holt mich um vier ab. Auf der Lippe kauend mit wippendem Fuß sitze ich also hier und warte. Ich hoffe Mat geht es gut. Was ist, wenn sie ihn inzwischen umgebracht haben?

Was, wenn wir nur seine Leiche finden? Gänsehaut zieht sich über meinen ganzen Körper. Schnell schüttle ich den Gedanken ab. Aber das ist leichter gesagt als getan. Ich habe mir eine schwarze Jeans und einen schwarzen Pulli angezogen. So kann ich leichter im Schatten verschwenden.

*Klopf, klopf.*

Ich fahre hoch und sehe zur Tür, die sich knarrend öffnet. Julian steckt seinen Kopf herein und sieht sich nach mir um. Als er mich am Schreibtisch sieht, lächelt er traurig.

„Hast du dich anders entschieden?", fragt er und kommt zu mir herüber.

„Nein. Ich komme mit!", sage ich mit fester Stimme und stehe auf.

Den ganzen Tag hat er mich angebettelt, ich solle hierbleiben, in Sicherheit. Aber das kann er vergessen. Jetzt wo ich stehe, muss ich den Kopf ein bisschen heben um ihm in die Augen zu schauen. Er steht nicht weit weg von mir. Eigentlich sogar ziemlich nah. Unsere Füße berühren sich. Er nimmt meine Hand und sieht mir tief in die Augen.

„Kannst du dir vorstellen, wie gerne ich dich küssen würde. Aber das werde ich nicht!", sagt er ganz leise und betrachtet unsere Hände.

Ich kann es mir sehr gut vorstellen. Verdammt gut.

Er sieht wieder in meine Augen beugt sich vor und... küsst mich auf die Stirn. Dann lehnt er seine gegen meine und flüstert: „Wir werden ihn daraus holen."

Ich stehe einfach nur steif da und bin nicht in der Lage auch nur ein einziges Wort zu sagen.

„Sagst du noch was?", fragt er nach einigen stillen Momenten.

Ich schüttle nur kaum merklich den Kopf. An der Hand zieht er mich dann langsam hinaus und zum Flugzeug. Dort steht die Königsfamilie. Julian hockt sich hinunter zu Nicole und nimmt ihre Hände.

„Wann kommt ihr denn wieder?", fragt sie mit einer so traurigen Kinderstimme.

„Bald. Vielleicht schon morgen!" sagt Julian und steht auf. Während seine Mutter ihn umarmt und nicht loslässt, zupft Nicole an meinem Pulli. Ich hocke mich zu ihr und sie flüstert mir etwas ins Ohr: „Du kommst doch auch wieder zurück und bleibst diesmal?"

Ob ich dann bleibe, weiß ich doch selbst nicht.
„Ja, ich komme zurück!"
Auch Königin Sophia umarmt mich. König Maximilian sieht mich nur prüfend an.
„Du weißt, er macht es nur wegen dir?"
„Ja, eure Majestät."
„Du weißt, er könnte getötet werden?"
„Nicht nur er, eure Majestät."
Er atmet langsam aus und hält mir die Hand entgegen.
„Bringt so viele wie möglich von ihnen um!"
Noch bevor ich ihm eine Antwort geben kann zieht mich Julian ins Flugzeug.
„Bring so viele wie möglich von ihnen um!', das war doch nicht sein Ernst oder?", frage ich Julian aufgelöst.
„Leider doch. Für ihn zählt nur Politik und wenn es bedeutet, dass sie geschwächt werden und uns nicht mehr angreifen können ist das gut! Er sieht die Welt mit völlig anderen Augen als wir."

Den ganzen Flug über sitze ich mit den Beinen an mich gezogen auf dem Sitz und schaue gedankenverloren aus dem Fenster. Julian sieht abwechselnd von seinem Handy zu mir. Und das lange zwei Stunden, bis wir im Süden landen. Halb sieben und es ist stockfinster. Schnell laufen wir die kurze Strecke vom Flugzeug in das kleine Häuschen. Es ist ein privater "Flughafen". Auf Deutsch. Eine Lande- und Startbahn und ein kleines Häuschen mit einem Getränkeautomaten. Der Wind geht stürmisch und pfeift sein Lied. Ein Auto holt uns ab.

„Herzlich Willkommen, werter Prinz. Herzlich Willkommen, Fräulein Tess", begrüßt uns der bierbäuchige Chauffeur und fährt los. Treffpunkt ist eine Stelle im Wald. Wir müssen zu Fuß dort hin, da das Auto nicht in den Wald fahren kann. Allerdings begleitet uns der Chauffeur.

„Hatten sie einen angenehmen Flug?", fragte er höflichkeitshalber.

„Ja, danke der Nachfrage."

Ich spüre einen Tropfen auf meiner Wange. Oh nein. Jetzt fängt es auch noch zu regnen an? Alles wird matschig werden, so wie ich mich kenne, werde ich im allerwichtigsten Moment ausrutschen. Sofort spannt der Chauffeur, dessen Namen ich mir einfach nicht gemerkt habe, einen Schirm auf. Julian nimmt ihn und gemeinsam

gehen wir noch ungefähr acht Minuten. Aber was ich dort sehe, raubt mir buchstäblich den Atem. Wölfe über Wölfe. Stimmen über Stimmen in meinem Kopf.
„Hey der Prinz! Und... das Mädchen ist auch hier?"
„Sie bereitet bestimmt nur Probleme!"
„Scheiß Regen!"
„Hast du Lukas gesehen?"
„Was will denn die Kleine hier?"
„Wo ist Liam!"
„Weiß jemand wann es losgeht?"
„Wie heißt der Prinz eigentlich und wer ist das Mädchen?"
„Ich habe gehört, sie hat den Prinzen, der übrigens Julian heißt, kaltblütig abserviert! Dafür hätte sie ins Gefängnis kommen können!"
„Krass, Alter!"
Stimmen über Stimmen! Alle schwirren in meinem Kopf herum. Ich sehe schnell über die ganze Menge, versuche mich auf irgendetwas Banales zu konzentrieren um die Stimmen los zu werden. Mein Kopf fängt zu schmerzen an. All diese Stimmen. Es macht mich noch verrückt!

Stein. Baum. Stimmen. Julian. Regen. Stimmen. Mat. Julian. Wölfe. Stimmen. Ast. Holz. Julian. Regenschirm. Mat. Stimmen.

Es funktioniert nicht. Ich halte mir die Ohren zu. Aber das hilft nicht. Die Stimmen sind in meinem Kopf.

„Tess, was ist los? Geht es dir nicht gut?"

„Tess, was ist?"

„Tess!"

Ich brauche eine Weile, bis ich diese eine Stimme aus den anderen herausfiltern kann. Julian.

„Diese Stimmen!", sage ich und drücke krampfhaft gegen meinen Kopf. Schnell sehe ich von links nach rechts.

„Was hat die denn für Probleme?"

„Ich glaube sie ist verrückt!"

„Haltet eure verdammte Klappe!", schreie ich verzweifelt, aber es wird nur noch schlimmer.

Mein Kopf droht zu explodieren. All diese Stimmen und Gedanken haben keinen Platz in meinem Kopf.

„Tess, sieh mich an", das ist Julian.

Mit tränenüberströmten Wangen sehe ich zu ihm. Er nimmt mein Gesicht in beide Hände.

„Konzentriere dich auf meine Worte!", sagt er langsam.

Zögernd nicke ich.
„Konzentriere dich auf mich. Wiederhole jedes Wort in Gedanken nochmal. Denke nur an mich. Denke daran, wie wir bei Berta und Fred waren. Auf der Parkbank. Oder im Glashaus. Als wir einkaufen waren und ich dir zu höflich war", lacht er, „Ich mit Brille! Als wir im Kino saßen und das Popcorn einfach nicht hinbekamen. Und der Film! Der war echt Klasse! Vor allem das Ende."
Langsam werden die Stimmen leiser und ich höre nur noch Julian. Mit einer Hand greift er an meinen Hals und holt die Wolfskette unter meinem Pulli hervor.
„Wie ich sie dir in der Bibliothek geschenkt habe. Und du trägst sie immer noch", seine Augen fangen an zu leuchten. Sie tauchen die nähere Umgebung in ein wunderschönes Eisblau. Die Regentropfen reflektieren das Licht. Alle Wölfe starren uns an.
Julian lächelt breit und denkt an die guten alten Zeiten zurück. Nun sind die Stimmen vollkommen verschwunden. Meine Tränen versiegen.
„Verdammt", flucht er und schließt die Augen.
Julian hört man nicht oft fluchen, auch wenn es nur ein kleines „verdammt“ ist.

„Nein, deine Augen sind wunderschön", staune ich und er öffnet sie wieder.
„Hörst du sie noch?", versucht er vom Thema abzulenken.
„Gerade nicht... Danke."
„Stell dir einfach eine Wand vor, die die ganzen Stimmen aussperrt."
„Okay", sage ich immer noch fasziniert von seinen leuchtenden Augen.
„Du leuchtest", höre ich eine mir seit kurzem bekannte Stimme. Liam. Mein Vater.
Deutlich sichtbar verdreht Julian die Augen.
„Die Villa wird logischerweise bewacht. Um Elf tauschen die Wachmänner die Schicht. Das heißt wir sollten noch vor Elf hinein. Denn die Wachmänner sind dann schon müde und die Neuen munteren sind noch nicht da. Ich dachte wir greifen um halb Elf an und räumen die Wachmänner alle unauffällig aus dem Weg. Dann sollten wir problemlos in die Villa kommen. Mit dem Problem, dass darin vermutlich sehr, sehr viele Wölfe sind. Aber ich denke, dass sollten wir schaffen. Und während die anderen kämpfen und Rebecca und ihre Mutter suchen, wie heißt

sie noch gleich? Henna! Komischer Name. Naja egal, Tess du sagst du glaubst Mat ist im Kerker?"
„Ja, es führt eine ziemlich unscheinbare Treppe hinunter."
„Gut wir Drei und ein paar andere Männer werden Mat suchen. Sobald wir ihn haben. Verschwindet ihr!", schafft er an.
„Und was ist mit dir?", fragt Julian verwirrt.
„Du denkst doch nicht, ich werde meine Männer allein lassen. Gerade du als Prinz solltest es doch kennen. Oder sehe ich da etwas falsch?"
Julians Augen sind wieder normal. Schade.
„Nein, das verstehe ich. Einige von meinen Männern sind auch hi-", dann wird er von Liam unterbrochen, „Ja, aber du musst auf meine Tochter aufpassen! Sie ist wichtiger!"

# Kapitel 30

Keine Ahnung wer, aber jemand hat hier ein Zelt aufgeschlagen. Wo Julian und ich uns hineinsetzen. Es ist kalt, trotz meinem dicken Pulli.

„Hier!", Julian reicht mir einen Dolch.

„Was soll ich damit?", frage ich und drehe ihn in meiner Hand.

Es sieht sehr scharf aus mit dieser riesen Klinge.

„Damit du dich verteidigen kannst, wenn ich... wenn ich gerade nicht da bin. Kannst du damit umgehen?"

„Ähm... nö."

„Gut. Halte das spitze Ende einfach nur weg von dir. Und mir.", lacht er und gibt mir die schwarze Lederscheide.

„Ha. Ha. So viel weiß ich auch. Es hat doch was von einem riesen Küchenmesser."

Die Zeit vergeht nur langsam. Teilweiße höre ich wieder ein paar Stimmen, aber dann baue ich einfach in Gedanken eine riesengroße Wand. Und Puff weg sind sie. Die Nervosität steigt pro Minute um ein Vielfaches. Ich kann meinen Fuß nicht ruhig halten. Und meine Unterlippe ist bald blutig gebissen. Aber man merkt auch richtig, wie

nervös Julian ist. Er spielt mit einem Faden von seinem Pulli. Ja, er trägt ebenfalls einen schwarzen Pulli. Dieser Anblick ist mir am liebsten. Nur nicht so nervös.
„Was wünscht du dir zum Geburtstag?", diese Frage kommt so unerwartet aus dem Nichts, dass ich sie anfangs nicht verstehe.
„Was?"
„Du hast in anderthalb Wochen Geburtstag. Hättest du gerne irgendetwas?"
Meine Familie lebend. Mat lebend. Julian lebend.
„Nur Sachen die du mir nie geben kannst."
„Verstehe."
Die meiste Zeit schweigen wir. Ansonsten reden wir über ganz normale Dinge. Wetter. Politik (obwohl ich das meiste nicht verstehe, aber ich höre ihm einfach zu).
„Wie lief's mit Zoey?"
Er sieht auf das Kissen, auf dem er sitzt.
„Naja, anscheinend hat sie drei Zofen gebraucht umso aufgestylt für den Video Chat auszusehen."
„Oh, das ist ja kein Problem."
„Doch ist es."
„Wieso? An Zofen fehlt es im Schloss ja nicht unbedingt."

„Ja, aber allein, dass sie sie so viel geschminkt haben, die Haare so kompliziert hochgesteckt haben. Sie wirkte so unnatürlich. Wie ihr Charakter. Andauernd lachte sie gekünstelt, spielte mit einer herunterhängenden Haarsträhne und sie zwinkerte so abartig viel. Ich meine sie ist wirklich hübsch, gebildet und in allem einfach nur perfekt!"
„Was willst du mehr? Wenn sie doch perfekt ist", frage ich und es fällt mir ziemlich schwer das zu fragen.
„Ich will kein perfektes Mädchen. Ich möchte eine mit Ecken und Kanten. Die selbst noch einen Charakter hat und der das Protokoll einfach nur egal ist. Ich will ein natürliches Mädchen. So wie du es bist."
Der letzte Satz musste wirklich sein? Er macht mich nur noch nervöser. Was soll ich bitte jetzt antworten.
‚Tja, Pech gehabt, hättest du mich nicht abserviert?', wohl kaum.
Er sieht mich immer noch nicht an.
„Du musst jetzt nichts darauf sagen", sagt er und mir fällt ein Stein vom Herzen.

Es nieselt nur noch leicht. Ich sehe die beleuchtete Villa und die Häuser des Rudels dahinter. Das ganze Rudel lebt auf einem Fleck und bildet ein eigenes Dorf. Hat uns zumindest gerade Chris mitgeteilt.
„Die Abmachung gilt doch noch?", fragte er aufgeregt.
„Natürlich. Ich stehe zu meinem Wort."
Naja, das war vor gefühlten hundert Stunden aber vermutlich ist es erst eine viertel Stunde her. Gleich geht es los. Hinter uns stehen Wölfe. Viele Wölfe. Sehr viele. braune, schwarze, blonde...
Rechts von mir steht Julian. Links Liam. Hinter mir steht Chris mit zwei anderen Männern die er mir als Mark und Ric vorgestellt hat. Julian hält meine Hand. Sonst würde ich vermutlich wegrennen. Ich will das durchziehen, doch, aber... Wir gehen zu sechst hinein. Aber zu wievielt kommen wir wieder heraus?
Ich bin unkonzentriert und höre die Stimmen, aber diesmal nur leise.
„Warum machen wir das überhaupt?"
„Nur wegen der Kleinen?"
„Meiner Meinung nach reagiert sie völlig über."

„Sieh sie dir bloß an. Sie steht da wie ein verschrecktes Reh!"
„Und du würdest sie fressen!", lacht einer.
„Natürlich, sie ist nur ein kleines Mädchen."
Wut kocht in mir. Diese Unterhaltung wird ziemlich genau hinter mir geführt. Langsam drehe ich mich um und sage beinahe seelenruhig: „Hey Leute! Nur das ihr es wisst. Ich bin nicht irgendein kleines Mädchen. Ich bin Liams Tochter. Und ich kann euch hören. Also wenn ihr bitte diese Gespräche auf später verschieben könntet. Danke!"
Julian sieht mich schmunzelnd an. Liam starrt seine Uhr an.
„Es geht los! Mark, Ric, Chris los."
Die drei laufen als Menschen zu den Mauern. In ihren dunklen Gewändern verschwinden sie im Schatten. Besorgt sehe ich von Liam zu Julian und wieder zurück. Liam starrt weiterhin seine Uhr an. Julian sieht nur gedankenlos auf die Villa.
Minuten verstreichen. Mein Pulli ist schon völlig durchnässt. Meine Haare kleben an meinem Gesicht.
Ein Heulen ertönt!

# KAPITEL 31

„Sie haben es geschafft!", freut sich Liam und ein Teil der Anspannung fällt von ihm ab. Er dreht sich um zu seinen Wölfen. Und so viel ich weiß, ist das nur ein kleiner Teil seines Rudels.
„Also gut, Freunde! Es geht los. Ihr stürmt die Häuser des Rudels. Solange ich weg bin, übernimmt Tim die Leitung. Passt bitte auf euch auf! Lauft!"
Rechts und links laufen sie an uns Dreien vorbei. Wir laufen mit. An der Haustür treffen wir auf Chris, Ric und Mark.
Wir stehen vor der Tür, Ric hat die Hand auf die Klinke gelegt. Julian sieht mich eindringlich an.
„Bist du bereit?", fragt er und drückt meine Hand.
„Äh... ne. Los geht's!"
Ric drückt die Schnalle hinunter und die Tür geht problemlos auf. Anscheinend haben sie sie vorhin schon aufgeschlossen. Wir betreten das Gebäude und treten in den großen Saal von dem man überall hinkommt. Automatisch geht das Licht an. Von draußen höre ich Wolfsgeheule. Meine Lunge ist wie zugeschnürt. Tränen

brennen in meinen Augen, aber ich zwinkere sie schnell weg. Ich hoffe, Julian merkt nicht, wie meine Hände zittern.
Ich sehe die Treppe die zu Mats Schlafzimmer führt. Sie werden ihn wohl kaum im Schlafzimmer schlafen lassen? Oder? Schnell sehe ich auf die andere Seite und brauche zwei Blicke bis ich die kleine schwarze Treppe entdecke. Bei den schwarzen Wänden und Böden geht sie leicht unter.
„Dort hinunter!", sage ich mit zittriger Stimme und zeige auf die Treppe.
Ich gehe hin, aber Liam hält mich zurück. Er tritt vor mich und geht hinunter. Okay. Liam vor mir und Julian hinter mir. Dahinter Chris, Mark und Ric. Ich atme tief durch, damit ich bei Bewusstsein bleibe. Das letzte Mal, als ich hier war, trug mich Mat in sein Zimmer, da ich zu schwach war um zu gehen.
Kalte Steinwände bauen sich neben uns auf. Ein langer Gang folgt. Dort hinten liegt die Zelle, in der ich gefoltert wurde, bis ich ohnmächtig war. Bilder tauchen vor meinen Augen auf, die ich vergessen will. Bilder, die mit körperlichen und seelischen Schmerzen verbunden sind.

Nein, daran darf ich jetzt nicht denken. Hier irgendwo ist Mat! Liam sieht in die erste Zelle links. Ich gehe an ihm vorbei, ganz nach hinten.
„Tess! Bleib hier!", flüstert Liam in scharfem Ton. Aber ich muss einfach weitergehen. Bis ich stehenbleibe. Vor den Gitterstäben... weil ich nicht weiter kann. Sofort taucht Julian neben mir auf.
„Mat?", frage ich leise in die Finsternis.
Ich fühle mich als würde ich ein Stromkabel berühren, so zittrig, nervös und aufgeladen bin ich gerade.
„Hmmm", höre ich ein Knurren aus der Zelle.
DAS IST MAT!
„Mat! Ich bin's Tess! Halte durch! Wir holen dich hier raus!", schreie ich los und Tränen lösen sich aus meinen Augenwinkeln. Mark macht sich an dem Schloss zu schaffen und Sekunden später springt die Gitterstabtür auf. Sofort ohne weiteres Nachdenken laufe ich hinein. An der Decke hängt eine kleine Glühbirne und spendet nur sehr wenig Licht. In einer Ecke zusammengekauert sitzt ein Junge. Ein abgemagerter, bleicher Junge mit strahlend blauen Augen.
„Tess...", haucht er leise.

Ich laufe zu ihm, hocke mich und streiche über sein von Dreck verschmiertes Gesicht.
„Du lebst, Mat!"
„Tess... weg!", haucht er wieder nur leise und lässt den Kopf vor Erschöpfung hängen.
„Was?"
„Lauf... weg... schnell!"
„Aber... Julian! Hilf mir!"
Ich nehme die gefesselten Hände von Mat und versuche zittrig das Seil zu lösen. Aber ich bin zu aufgewühlt. Julian hockt sich neben mich und löst das Seil mit ruhiger Hand.
„Ahhhh!", höre ich quälende Schreie von draußen.
Schnell horchen wir auf. Wieder Schreie und dumpfe Kampfgeräusche.
„Wir müssen hier weg!", sagt Julian hastig und zieht Mat hoch.
Mats Knie geben nach und er droht auf den Boden zu fallen, doch Julian wirft ihn über die Schulter und geht Richtung Ausgang. Schnell atmend folge ich ihm. Die Kälte kriecht unter meinen Pulli und ich schaudere, als wir auf den Gang treten. Dort steht ein Wolf. Mark, Ric liegen verletzt auf dem Boden. Chris hinkt auf die Seite und

Liam. Wo ist Liam? Er muss einer der zwei Wölfe sein. Ich vermute stark der mit dem braunen Fell und nicht der mit dem schwarzen und den dunklen Augen. Das ist Rebecca! Automatisch weiche ich einige Schritte zurück bis ich an der Wand anstehe.
Sie! Sie hat meine Familie getötet! Einfach so! Aus reiner Lust und Laune! Und jetzt steht sie wieder als Wolf vor mir und knurrt. Aber noch schlimmer ist, dass ich ihre Stimme in meinem Kopf höre.
„Lasst Mat runter!", knurrt sie wütend.
Liam springt sie an, doch sie springt geschickt weg, sodass er gegen eine Mauer prallt.
„Was sagt sie?", fragt Julian mit glasigen Augen.
„Wir sollen Mat runter lassen."
„Du kannst mich verstehen? Umso besser! Ihr lasst Mat da wo er sein sollte! Er hat seine Strafe verdient. Also. Lasst. Ihn. Runter. Sofort!"
Liam greift sie wieder an und diesmal ist sie zu spät. Sie kämpfen miteinander. Dafür beschlagnahmen sie den ganzen Gang. Es gibt keine Möglichkeit an ihnen vorbei zu gelangen, ohne verletzt zu werden. Chris taucht neben mir auf.

„Ist das alles, alter Mann?", schreit Rebecca in meinem Kopf als Liam wieder gegen eine Wand prallt. Ich dachte Liam ist ein Alpha-Tier? Rebecca aber auch. Ein Windstoß bläst meine Haare zurück. Eine große, schlanke Frau mit langen, glatten, natürlich schwarzen Haaren kommt langsam die Treppe herunter. Ihre schwarzen bösartigen Augen durchbohren mich mit ihrem Todesblick. Oder ist es nur ein Lächeln? Henna Sun. Mutter der Zwillinge.
„Rebecca! Lass doch unsere Gäste in Ruhe! Noch!", lacht sie und sieht wieder zu mir, „Tess."
Sie spricht meinen Namen so aus, als wäre ich der Dreck unter ihren Füßen.
„Ach Tess...Wenn ich dir sage, du sollst meinen einzigen Sohn in Ruhe lassen und verschwinden, ohne dass jemand", sie sieht zu Ric und Mark, „fast niemand zu Schaden kommt. Gehst du?"
„Nicht ohne Mat!"
„Dachte ich mir schon. Becca. Schnapp sie dir!"
Alles was jetzt geschieht, bekomme ich so gut wie nicht mit. Rebecca beißt Chris, der schreiend auf den Boden fällt, dann greift sie Julian an. Doch Liam spring zwischen

sie. Allerdings verliert Julian mit Mat auf der Schulter das Gleichgewicht und fällt. Mat liegt regungslos da und Julian stemmt sich mühsam hoch. Ich laufe zu Mat. Er atmet flach. Sein Puls geht langsam. Kalter Schweiß steht auf seiner blassen Stirn.

„Mat! Du darfst nicht sterben", sage ich leise und lege meine Hände auf sein fiebriges Gesicht. Ich bin so auf Mat konzentriert, dass ich erst merke, dass Liam verletzt daliegt und ein zweiter schwarzer fremder Wolf hinter Henna aufgetaucht ist. Er springt Julian an. Der schnelle Prinz verwandelt sich und weicht dem Angriff aus.

Ric, Mark, Chris und Liam sind verletzt. Mat stirbt mir hier langsam weg. Julian kämpft gegen irgendeinen Wolf, den ich nicht kenne. Und ich? Ich kauere hier bei Mat und heule. So stellt man sich die tapfere Heldin in jedem Buch vor... Langsam kommen die schwarzen Augen näher. Kälte und Angst lässt meinen Körper beben. Rebecca.

„Ich bringe dich um, du kleines Miststück! Du hast alles zerstört!", schnauft sie und fletscht die scharfen Reißzähne. Ich blicke mich hektisch um, womit kann ich uns verteidigen? Hier ist einfach nichts. Nur verletze, vor Schmerzen stöhnende Körper. Rebecca geht langsam auf uns zu und schleckt sich andauernd über ihre Zähne. Ich sehe zu Julian, der seinen Angreifer in das Bein beißt. Dieser geht heulend zu Boden. Dann springt er zu Rebecca. Alpha gegen Alpha. Aber wo ist Henna? Ist sie dieser andere Wolf? Nein, sie hätte sich nicht so schnell geschlagen gegeben.

Gerade als ich mir das gedacht habe, kommt ein riesiger schwarzer Wolf mit Augen herein, die düsterer sind als ein nebeliger Abhang. Dunkler als eine sternenlose Nacht. Rachsüchtig, weil wir ihren Sohn umgebracht haben.

Alles geht so schnell, dass ich einfach nicht mitkomme. Henna schnappt sich Mat relativ sachte für einen Werwolf und legt ihn in das Gefängnis. Ungläubig starre ich sie an. Dank der Angst kann ich mich nicht einen Millimeter bewegen. Becca drängt Julian ebenfalls in die Zelle und zu Viert stehen sie dort drinnen. Die Gittertür geschlossen. Warum haben sie sich selbst eingesperrt? Das ist völlig unlogisch? Und ich bin hier heraußen. Aber Julian und Mat sind da drinnen.

„Tess. Du hast die beiden lange genug zappeln lassen. Entscheide dich für einen. Den lassen wir frei. Wir lassen

euch flüchten. Den anderen bringen wir um", höre ich Hennas Stimme ruhig sagen.
Unfassbar starre ich sie an, während meine Nase läuft und die Tränen kein Ende sehen.
„Das... kann ich nicht!", stottere ich schwer atmend.
„Dann bringen wir eben beide um!", schlägt Rebecca vor.
„Hilf Mat! Er braucht dich!", höre ich Julians Stimme in meinem Kopf.
Mat ist krank, er braucht Hilfe.
Julian kann nicht gegen zwei Alpha-Wölfe gewinnen.
Mat ist ein sehr attraktiver Mann.
Julian ist ein sehr attraktiver Prinz.
Mat ist vermutlich aufregender.
Julian muss sich an das Protokoll halten.
Mat hat zwei Seiten. Die gefühlskalte Mörderseite und die sentimentale, liebevolle Seite.
Julian kann sich nicht gut gegen seinen Vater stellen.
„Tick. Tack. Die Zeit läuft ab, sonst sterben beide!"
„Du bringst doch nicht deinen Sohn um!", schreie ich.
„Er ist nicht mehr mein Sohn! Er ist ein Verräter! Sag mir jetzt einen Namen oder sie sterben beide!", schreit sie ungeduldig und mein Kopf droht dabei zu explodieren.

Julian? Mat? Für wen soll ich mich entscheiden? Ich kann es nicht!

Die Gittertür springt auf und ich höre nur Wolfsgeheule. Ein brauner Wolf mit grünen Augen überrascht Henna und Rebecca. Der geschwächte Prinz nutzt die Situation aus und verteidigt sich.

Was geschieht hier?

Liam. Mein Vater. Ich dachte, er wäre verletzt?

„Haut ab!", höre ich Liam in meinem Kopf brüllen.

Ich laufe zu Mat und versuche nicht in das Wolfsgemetzel zu gelangen. Ich schleife ihn mühsam hinaus auf den Gang. Aber er ist verdammt schwer, oder ich so schwach...

Auf einmal steht Julian als Wolf vor mir und legt sich auf den Boden.

„Rauf mit euch!"

Ich sehe zurück zu Liam. Ein schwarzer Wolf liegt verletzt am Boden, kämpft sich aber mühsam hoch.

„Was ist mit Liam?", frage ich ihn.

„Wir treffen uns im Schloss! Lauft!", schreit mein leiblicher Vater.

Ich setze mich auf Julian und schleife Mat vorsichtig hoch. Mat liegt quer auf dem Bauch vor mir. Kaum "sitzen" wir läuft Julian schon los. Er schleicht vorbei an Chris, Ric und Mark. Er rennt die Stufen hoch und hinaus aus der schwarzen Villa hinaus in die dunkle, kalte Nacht.

# KAPITEL 32

„Könntest du das bitte lassen?", bittet Julian mich völlig fertig.

Nervös höre ich auf, im Raum herumzulaufen und setze mich neben Julian. Ich ziehe die Füße vor meinen Bauch und lege meinen Kopf auf die Knie.

Julian legt seine Hand auf meine Schulter.

„Jetzt weißt du. wie es mir gegangen ist als du da drin warst. Du hast es geschafft und er wird es auch schaffen."

Mat liegt einen Raum weiter und keine Ahnung, was sie da drinnen mit ihm machen. Operieren? Oder auch nicht. Ich weiß nicht. Er ist fast tot! Als wir vor drei Stunden hier im Schloss ankamen hat er nur noch ganz flach geatmet, beziehungsweise hat er auch Atempausen eingelegt. Man kann sich vorstellen, wie ich ausgetickt bin. Seitdem sitze ich hier neben Julian oder laufe nervös durch den Raum.

Der König begrüßte uns mit hoffnungsvollen Blicken, aber wir konnten ihm noch nicht sagen, wie viele gestorben waren. Wir wussten es nicht. Also bleiben wir hier und-

„Wie geht es ihm?", schreie ich, hüpfe vom Sessel auf, wobei ich beinahe niedergefallen wäre, und renne auf den Arzt zu.
„Tess", er sieht hilfesuchend zum Prinzen, immerhin weiß er ja nicht ob er es mir sagen darf, Julian nickt nur, „Also gut. Er hat schwere innere Verletzungen erlitten. Sein Zustand ist... kritisch. Wir haben ihn in ein künstliches Koma versetzt, damit sich sein Körper nicht so plagen muss und wir ihn besser behandeln können."
Diese Worte treffen mich mitten ins Herz.
„Aber er wird wieder?", frage ich leise darauf konzentriert nicht in Tränen auszubrechen.
„Es kommt darauf an wie sein Körper auf die Behandlung reagiert."
„Er heilt doch von selbst?"
„Aber nur bis zu einem gewissen Verletzungsgrad. Und über den ist er weit hinaus. Wir geben unser Bestes", sagt er leise, nickt Julian noch einmal zu und verschwindet. Mit Tränen in den Augen sehe ich ihm nach. Völlig benommen gehe ich hinaus und verlasse die Krankenstation.
„Tess! Was hast du vor?", ruft Julian und läuft mir nach.
„Lass mich allein."

„Nein!"

Ein Träne rollt über meine Wange, gefolgt von unzähligen weiteren.

„Lass mich allein!", schreie ich ihn an.

Völlig geschockt bleibt er stehen. Aber ich gehe weiter. Ich steige die Treppen hinab und gehe in den Garten. Der Himmel ist wolkenverzogen. Die frischen, grünen Blätter auf den Bäumen rascheln im kalten Frühlingswind. Ich gehe und bleibe bei einer Steinbank stehen. Aber ich setze mich nicht darauf. Ich setze mich in das taunasse Gras und lehne mich an die Bank. Die aufgehende Sonne lässt die Wolken leicht orange wirken. Wie spät ist es jetzt? Fünf Uhr früh? Kommt hin.

Mat wird sterben.

Chris ist... keine Ahnung verletzt oder tot.

Ric und Mark ebenfalls.

Und Liam? Er ist mein Vater. Wir haben ihn allein mit zwei Alpha Wölfen gelassen. Das kann er nicht überlebt haben. Er ist der Einzige aus meiner Familie, der noch lebt. Lebte.

Wer weiß, wie viele aus dem Rudel gestorben sind?

Und alles nur wegen mir! Weil ich so naiv war und mich in den Feind verliebt habe...
Ich sitze hier, hänge meinen beschissenen Gedanken nach und starre auf die Bäume.

„Ich will allein sein."
Jemand lässt sich neben mich auf das Gras sinken.
„Schade, ich dachte ich könnte dich ein bisschen ablenken", höre ich eine andere Stimme als vermutet. Schnell drehe ich meinen Kopf und falle der Person um den Hals.
„Oh, Gott! Liam du lebst!", schreie ich.
„Was dachtest du denn?"
„Was ist mit... Rebecca und Henna?"
„Henna ist tot. Rebecca ist schwer verletzt. Ich weiß nicht ob sie es überlebt. Aber sie ist wütend. Sehr wütend."
„Und Chris?"
„Ach der wird schon wieder. Ric auch nur Mark ist... er hat es nicht geschafft."
„Tut mir leid. Wie viele sind denn... gestorben?"
„Von meinem Rudel Zehn. Vom König Fünf. Von Henna viele. Sehr viele."

„Okay...", sage ich traurig.
„Ich muss zum König. Du solltest mitkommen. Wie hat er eigentlich darauf reagiert, dass du meine Tochter bist?"
„Ich weiß nicht, ich habe das Gefühl, er schätzt mich mehr. Wieso?"
Er lacht nur und gemeinsam gehen wir hinein.
Wir betreten das "Wohnzimmer" vom Schloss. Ich war noch nicht oft hier. Zweimal. Einmal, weil ich Julian gesucht habe und einmal, weil Julian mich mitgenommen hat.
Einer der Pinguine öffnet die Tür. Die Angestellten vom Schloss haben sich nicht verändert. Sie sehen einfach aus wie Pinguine.
Der König sitzt mit einer Zeitung auf der Couch und sieht uns, nein Liam, ungläubig an.
„Hey Max!", sagt Liam locker und diesmal starre ich ihn ungläubig an.
Max?
„Liam? Du bist hier? Wow! Hey, wie geht es dir? Habt ihr sie abgeschlachtet?", der König steht auf und umarmt Liam. So eine typische Männerumarmung eben.

„Ja, ich wollte doch nach meiner Tochter schauen", sagt er und legt den Arm um mich, „Sie werden auf jeden Fall nicht mehr in der Lage sein dich oder mich anzugreifen."

„Ihr kennt euch?", frage ich und schaue von Liam zum König.

Wir setzten uns auf die Bank. Ich habe den König noch nie so lange lächeln gesehen.

„Ja, Tess. Damals als ich hier war und deine Mutter kennenlernte, arbeitete ich im Schloss."

„Naja arbeiten kann man das nicht nennen", lacht der König.

Er lacht!

„Gut, ich bin ursprünglich hergekommen um das Rudel von Max auszuspionieren. Gearbeitet habe ich im Schloss in der Brief-Abteilung. Dort bekommt man so einiges mit. Irgendwann schöpfte Max allerdings Verdacht und ich erzählte ihm alles."

„Einfach so?", frage ich und denke daran, wie Julian Sebastian foltern mußte, damit er nur das sagt, was er zu sagen hat.

„Mehr oder weniger. Mit ein bisschen Boleit... Wir freundeten uns jedenfalls an. Im Endeffekt war er hier mein bester Freund. Hier im Schloss lernte ich auch deine Mutter kennen, Tess. Sie war aber schon verheiratet. Wir trafen uns heimlich. Dabei bist dann auch du entstanden. Sie hat sich aber dann gegen mich entschieden. Ich war sehr verletzt und bin wieder zurückgegangen. Irgendwann hat der Kontakt zu Max aufgehört. Und dann kamst du. Meine Super-Werwolfs-Gen - Tochter."

„Ja, dank Liam musste Sophia auf ihre Lieblingszofe verzichten. Und das mit dem Baby", meint König Maximilian.

Stimmt. Julian ist ein Jahr älter als ich, dann bekam meine Mutter mich und da konnte sie schlecht arbeiten.

„Wo ist Julian jetzt?", frage ich eher an den König gerichtet.

„Ich weiß nicht. Seit du gekommen bist, ist er immer irgendwo. Nur nicht bei seiner Arbeit", meint der König ernst.

„Als er mich in Empfang genommen hat, ging er gerade etwas aufgelöst aus der Krankenstation."

„Oh... daran bin wohl ich schuld. Ich muss ihn suchen!", damit verschwinde ich.

Ich laufe zu seinem Zimmer doch die öffnet nur Patrick sein Kammerdiener. Ich suche auf der Krankenstation. Aber da ist er nicht. Niemand ist hier in der Nähe. Ich gehe leise zu der Tür hinter der Mat liegt und drücke die Klinke hinunter. Hier ist es dunkel. Es steht ein Bett mitten im Zimmer, daneben piepende Geräte. Und auf dem Bett liegt Mat. Er ist bleich, mager. Über seinem Mund und der Nase ist eine Atemmaske. Überall sind Schläuche. Dieser Anblick erfüllt mich mit Trauer. Angst. Es kann sein, dass er die Nacht nicht überlebt. Es kann sein, dass es ihm morgen besser geht. Alles kann passieren.

Ich nehme seine kalte Hand und streiche unbewusst mit dem Daumen kleine Kreise auf seine Handfläche.

„Hey Mat. Ich bin's Tess. Ich weiß nicht, ob du mich hören kannst... Du schaffst das. Du darfst nicht sterben! Es tut mir alles so unfassbar leid. Bitte kämpf weiter."

Von draußen höre ich Stimmen.

„Ja, ich werde gleich nach Mat sehen ich muss nur noch die Medikamente herrichten."

Ich sehe auf Mat, wie hilflos er hier liegt.

„Du schaffst das!"

Sobald die Stimme weg ist, laufe ich unauffällig aus der Krankenstation hinaus.
Wo ist Julian nur? Oh! Ich weiß es!
Schnell laufe ich die Treppen hinauf. Gehe um einige Ecken und gehe noch mehr Stufen hinauf. Leise öffne ich die Tür und der Geruch von alten Büchern erfüllt meine Nase. Ich sehe hinauf und dort sitzt er. Leise steige ich die letzten Stufen der alten Bibliothek hinauf und setze mich wortlos neben Julian auf den Boden.
„Hallo", begrüße ich ihn leise.
„Hey."
Er starrt aus dem Fenster. Das letzte Mal, als wir hier waren, hat er mir die Halskette geschenkt. Unbewusst greife ich zu meinem Hals. Ich trage sie immer noch. Dieser kleine silberne Wolf mit einem Saphir als Auge. Wie Julian. Wunderschön. Inzwischen ist die Sonne ganz aufgegangen... allerdings wird sie von den Wolken verdeckt.
„Julian... es tut mir leid. Ich... wollte dich nicht anschreien. Ich war nur so..."
„Schon okay... Ich weiß, wie man sich fühlt, wenn einem gesagt wird, die Person die du liebst überlebt vielleicht

nicht. Mir ging's mit dir genauso", sagt er leise und sieht mir in die Augen.
„Wie... wie bist du damit zurechtgekommen?", frage ich und unterdrücke meine brennenden Tränen.
„Gar nicht. Ich war eine reine Zeitbombe. Und irgendwann ging ich hoch. Ich hab's dir nie erzählt. Ich verbrachte den ganzen Tag vor deinem Zimmer. Irgendwann kam mein Vater und meinte, ich solle dich vergessen und mich wieder der Arbeit widmen. Boom! Die Bombe explodierte."
„Was hast du gemacht?"
„Ich hätte dich am liebsten geschnappt und wäre mit dir abgehauen. Aber dir würden die Medikamente fehlen. Also schrie ich ihn heulend an... Er meinte ich solle mich beruhigen. Das konnte ich allerdings nicht. Ich spürte das Tier in mir und bin so schnell ich konnte aus dem Schloss. Als Wolf bin ich durch die Wälder gerannt und versuchte mich zu beruhigen. Da war eine Landstraße und ein LKW. Beinahe hätte er mich erwischt. Er bremste und wich mir aus, dabei ist der Anhänger umgefallen. Der Mann hat es nicht überlebt. Weißt du? Menschen töten, aus Notwehr

okay... aber ich war einfach nur dumm und leichtsinnig. Er könnte noch leben..."

Warum hat er es mir nie erzählt? Ich lehne meinen Kopf an seine Schulter und er legt den Arm um mich.

„Ich vermisse dich Tess!", flüstert er leise.

So leise, dass ich mir nicht einmal sicher bin, ob er es wirklich gesagt hat.

„Hätte Rebecca mich gleich umgebracht, dann wäre all dies nie geschehen."

Seine Hand streicht über meinen Arm. Gänsehaut breitet sich auf meinem Körper aus.

„Nein, denn dann hätte ich dich nie kennengelernt."

# Kapitel 33

2 Wochen später:

Ich bin ein reines Nervenbündel! In zwei Tagen ist mein Geburtstag! In zwei Tagen! Nervös laufe ich schon Löcher in den Boden als die Tür aufgeht und Anna hereinkommt.
„Tess. Mat möchte dich sprechen."
Das lasse ich mir nicht zweimal sagen. Ich mache mich auf den Weg in die Krankenstation.
Mat... nach drei Tagen war er außer Lebensgefahr. Nach fünf Tagen erwachte er aus dem Koma. Nach zehn Tagen konnte er allein aufstehen und jetzt 14 Tage später?
„Hey!", sage ich und setzte mich neben ihn auf die Bettkante, „Anna meinte du willst mit mir reden?"
Er atmet langsam aus und nimmt dann meine Hand.
„Es gibt zwei Sachen, die ich dir sagen möchte. Erstens: Es tut mir leid. Alles was ich damals im Wald gesagt habe, bevor sie mich wieder zurück geschleppt haben, tut mir furchtbar leid."
„Schon gut... ich war ja auch nicht gerade einfach. Es tut mir leid, dich als Monster bezeichnet zu haben und dass ich einfach weggelaufen bin", ich war jeden Tag bei ihm.

Egal wie schlecht es ihm ging. Ich habe ihm alles erzählt, von Liam angefangen bis zum Angriff. Und seiner toten Mutter. Es hat mich nicht gewundert, dass es ihm egal war. Bei dem, was sie ihm angetan hat.... Zum Glück ist es jetzt vorbei.

„Vergeben und Vergessen. Und Zweitens...: Ich wurde heute entlassen... du weißt, was das heißt?"

Und wie ich es weiß.

„Mat...", ich stehe auf und stelle mich vor ihn. Ich sehe auf ihn hinunter.

„Tess, es geht nicht anders. Ich werde weggehen. Weit weg. In ein anderes Land. Vielleicht ein anderer Kontinent? Das können wir uns noch ausmachen."

„Wir?", frage ich und meine Stimme bricht ab.

„Ich wollte dich fragen, ob du mitkommst."

Mit Mat weggehen? Was wird aus Julian? Julian und ich hatten die letzten zwei Wochen viel Spaß. Auch wenn es blöd klingt, weil ja Mat um sein Leben gekämpft hat. Aber er hat mich abgelenkt. Wir haben uns Filme angesehen. Sind spazieren gegangen. Er hat mir viel über meine baldige erste Verwandlung erzählt. Er war mit mir bei Berta und Fred. Wir hatten Spaß!

Aber es ist Mat!

„Du kannst nicht gleich eine Antwort verlangen...", jammere ich leise.

Nun steht auch er auf und ich muss zu ihm aufsehen.

„Tess... seit ich dich kennengelernt habe, wusste ich nie, ob ich es bin oder das Prinzchen. Selbst dann nicht, als du mich geküsst hast. Ich weiß, du empfindest etwas für Julian... aber ich kann nicht mehr auf deine Antwort warten! Damals, wie ihr mich da rausgeholt habt. Hat dich meine Mutter gefragt, wen du retten willst. Julian oder mich? Es war reines Glück, dass Liam aufgekreuzt ist. Aber was, wenn nicht? Hättest du uns beide sterben lassen? Für wen hättest du dich entschieden?"

„Ich... kann nicht!"

„Du musst!", wird er lauter, „Tess, du weißt nicht, wie es ist auf jemanden zu warten, der vermutlich nie kommt!"

Ich kann mich nicht jetzt entscheiden. Wenn ich mich für den einen entscheide, verliere ich den anderen.

„Mein Taxi kommt in einer Stunde. Du hast genug Zeit um zu packen. Entweder du reist mit mir ab oder du bleibst beim Prinzchen! Du musst dich entscheiden. Eine Stunde!"

Eine Träne rollt mir über die Wange, aber ich wische sie schnell weg.
„Das kannst du von mir nicht verlangen!"
„Ich weiß, ich kann dir nicht so viel bieten wie das kleine Prinzchen! Ich bin nicht stinkreich. Nicht mehr. Aber bei mir bist du sicher. Du musst bei mir nicht ins Fernsehen! Du musst bei mir nicht perfekt wirken oder dich an das Protokoll halten! Wir machen unsere eigenen Regeln. Wir können weit weg unser Leben führen. Unsere eigene kleine Familie gründen. Das hast du alles beim Prinzchen nicht! Du wirst immer der Öffentlichkeit ausgesetzt sein!"
Er hat Recht! Das ist doch alles, was ich mir immer gewünscht habe!
„Wieso machst du Julian immer runter?"
„Ach komm schon...", lächelt er schief.
„Nein, wirklich! Er hat nie ein schlechtes Wort über dich verloren. Er wollte damals, dass ich dich rette!"
Seine Augen werden groß.
„Das wollte er?"

Noch eine viertel Stunde! Dann kommt das Taxi für Mat. Und ich weiß nicht was ich machen soll? Mat oder Julian?

Julian oder Mat? Öffentlichkeit gegen Privatsphäre? ICH WEIß NICHT!
Anna sagte gar nichts dazu. Sie weiß ja auch nur die halbe Wahrheit.

Die Wachen öffnen mir das Haupttor. Dort steht ein grünes Taxi, Mat lehnt sich dagegen und wartet. Auf mich. Entweder ich verabschiede mich jetzt, oder ich steige ein und fahre mit. Ich weiß nicht, wie oder wann, aber ich habe meine Entscheidung getroffen. Der Wind weht mir die Haare ins Gesicht, sodass ich Mats Gesichtsausdruck nicht sehen kann. Ich stelle mich vor ihn.
„Und? Kommst du mit?", in sciner Stimme klingt so viel Trauer und Sehnsucht mit, dass ich gleich zu heulen anfange. Aber ich reiße mich zusammen. Ich versuche es zumindest.
„Mat... du bist wirklich toll! Du hast mir so sehr geholfen! Die Öffentlichkeit ist nichts für mich. Damit hast du vollkommen Recht! Einer meiner größten Wünsche war es immer irgendwo einen tollen Mann wie dich zu finden und meine eigene Familie zu gründen. Mit Julian... wäre das alles komplizierter. Er ist immerhin der Prinz von Flow.

Jeder will über ihn Bescheid wissen. Also auch über mich. Das Protokoll... oh Gott. Echt blöd. Nett gesagt. Das alles wäre bei dir nicht."

Ich lege meine Hand in seinen Nacken und stelle mich auf die Zehenspitzen. Bis sich unsere Lippen berühren. Er erwidert meinen Kuss. Eine Träne rollt mir über die Wange. Mit seinem Daumen streicht er sie weg.

„Sag es nicht!", bittet er mich mit glasigen Augen.

Ich hebe meinen Kopf und sehe in seine eisblauen Augen. So schön, aber ganz anders als die von Julian.

„Es tut mir leid!", weine ich ganz leise.

Mit Mat wäre das Leben leicht.

Mit Mat wäre ich irgendwo glücklich geworden.

Mat wäre perfekt.

Wäre dieses Wörtchen „wäre" nicht.

„Bist du dir ganz sicher?", sagt er mit zittriger Stimme und streicht mit seiner Hand über meine Wange.

„Mat, du bist für mich da gewesen als ich dich gebraucht habe! Dafür bin ich dir sehr dankbar! Wirklich! Aber es war immer Julian und er wird es immer bleiben."

„Ich werde dich nie wieder sehen?"

Wortlos schüttle ich den Kopf. Er geht ohne ein Wort von mir weg und steigt in das Taxi.
Das war es?
Er streckt den Kopf aus dem Fenster.
„Ich habe dich aufrichtig geliebt Tess. Danke! Du hast mich wieder Gefühle empfinden lassen. Ich hoffe wirklich, du und Julian werdet glücklich! Mach's gut!"
Dann verschwindet sein Kopf hinter der Glasscheibe und das Auto setzt sich in Bewegung. Ich bleibe wie angewurzelt stehen und sehe ihm nach. Auch als das Auto schon längst hinter den Bäumen verschwunden ist. Ich bin traurig. Aber irgendwie auch nicht. Ich bin erleichtert. Aber stehe da wie ein Stock. Das Tor hinter mir geht auf und ruckartig drehe ich mich um.
„Tess!", schreit Julian und stürmt auf mich zu.
Er nimmt mich in den Arm und sagt: „Anna hat es mir gesagt. Ich dachte, du bist weg. Ich dachte, ich sehe dich nie wieder!"
Ich schlinge meine Arme um ihn und meine glücklich: „Ich bleibe. Ich habe mich entschieden. Ich werde immer bei dir bleiben!"

Buchstäblich strahlend sieht er mich an. Seine Augen leuchten. Sein Gesicht ist dem meinem so nah. Mein Prinz beugt sich vor und küsst mich. Vorsichtig, zärtlich jedoch wild und voller Leidenschaft. Es ist so anders als mit Mat. Ich fühle die Schmetterlinge in meinem Bauch. Mein Herz, das denkt es wäre einen Marathon gelaufen. Mein Gehirn, das auf Pause gedrückt hat.

„Ich liebe dich!", murmle ich nach Luft ringend.

„Ich liebe dich viel mehr!", flüstert Julian und küsst mich wieder.

Hand in Hand gehen wir zurück ins Schloss. Das wirklich Abartige ist, obwohl ich gerade Mat verlassen habe, kann ich einfach nicht aufhören zu grinsen.

„Gut, das wäre gemacht. Aber der wirklich, wirklich schwierige Teil folgt noch", sagt Julian und grinst mich schief an, „Wir müssen es meinem Vater sagen!"

„Oh Gott!"

Das ist wirklich schwer! Wir gehen in das Wohnzimmer, woraus wir schon Gelächter hören. Liam ist immer noch hier. Anscheinend gefällt es ihm in Flow. Er und König

Maximilian haben Einiges nachzuholen. Ich höre aber auch Königin Sophia und Nicole.
„Nein! Wirklich! Das ist so geschehen!", beteuert Liam und alle anderen lachen.
Der Pinguin verbeugt sich und lächelt leicht als er unsere ineinander verschränkten Finger sieht.
Er öffnet uns die Tür und das Gelächter verstummt. Wir treten ein und sie sehen uns an. Die Königin und die kleine Prinzessin lachen uns an. Liam sieht zuerst verwirrt aus, doch dann grinst er breit. Der Einzige der uns mies betrachtet ist der König.
„Julian? Was soll das?", fragt er streng und Liam verdreht die Augen.
„Ich hab's dir doch gesagt!", sagt mein Vater und sieht zum König.
Was gesagt?
„Julian? Tess? Habt ihr etwas zu sagen?", fragt Königin Sophia freundlich.
„Tess und ich", Julian sieht zu mir und grinst breit bevor er sagt, „Wir sind nun offiziell zusammen."
Nicole springt auf und applaudiert und auch die Königin ist glücklich.

„Was ist mit diesem Mat Sun?", fragt der König mit strenger Miene.
„Er ist weg!", sage ich mit fester Stimme, obwohl es mir schwer fällt.
Liam steht auf und nimmt mich in den Arm. Wir haben uns in den zwei Wochen gut kennen gelernt. Und unter diesen Umständen meiner Familie bin ich froh, ihn meinen leiblichen Vater nennen zu können. Aber ich werde nie Papa zu ihm sagen! Nie!
„Hast du dir das alles gut überlegt?", flüstert er in mein Ohr.
„Ja! Ich habe auf mein Herz gehört!"
„Dann freue ich mich sehr für euch!"
Anders als erwartet kommt der König nicht zu Julian sondern zu mir.
„Wieso Julian?"
Ich bin mir sicher, es gibt nur eine richtige Antwort.
„Es wäre doch für Sie politisch ein Vorteil. Als Tochter von Liam. Die Rudel werden sich nicht mehr gegenseitig umbringen wollen."

Julian hat mir letztens erzählt, dass häufig tote Werwölfe an der Grenze gefunden werden. Dies wird durch mich hoffentlich verringert.
König Maximilian lächelt mich an und hält mir die Hand entgegen.
„Du kommst nach deinem Vater. Willkommen in der Familie. Du hast noch einiges über das Protokoll zu lernen. Julian das ist deine Aufgabe! Sieh zu, dass sie keine Fehler macht!", sagt er nett aber bestimmend, „Ach ja, Julian! Auf ein Wort!"
Julian sieht mich leicht besorgt an und dann gehen sie hinaus.

# KAPITEL 34

Anna ist auf und ab gehüpft als ich es ihr gesagt habe.
„Ich bleibe Ihre Zofe!", schrie sie durch das ganze Zimmer, bis ich sie dann schließlich weggeschickt habe. Ich mag es nicht, wenn mir jemand beim Schlafen zusieht.
Ich liege in meinem Bett. Denke an Übermorgen. Meinen Geburtstag. Der Tag meiner unkontrollierten Verwandlung.
*Klopf, klopf.*
Julian steckt seinen Kopf herein und lächelt. Immer noch! Auf Zehenspitzen huscht er zu mir ins Bett und kriecht unter die Decke.
„Darfst du das überhaupt?", frage ich belustigt und drehe mich zu ihm.
„In letzter Zeit habe ich gegen so viele Regeln verstoßen, da kommt es auf einen nächtlichen Ausflug nicht mehr an", lacht er und steckt mich damit an, „Du glaubst nicht wie glücklich ich bin!"
Und ich erst! Immerhin liegt neben mir ein superscharfer Prinz der mich liebt.
„Doch, ich glaub es dir!"

Er rückt ein Stück näher zu mir und streicht mit seiner Hand über meine Wange und über meine Lippen.
„Nein, das glaube ich nicht!", lächelt er und küsst mich.
Und ob ich es weiß! Denn ich fühle genauso! Glücklich erwidere ich den zärtlichen Kuss.
Julian rollt sich auf mich. Seine leuchtenden Augen tauchen das Zimmer in ein weiches Saphirblau.
„Ich liebe dich!", flüstert er und küsst mich erneut. Leidenschaftlich. Wild. Atemberaubend.
Ich lege meine Hand auf sein Herz. Es schlägt im Gleichtakt mit meinem. Stark und schnell.
Meine Hand gleitet unter sein Shirt. Jetzt spüre ich sein Herz noch deutlicher. Die Muskeln spannen sich unter meiner Handfläche an. Julian zieht scharf Luft ein und ich grinse ihn deshalb breit an. Julian setzt sich auf und zieht das störende Shirt aus. Ich genieße den Anblick. Dann macht er sich auch an meinem Shirt zu schaffen. Bis es leise auf dem Boden fällt. Ich spüre seine Hände auf meinem Bauch. Seine Lippen auf meinem Hals. Bis sie wieder zurück zu meinem Mund finden. Ich lasse meine Hände über seinen Rücken streichen, bis sie am Gummibund seiner Jogginghose angekommen sind. Der

Stoff ist weich und samtig. Ich streiche über den Bund bis zu seinem Bauch. Julian atmet tief durch.
„Das ist keine gute Idee!", sagt er leise und ringt um Beherrschung.
„Mir gefällt die Idee!", flüstere ich und küsse ihn.
Erst erwidert er den Kuss, dann weicht er aber zurück.
„Du machst es mir echt schwer!", lacht er und atmet tief durch.
„Was ist denn?"
„Es ist nicht gut! Nicht vor deiner Verwandlung! Ich könnte dich verletzen."
Er legt sich wieder neben mich und strahlt mich förmlich an. Nein wirklich, er strahlt. Seine Augen. Seine wunderschönen eisblauen Augen.
„Verletzen?"
„Die Augen sind nicht das einzige... Sie sind der Anfang. Ich könnte dich beißen. Nicht mit diesen Zähnen sondern mit den Wolfszähnen. Ich könnte mich verwandeln und glaub mir als Mensch möchtest du nicht mit einem Wolf knutschen. Abgesehen davon, verstößt es gegen ein Gesetzt. Denn eigentlich sollten wir genau aus diesem Grund nicht mit Menschen schlafen."

„Und Liam?"
„Versteh das bitte nicht falsch, aber ich denke, er hat in diesem Bereich mehr Erfahrung als ich. Deine Mutter war bestimmt nicht die erste menschliche Frau. Mit der Zeit kann man es besser kontrollieren."
Ich weiß, was er meint. Und ich denke, er hat recht.
„Du würdest mich nicht verletzen!"
Er sagt nichts darauf. Nein, er legt dem Arm um mich und ich bette meinen Kopf auf seine Brust. Sein gleichmäßig schlagendes Herz unter meinem Ohr. Lange liegen wir so da, bis mich der Schlaf einholt.

Gestern Abend sind Julian, Liam und ich in ein Haus im Wald gefahren. Das geheime Versteck der Königswölfe! Ich weiß, dass ich um 14:18 geboren bin. Da sollte die Verwandlung beginnen. Falls die Uhrzeit allerdings falsch ist, sind wir schon hier im Wald... wo ich keine Menschen töten kann.
„Tut es sehr weh?", frage ich die beiden die mir gegenüber sitzen.
Sie tauschen einen -Wer-sagt-es-ihr-Blick aus. Na toll...

Schließlich ergreift Julian das Wort: „Mit der Zeit wird es leichter."
„Also ja...", verdrehe ich die Augen und starre auf die Uhr. 14:07 Uhr.
„Ich habe Angst."
„Das hatten wir alle und sieh uns an? Wir leben noch! Nein, Tess im Ernst. Du brauchst keine Angst zu haben. Julian und ich sind immer in deiner Nähe."
Ja, toll... aber was ist, wenn hier doch ein Mensch ist? Aber was soll ich noch fragen, sie werden doch sowieso nur wieder sagen: „Nein, hier ist bestimmt keiner!"
Ich hoffe es.
Die Zeit vergeht schleppend. Jede Minute schaue ich mindestens fünfmal auf die Uhr. Mindestens!
„Gehen wir hinaus."
Draußen. Wald, Wald und noch mehr Wald. In einem Umkreis von 40 Kilometer ist welch Überraschung, Wald! Ich spüre ein Stechen in der Brust. Ist das normal oder liegt das an der Verwandlung?
„Wie spät ist es?", frage ich und drücke gegen mein Herz.
„14:14 Uhr", sagt Julian und nimmt meine Hand, „Alles gut?"

Nope. Mir ist furchtbar heiß.
„Hallo? Ich verwandle mich gleich in einen riesigen Wolf! Nein! Es geht mir nicht gut!", schreie ich ihn an und bin verwundert über meinen Gefühlsausbruch, „Sorry, ich wollte nicht anschr- ahhhh!"
Ich sinke auf den Boden und kauere mich zusammen.
„Die Verwandlung beginnt! Deine Gefühle spielen verrückt!", sagt Liam seelenruhig und lehnt sich gegen einen Baum.
„Neiiin wirklich? Das hätte ich nicht bemerkt!", ich beiße die Zähne zusammen und versuche nicht zu schreien. Julian tritt ein paar Schritte zurück.
„Aahhhhhhhhhhh!", schrcie ich und es wundert mich, dass meine Stimme nicht versagt, denn das war laut. Sehr laut! Ich spüre einen Schmerz in meinem Fuß. Als würde jemand ihn mir brechen und weiter darauf herum hüpfen. Ich atme viel zu schnell. Mit geschlossenen Augen liege ich da und warte auf die nächste Schmerzwelle. Eine Hand auf meiner Schulter lässt mich zusammenfahren. Julian. Liam. Beide schauen auf mich herab.
„Tess, werde jetzt bloß nicht nervös. Aber hier ist ein Mensch!", sagt Julian sehr nervös.

„Waaaaaahhhhhhaaaaass?", Julian hält mir die Hand auf den Mund und ich beiße ihn aus reiner Wut.
„Hey! Aua! Ich werde es dir verzeihen. Nur weil es das erste Mal ist und ein Mensch hier ist?"
Ein Mensch!
‚Mmmhhhh lecker!', meldet sich eine mir bis jetzt unbekannte Stimme in meinem Kopf.
„Ach du verdammte Scheiße!", schreie ich entsetzt und meine Hand bricht sich von ganz selbst. Ich dachte, der Boleit wäre das Schlimmste. Ich irrte mich. Es ist, als wäre auf jeder freien Stelle Haut ein Boleit. Der meine Haut von innen aufsticht. Ich lege mich auf den Rücken, alle Muskeln angespannt. Meine Finger krallen sich in den erdigen Boden.
„Tess du musst weiter atmen!", fordert mich Julian auf.
Mir ist nicht einmal aufgefallen, dass ich die Luft angehalten habe.
Wo ist Liam? Ich hoffe, er wird sich um den Menschen kümmern.
„Juuuuullllllliiiiaaaaaahhhhaaaaannnn!!! Ich... will nicht... mehhhhhhhhrrrrrr!", schreie ich mir die Seele aus dem

Leib. Äste zerkratzen meine Arme. Die ganze Welt um mich dreht sich.
‚Such den Menschen!', meldet sich die Stimme wieder.
„Neeeeiiiiinnnn!"
Ich schließe die Augen, versuche ruhig zu atmen. Versuchen. Nicht können! Ich kann und will nicht mehr. Mein Kopf sticht, droht zu explodieren! Meine Beine gebrochen. Meine Hände gebrochen.
„Aaaaaaaahhhhhhhhhhhhhhh!!!!!!", meine Wirbelsäule? Gebrochen!
Ich sehe meine Hände nicht mehr. Ich sehe nur braunhaarige Pfoten.
„Du hast es gleich geschafft!", sagt Julian und tritt ein bisschen zurück.
Schwarze Punkte tanzen vor meinen Augen. Eine Welle des Schmerzes überströmt mich, jeder Knochen der noch nicht gebrochen war, ist es jetzt. Und dann... alles vorbei. Kein Schmerz. Ich sehe Julian wie er mich anlächelt. Bin ich ein Mensch?
‚Mensch? Such den Menschen! Lauf', schreit die Stimme in mir und ich laufe, ich will aber nicht laufen!

„Tess wo willst du hin?", schreit Julian und nur Sekunden später steht er als Wolf vor mir.
Ich laufe eine Kurve an ihm vorbei, dann höre ich Stimmen.
„Ist wirklich alles gut?", höre ich eine Männerstimme hysterisch sagen.
„Ja wirklich, bitte gehen sie, es wird bald dunkel, da sollten Sie in Sicherheit vor den Tieren sein."
Ich sehe den Mann mit dem riesengroßen Rucksack. Einer Brille und einem Dreitagebart. Er dreht sich um und will gehen. Liam dreht sich um und starrt mich an.
‚Mensch! Friss ihn!'
Ich schlecke mir mit der Zunge über meine rasiermesserscharfen Zähne. Julian taucht neben mir auf.
„Tess! Hast du die Kontrolle über dich?", höre ich Julians Stimme in meinem Kopf.
Der Mensch verschwindet hinter den Bäumen.
‚Hol ihn dir!'
„Verdammt nein! Ich werde keinen Menschen fressen! Lass mich in Ruhe!", schreie ich die Stimme in Gedanken an, nur habe ich vergessen, dass Julian mich hören kann.

„Du musst die Stimme ignorieren! Konzentriere dich auf mich!"
Ich sehe zu der Stelle, wo der Mensch gestanden hat.
‚Lauf! Such ihn! Friss ihn!'
Julian! Julian! Julian! Nur an Julian denken! Vorgestern Abend. Wie schön es war in seinen Armen einzuschlafen.
‚Worauf wartest du? Such den Menschen!', schreit die Stimme leiser.
Julian, wie er mich küsste. Julian ohne Shirt.
‚Friss den Menschen!', die Stimme ist schon sehr leise.
Julian! Ein Leben mit Julian! Er wird immer da sein! Ich muss nie wieder ohne ihn sein!
„Konzentriere dich auf mich. Denk nur an all die schöne Zeit, die wir ab heute noch haben werden!"
„Danke...", sage ich in Gedanken.
„Die Stimme?", fragt Liam und taucht als Wolf vor uns auf.
„Ja, aber sie ist leise."
„Na das ging ja schnell. Okay. Dann zeigen wir dir einfach einmal die Vorteile des Werwolfs. Lauf so schnell du kannst, wenn möglich in die andere Richtung als der Mensch gegangen ist, und zähle bis drei."

‚Mensch?'

Ich drehe mich um und laufe.

Eins.

Bäume zischen an mir vorbei.

Zwei.

Bäume verschwimmen in meinem Blickfeld.

Drei.

Ich sehe keine einzelnen Bäume mehr.

Und Stopp!

Ich drehe mich um und suche die Landschaft nach Julian und Liam ab. Dort hinten sind sie. So weit weg, und trotzdem erkenne ich jedes Detail ganz genau. Ich sehe furchtbar gut, bin schnell, höre jedes Blatt, wie es auf dem Boden landet, und habe so verdammt riesigen Hunger.

Noch bevor ich bis Vier gezählt habe, bin ich wieder zurück.

„Verdammt, Tess du bist ganz schön schnell!"

Ich rieche etwas! Etwas Leckeres! Ich hebe den Kopf, um es vielleicht besser riechen zu können.

‚Mensch! Such ihn! Friss ihn!', schreit die Stimme und schon bin ich weg.

Liam und Julian sehen mich nur von hinten.

„Tess! Bleib hier! Ignoriere die Stimme!", höre ich Liam schreien.
‚Schneller!', ganz im Gegenteil, die Stimme ist lauter und Liam leiser.
Liam. Julian. Mensch! Blut! Julian! Liam. Mensch! Mensch! Mensch!
Ich werde langsamer und pirsche mich leise an dem auf dem Boden liegenden Menschen an. Er blutet. Blut!
Meine Kehle brennt. Sie braucht etwas zum Löschen!
Ich gehe langsam näher. Der Mensch sieht mich und schreckt aufgeregt zurück. Ich gehe in einem Kreis um ihn. Die Angst ist ihm ins Gesicht geschrieben. Angst! Lächerliches Gefühl! Er entkommt mir sowieso nicht!
‚Friss ihn!'
Ich gehe auf ihn zu.
„Braves Hundchen!", stottert er und weint.
Hundchen? Hundchen?! Hundchen! Ist das sein Ernst? Sehe ich aus wie ein Hundchen? Wie ein kleiner, süßer Schoßköter? Wohl kaum!
Ich knurre ihn an. Er ist nur knapp vor mir. Ich sehe auf seine Hand hinunter. Blut tränkt die Erde. Das kostbare,

leckere, süße Blut. Ich schlecke mit der Zunge über seine Hand.
‚Blut! Blut! Blut! Mehr! Mehr! Viel mehr!'
Ohne weiteres großartiges Überlegen beiße ich in sein Bein. Blut tropft in meine Kehle. Sie löscht das brennende Feuer. Mehr! Der Mann schreit hysterisch auf und bewirft mich mit einem Stein, das macht mich nur noch wütender und ich beiße nochmal zu.
„Tess! Hör auf!", höre ich Julians Stimme leise in meinem Kopf.
‚Mach weiter!', schreit die Stimme in meinem Kopf lauter als alles andere.
Schmerzhaft werde ich gegen einen Baum geschleudert. Liam.
„Lass den Quatsch! Ich hab Hunger!", schreie ich ihn in Gedanken an.
„Du kannst ein Reh oder einen Hirsch essen, aber keine Menschen!", schreit Julian enttäuscht.
Ich kämpfe mich hoch und laufe einfach um Liam herum wieder zu dem Menschen. Aber Julian schmeißt mich wieder gegen einen Baum, diesmal krache ich voll mit dem Kopf dagegen.

Autsch!
„Ich dachte, du liebst mich? Also lass mich in Ruhe essen!"
„Das bist nicht du, Tess!"
Ich stehe wieder auf und knurre die Zwei böse an. Ich will wieder zu dem Menschen aber Liam beißt mich in den Fuß und ich falle wieder nieder. Schmerz zieht sich durch meine Wade.
„Das wirst du bereuen!", schreie ich und versuche aufzustehen, kann aber nur humpeln. Aber das reicht um Liam gegen einen Baum zu schmeißen und ihn mit meinen Krallen zu verletzen. Liam wehrt sich, aber ich merke sofort, dass ich stärker bin als er. Auch verletzt! Julian greift mich von der Seite an. Ich schmeiße ihn von mir. Jedoch springt dann Liam auf mich. Gegen beide bin ich machtlos.
Ich beiße um mich. Ich schlage meine scharfen Krallen in Alles was mir in den Weg kommt. Schmerz. Schmerz in meiner Wade. Schmerz in meinem Kopf. Schmerz in meinen Pfoten.

Ich höre etwas aufheulen. War das ich? Nein. Erschrocken sehe ich zu dem dunkelblonden Wolf, wie er auf den Boden zusammenbricht.
„Julian!", schreie ich und lasse von Liam ab.
‚Was machst du? Friss den Menschen?', fragt die fremde Stimme in meinem Kopf doch ich ignoriere sie. Julian ist wichtiger.
„Julian? Sag doch was? Geht es dir gut?", regungslos liegt er vor mir.
Was habe ich getan? Ich... er... oh Gott!
„Tut mir leid Tess", sagt Julian im entschuldigenden Ton und steht einfach so auf.
Was? Ich dachte er wäre...
Ich spüre einen Schmerz auf meinem Hinterkopf. Schwarze Punkte kreisen vor meinen Augen und nehmen bald mein ganzes Sichtfeld ein.

# KAPITEL 35

Ich öffne die Augen und alles ist verschwommen. Mein Schädel brummt, als wären tausend Fliegen darin gefangen. Wo bin ich? Langsam wird das Bild scharf und ich sehe einen alten ausgefranzten Ledersessel auf den Julian vorhin noch gesessen ist.

„Tess?", höre ich eine Stimme sagen.

Auch wenn sie mir gleich bekannt vorkommt, brauche eine Sekunde um sie der Person zuzuordnen. Julian.

Ich greife auf meinen Kopf und spüre nicht wie erwartet Haare sondern etwas anderes. Raues. Ein Verband? Was ist passiert?

Ich schließe meine Augen und atme den Geruch von Wald und alten Holzmöbeln ein. Julian setzt sich auf die Bankkante und ich spüre die Wärme, die er ausstrahlt. Im Mund habe ich einen komischen Geschmack. Nach Blut!

„Geht es dir gut?", fragt er fürsorglich und streicht über meinen Handrücken.

Ich will gerade -Ja- sagen als wieder alles schwarz wird.

„Du hast zu fest zugeschlagen!", sagt Julian mit vorwurfsvollen Ton.
„Sie hätte uns umgebracht!"
„Nein! Das hätte sie nicht... Das glaube ich nicht!", wird er leiser.
Ich öffne meine Augen und sehe Julian mit leicht rotem Kopf und Liam der mich besorgt ansieht.
„Tess! Wie geht es dir?", fragt Liam und setzt sich auf den Lederstuhl mir gegenüber. Julian setzt sich wieder auf die Bankkante.
„Was habe ich gemacht?"
„Ach... du wolltest uns nur umbringen...", meint Liam und lächelt väterlich.
Ach nur? Wenn es nicht mehr ist, muss ich mir ja keine Sorgen machen.
Ich schließe meine Augen und lasse den Tag Revue passieren.
Ich brach vor Schmerzen zusammen. Mir wurde gesagt ein Mensch sei in der Nähe.
„Oh mein Gott! Was ist mit dem Mann? Ist er...?"
„Nein. Er ist im Krankenhaus. Er kommt durch."

Erleichtert atme ich aus und versuche mich aufzusetzen. Sofort wirbelt die ganze Welt um mich.
„War ich sehr schlimm?", frage ich und untersuche die Narben auf meinem Arm.
„Du bist stärker als gedacht. Du hättest Julian und mich locker zur Strecke bringen können. Hätten wir nicht diesen Notfallplan gehabt."
„Mich niederzuschlagen?"
„Tut es noch sehr weh?", fragt Julian entschuldigend.
„Geht schon. Es heilt. Wie die ganzen Bisse."
Liam verdreht merklich die Augen und atmet genervt aus.
„Kannst du dich an den Kampf erinnern?"
Ich denke nach. Ich roch Blut. Und rannte hin, brachte den Mann beinahe um. Der Kampf. Ich habe Julian und Liam verletzt.
„Tut mir leid. Ich wollte euch nicht verletzen. Das war nicht ich... Ist es schlimm?"
Ich sehe auf die Uhr. Elf Uhr abends.
„Es ist okay. Damit haben wir gerechnet. Vielleicht solltest du duschen und dann schlafen gehen."
Ja, das ist eine gute Idee. Denn ich bin voller Erde und getrocknetem Blut. Und nicht alles ist meins. Allein der

Gedanke, dass das Blut von dem Mann an meinen Händen klebt, lässt mich schaudern.

Erst unter der warmen Dusche, frage ich mich, wie ich wieder zurück gekommen bin. Jemand muss mich wieder angezogen haben. Hoffentlich war es Julian und nicht Liam... er ist zwar mein Vater aber trotzdem...
Ich betrachte meinen nur noch leicht vernarbten Körper. Die kleinen Striche, wo ich gekratzt wurde, versschwinden einfach.
Müde, glücklich, erschöpft aber vor allem glücklich, dass ich niemanden umgebracht habe gehe ich ins Schlafzimmer. Julian liegt im Bett, in seiner Hand sein Handy. Als ich unter die Decke schlüpfe, legt er es auf die Seite und sieht zu mir. Der Vollmond scheint durch das große Fenster. Natürlich heute an meinem 18. Geburtstag ist Vollmond. Julian setzt sich auf und nimmt eine kleine grüne Schachtel aus dem Nachttisch.
„Spät aber doch. Ich wünsche dir alles Gute zum Geburtstag Tess!", er reicht mir die Schachtel und küsst mich. Sanft wie ein Flügelschlag eines Schmetterlings.
„Julian, das wäre wirklich nicht nötig gewesen. Danke!"

Er grinst mich nur breit an: „Mach schon auf."
Ich öffne die samtweiche grüne Schatulle.
Dass ich die Luft anhalte, merke ich erst als Julian fragt: „Du atmest doch oder?"
„Julian... wow... danke!", sage ich vielleicht etwas laut und falle ihm um den Hals.
In meiner Hand halte ich einen Anhänger. Für meine Kette! Ein wunderschöner, einfach atemberaubender Anhänger. Zu meinem silbernen Wolf mit den eisblauen Auge habe ich jetzt noch einen kleinen Wolf mit einem waldgrünen Auge bekommen!
„Ich liebe dich!", flüstere ich und küsse ihn.
Als ich die Augen danach wieder öffne, sehe ich, dass das ganze Zimmer in ein sanftes Grün getaucht ist.
Julian kann einfach nicht anders als laut loszulachen.
„Bin das ich?", frage ich verwirrt und laufe zum Spiegel, „Ach du heilige Scheiße! Meine Augen leuchten!"
„Du bist ein Werwolf. Mit wunderschönen waldgrünen Augen!"

# KAPITEL 36

„Herzlich Willkommen! Ich bin Patrick, Ihr Moderator. Heute hören wir über die Infrastrukturentwicklung hier in Flow. Hier haben wir wieder die Königsfamilie. König Maximilian. Wie geht es Ihnen?", fragt Patrick während ich hinter der Bühne stehe und Julian zulächle. Scheinwerfer erhitzen die Bühne.

„Danke Patrick, sehr gut."

„Das freut mich und das Volk sehr. Königin Sophia, Sie sehen atemberaubend aus. Wie immer."

„Danke Patrick, dieser Anzug steht Ihnen ausgesprochen gut."

„Oh, Königin Sophia, ich erröte gleich. Prinzessin Nicole, haben Sie das schöne Wetter genossen?"

„Bis auf den Regentag schon. Ich war mit meinem Pony ausreiten", erzählt sie mit glitzernden Augen.

„Das hört sich ja sehr interessant an. Und nun Prinz Julian. Ich hoffe Sie nehmen mir diese Aussage nicht übel, aber sie sehen sehr glücklich aus. Das steht Ihnen sehr gut."

Julian sieht an Patricks Schulter vorbei zu mir und lächelt.

„Das kann gut sein, Patrick. Ich bin auch sehr glücklich."

Patrick folgt seinem Blick. Direkt zu mir.
„Ist das... ist das... Das ist doch...", noch nie war Patrick sprachlos.
Und er moderiert diese Sendung schon sehr, sehr lange.
Ein Scheinwerfer richtet sich auf mich, obwohl keiner von den Zuschauern mich sehen kann, da ich noch im Hintergrund stehe.
„Prinz Julian! Das ist doch... Tess!"
Aufgewühlt sieht Patrick in die Kamera und wieder zu Julian.
Julian deutet mir, dass ich zu ihm kommen soll. Und das mache ich. In einer edleren, schwarzen Jeans und einer eleganten, grünen Bluse schreite ich lächelnd zu ihm. Ich wollte kein Kleid anziehen und alle akzeptierten es. Er steht auf und nimmt meine Hand. An meiner komplizierten Flechtfrisur hat Anna eine ganze Stunde gearbeitet.
„Patrick, darf ich vorstellen. Tess Winter, meine Freundin."
„Seine Freundin!", schreit er in die Kamera und ich denke er würde am liebsten Luftsprünge hinlegen.

„Liebes Volk. Tess, die verschwundene Tess, ist wieder zurück! Sie müssen mir und dem Volk einiges erklären Tess. Aber setzen wir uns zuerst.

Mir wird ein Stuhl gebracht, neben Julian, gegenüber von Patrick.

„Tess, ich freue mich Sie endlich zu sehen. Ich dachte, sie wären mit... wie hieß er noch gleich?"

„Mat", half ich ihn auf die Sprünge.

„Genau... Mat. Ich wäre der Meinung gewesen, sie hätten Prinz Julian für ihn verlassen? Ist das korrekt?"

Julian hat mich den ganzen Tag auf diese Fragen vorbereitet und trotzdem ist es verdammt schwer darüber zu sprechen.

„Ja, das ist richtig."

„Wenn ich fragen darf, wieso kommen Sie wieder auf Julian zurück?"

„Das ist eine lange Geschichte... Ich bereute es sofort, dass ich Julian abserviert hatte, aber ich konnte ihm nicht verzeihen."

„Ach ja, stimmt. Er hatte Sie vorhin verlassen. Das kann man nicht leicht verzeihen, aber Sie konnten es doch!"

„Ja, ich entdeckte, dass Mat einfach nicht der Richtige war. Verstehen sie mich nicht falsch, er war wirklich toll... aber meine Gefühle zu Julian waren immer stärker."
Julian spielt unbewusst mit meinen Fingern.
„Wie kamen Sie wieder auf Prinz Julian zurück?"
„Ich brauchte seine Hilfe."
„Wie ging es Ihnen dabei Prinz Julian?", fragt Patrick interessiert und hält ihm das Mikro hin.
„Wie Sie vielleicht wissen wurde Tess' Familie umgebracht. Aber es stellte sich heraus, dass ihr leiblicher Vater noch lebt. Wo fängt man bei einer Suche an, als im Dorf, wo er gewohnt hatte? Sie stand vor mir und bat mich um Verzeihung. Allerdings bin ich auch jetzt noch der Meinung, dass du, Tess, nicht den geringsten Grund hast um dich bei mir zu entschuldigen. Ganz im Gegenteil. Sie verzieh mir. Als wir dann ihren Vater suchten, verbrachten wir wieder viel Zeit miteinander. Da Mat nur noch Geschichte ist, kamen wir wieder zusammen. So glücklich wie noch nie zuvor."
„Ich denke, ich kann im Namen des Volkes sprechen, wenn ich Sie, Tess, frage, ob Sie Ihren Vater gefunden haben?"

„Ja! Ja, wir haben ihn gefunden."

Und so kam Liam auf die Bühne. Ihm wurden Fragen gestellt, wie es ist, auf einmal eine 18. jährige Tochter zu haben. Und dass sie mit dem Prinzen zusammen ist. Dies ging noch eine Stunde so. Dann kamen die täglichen Nachrichten. Ich verließ die Bühne mit Liam und hinten wo uns keiner von den Zuschauern sah, umarmte er mich. „Ich bin wirklich stolz auf dich!", murmelte er.
Julian und die restliche Königsfamilie kam eine halbe Stunde später. Ich habe es geschafft. Ich habe nichts Komisches gesagt oder mich unangebracht verhalten! Ich habe es geschafft! Das ganze Land wusste längst wer ich bin, jetzt wissen sie es sicher. Die Freundin des Prinzen!

Nachdem wir alle das leckere Steak verdrückt hatten, ging ich in mein Zimmer wo mir Anna erstmals die ganzen Spangen und Haarnadeln aus den Haaren fischen musste. Als es endlich Neun war, wünschte sie mir eine gute Nacht und verschwand. Schon vorhin habe ich IHN gesehen, wollte aber warten bis ich allein war. Auf meinem

Schreibtisch liegt ein Brief. Es ist eine ausgedruckte E-Mail.

*Hey Tess! (Oder muss ich schon Prinzessin sagen?)*

*Naja, jedenfalls habe ich gerade die Nachrichten gesehen. Oh mein Gott! Als wir uns kennenlernten warst du Julians Ex und jetzt bist du wieder seine Freundin! Das ist ja sowas von cool! Ben und ich haben jetzt eine Freundin, die die Freundin des Prinzen ist! Du kannst dir nicht vorstellen wie MEGA verrückt das ist! Ich hoffe sehr, dass es geht dir gut geht mit der Entscheidung. Wir müssen uns unbedingt einmal treffen. Du musst mir von diesem Mat erzählen! ;)*
*Ich hoffe du bekommst diese Nachricht bald.*

*Ganz viele liebe Grüße und Wünsche,*
*deine Heike!*
*Und Ben. :)*

Oh... Ich dachte sie wollte mir nicht auf meinen Brief antworten, weil sie sauer war, dass ich nicht mehr aufgetaucht bin. Obwohl ich ja streng genommen nichts dafürkonnte.

*Klopf, klopf.*

„Ja?"

„Hey! Was hast du da?", interessiert kommt Julian zu mir herüber.

Ich reiche ihm den Brief, den er mit einem Lächeln liest.

„Ich möchte sie auch einmal kennen lernen. Was hältst du davon, wenn wir die Beiden ins Schloss einladen?"

Ich stehe auf und schlinge meine Arme um seinen Hals.

„Das ist eine fantastische Idee!", grinse ich ihn breit an.

Er legt den Brief wieder auf den Tisch und zieht mich an der Taille näher.

„Habe ich dir schon gesagt, wie toll du das heute gemacht hast?", fragt er und lächelt zuckersüß.

„Ja ungefähr schon zehnmal. Aber ich höre es immer wieder gerne von dir!"

Er beugt seinen Kopf ein bisschen hinunter und ich stelle mich auf die Zehenspitzen bis sich unsere Lippen berühren.

„Ich liebe dich!"

Als Bestätigung küsse ich ihn.

Julian hebt mich mit seinen unglaublich starken Armen hoch. Ich schlinge lachend meine Beine um seine Hüfte, damit ich nicht auf den Boden krache. Aber Julian würde mich nicht fallen lassen. Das weiß ich ganz genau!
Ich öffne die Augen und was ich sehe überrascht mich nicht. Julians Augen leuchten blau. Meine Augen leuchten grün. Das Zimmer ist ein wunderschönes Türkis getaucht.
„Du verstößt schon wieder gegen die Regeln oder?", frage ich und atme ein paar Mal tief durch.
„Pssst. Das muss doch keiner wissen! Außerdem bist du jetzt ganz offiziell meine Freundin!", lacht er und trägt mich zum Bett.
Mit dem Rücken falle ich auf das weiche Bett. Julian breit lächelnd über mir. Wieder küsst er mich. Daran werde ich mich wohl nie gewöhnen. Sanft wie ein Windhauch, aber leidenschaftlich wie ein wilder Wolf. Seine Hände gleiten unter mein Shirt, streifen über meinen BH mit Spitzeneinsatz. Ich versuche meine Fassung zu bewahren und zu atmen! Julian zieht das Shirt hoch, bei meinem Kopf bleibt es hängen und lachend helfe ich ihm das lästige Ding loszuwerden. Allerdings finde ich es sehr unfair, dass ich hier halbnackt liege und er noch sein Hemd

anhat. Aber das lässt sich schnell ändern. Er hat ein Hemd an und eine edle, sehr teuer aussehende Hose. Vermutlich hatte er noch ein Meeting. Oder auch nicht. Immerhin sind Prinzen immer so gekleidet. Ich knöpfe das Hemd auf, allerdings bin ich ziemlich langsam. Julian belohnt meine Ungeschicktheit mit einem schiefen Grinsen. Irgendwann ist auch der letzte Knopf offen. Meine Hände streichen über seine Muskeln, die unter meiner Handfläche zusammenzucken. Julian küsst meinen Bauch, meinen Hals und findet wieder zurück zu meinem Mund. Ich streiche mit den Händen über seinen Rücken. Julian stütz sich neben meinem Gesicht ab.
Er lächelt mich an. Seine Augen leuchten. Er liebt mich. Meine Augen leuchten. Ich liebe ihn.
Ich lege meine Hand in seinen Nacken, hebe meinen Kopf und küsse ihn. Mein Gehirn hat einfach abgeschaltet. Ich rolle mich auf ihn. Seine Hände umfassen meine Taille. Sie streichen am Hosenbund entlang. Vom Rücken zum Bauch... zum Knopf meiner Hose. Scharf ziehe ich Luft ein. Julian gefällt, was seine Anwesenheit bei meinem Körper auslöst. Mit einem dumpfen Aufschlag landet meine Hose auf dem Boden. Ich mache mich an Julians

Hosenknopf zu schaffen, aber mit Knöpfen habe ich es nicht so.

„Soll ich dir helfen?", fragt er lachend und ich spüre wie seine Hand den Knopf mit einem kleinem, leichtem Handgriff öffnet.

„Ja, Knöpfe... sind nicht so mein Ding", gestehe ich lachend während sich auch seine Hose verabschiedet. Ich beuge mich zu ihm hinunter und küsse ihn. Seine Hände streichen über meinen Rücken zum Verschluss meines BHs. Will ich wissen warum er einen BH so leicht aufbekommt? Er streicht mir die Haare hinter das Ohr. Streicht über mein Kinn, meinen Hals, meine Schulter bis seine Hand am Bund meiner Unterhose angekommen ist. Angst erfüllt meinen Körper und ich versteife mich kurz, kaum merkbar, aber Julian bekommt es mit.

„Sicher dass du das willst?", fragt er und sieht mich verständnisvoll an.

Jetzt ist alles ganz anders als vor einer Woche. Ich bin jetzt auch ein Werwolf. Er kann mich nicht mehr verletzen. Er meinte, das Schlimmste, was passieren kann ist, dass wir das Bett ruinieren. Aber das... das ist egal.

„Ja! Ganz sicher!", sage ich überzeugt und küsse ihn leidenschaftlich.

# Epilog

Sechs Jahre später:

Oh man.. wo fange ich bloß an? Tja, Julian und ich sind jetzt sechs Jahre zusammen ich bin schon 24 Jahre alt. Und in den sechs Jahren hat sich so Einiges getan.

Fangen wir doch mit Anna an! Anna, sie ist ein paar Jahre nicht für mich da. Das ist blöd, sehr blöd. Aber ich komme auch ganz gut allein zurecht. Warum sie nicht da ist? Sie und Patrick, Julians Kammerdiener, haben mit 20 geheiratet. Und jetzt ist sie schwanger. Ich freue mich sehr für sie. Wirklich! Sie ist meine beste Freundin. Und weiß immer noch nichts von Wölfen. Es ist schwer, ihr alles zu verheimlichen, vor allem am Anfang. Jetzt geht es.

Heike und Ben. Sie haben es geschafft, sie sind jetzt soweit ich weiß, irgendwo in Afrika. Sie haben mehr oder weniger gekündigt. Als herauskam, dass ich bei dem Wirt gearbeitet habe, wollten natürlich alle dort essen. Er hat verdammt gut Geld verdient. Alles umgebaut vergrößert

und jetzt ist es ein 4 Sterne Restaurant. Heike und Ben hat er rausgeschmissen.
„Billiges Personal kann ich nicht gebrauchen!", hatte er gesagt.
Das war Heike und Ben aber nur recht, da sie eine richtig schöne Abfertigung bekamen.

Berta und Fred... Sie sind beide gestorben. Es war echt schwer für mich. Tagelang habe ich mich nur im Zimmer verkrochen. Allerdings hat mich Julian wieder vor die Tür geschleppt. Zuerst ist Berta gestorben. Ein paar Monate später dann Fred. Beide sind friedlich eingeschlafen in einen endlos langen Schlaf. Sie waren die Einzigen aus meinem "alten" Leben. Sie haben alles mir vermacht, da sie keine Kinder hatten. Es war nicht viel, aber die alten Bilder und Bücher stehen jetzt oben in der Bibliothek. Dort gibt es einen eigenen Berta und Fred Teil. Das Haus und mein altes Haus, haben wir nicht verkauft. Mein altes Haus ist für Straßenkinder ohne Eltern da. Wir haben dort zwei Betreuer die auf die Kinder aufpassen. Berta und Freds Haus ist eine riesige Küche. Jeder, der es nötig hat und das sind die Meisten in diesem Land, bekommt dort kostenloses Essen. Ich denke, Berta und Fred hätten es so gewollt.

Rebecca war damals schwer verletzt, hat aber überlebt. Keiner weiß wo sie ist. Sie ist wie vom Erdboden verschlungen.
Mat... Ich muss immer noch lächeln, wenn ich an ihn denke. Wir sind Freunde... Irgendwie... Keine guten Freunde, aber ich weiß einfach über sein Leben Bescheid. Er hat eine Frau gefunden, die er mindestens so sehr liebt wie er mich geliebt hat. Sie haben einen Sohn. Jeremy. Er ist erst ein Jahr alt. Warum der englische Name? Sie leben in England! Mat hat, was er wollte, seine eigene, kleine Familie. Er ist glücklich und das macht mich ebenfalls glücklich.

Die arme sechzehnjährige Nicole... Nein! Sie ist alles andere als arm! Sie geht auf eine Kunstschule und will danach Kunst studieren. Sie hat auch einen jungen Prinzen kennengelernt. Wer weiß? Vielleicht wird es ja mehr als nur Freundschaft?

Liam ist wieder zurück in seiner Villa. Unsere Rudel sind jetzt verbündet. Somit sind wir das größte Rudel auf der ganzen Welt. Es sind bestimmt über 5 000 Werwölfe. Und alle gehorchen Liam, Maximilian, Julian und mir. Wir vier leiten es. Sind wir uns mal nicht einig, fragen wir meistens Sophia. Die Mehrzahl gewinnt! Die Wölfe leben friedlich untereinander.
Aber zurück zu Liam. Er lebt immer noch allein. Außer mit seiner Haushälterin. Wir besuchen in alle paar Wochen oder er kommt zu uns. Ich wollte ihn ja schon mal verkuppeln, aber er ist allein glücklicher.

Tja, jetzt fragt ihr euch sicher, was aus Julian und mir geworden ist.
Fangen wir mit meinem Super-Werwolf-Gen an. Es dauerte drei Verwandlungen bis ich mich vollständig unter Kontrolle hatte. Es tat auch nicht mehr so weg! Das Wolfs-Ich ist schneller und stärker als alle anderen. Ich bin die Stärkste von uns vier Alpha. Aber trotzdem zählt meine Stimme nicht mehr als die der anderen. Nach der dritten Verwandlung hatte ich den Dreh endlich raus. Ich höre heute weder diese ‚Friss den Menschen!' – Stimme noch

möchte ich Menschen essen. Es ist widerlich! Andere Menschen zu verletzen. Nicht so mein Ding. Wie Knöpfe! Aber egal! Ich schaffe es auf jeden Fall, mich zu kontrollieren. Dank Julian.

Julian... Was soll ich noch mehr sagen? Prinz Julian ist immer noch Prinz Julian. Allerdings bin ich seit ein paar Monaten nicht mehr Fräulein Tess sondern Prinzessin Tess. König und Königin sind immer noch Max und Sophia. Vor drei Monaten haben wir geheiratet. Geheim. Nur mit Julians Familie und meinen Freunden. Also waren wir nicht viele. Wir haben im Wald geheiratet. Es war wirklich schön. Es gab eine Musikerin auf der Geige. Einen Pfarrer. Eine Krone und ein Diadem. Und haufenweise Liebe! Eine Woche später haben wir öffentlich geheiratet. Das war, obwohl es meine Hochzeit war, nicht lustig. Viel zu viele Hände schütteln und alles ging so förmlich zu. Ich bin immer noch kein Fan des Protokolls. Und das weiß das Land! Ich trage immer Jeans und normale Shirts oder Blusen. Wenn es sein muss, trage ich auch Kleider. Ich bin auch nicht so langweilig und steif im Fernsehen so wie ich Julian früher immer gesehen habe. Nein, wir sind beide lockerer. Julian natürlich immer noch sehr höflich und aufrecht, aber soll er ruhig machen. Ich weiß, wer er wirklich ist. Ein attraktiver Mann. Ein schneller Wolf. Ein ehrenswerter Prinz. Ein liebevoller Ehemann. Und bald Vater! JAAAA! Ich bin schwanger. Ich habe es im Gefühl, dass es eine kleine Prinzessin wird. Aber wer weiß? Vielleicht auch ein kleiner Prinz? In ein paar Monaten wissen wir mehr! Und das trotz Knöpfe!

Ich komme auch gut mit der ganzen -Ich bin jetzt eine Prinzessin und habe Aufgaben und Pflichten! – Sache gut klar. Einmal am Tag muss ich irgendetwas regeln. Egal ob es die Angestellten sind. Oder ein Fest. Bei Julian sieht es nicht so entspannt aus. Er hat stundenlange Meetings mit dem Vorstand. Muss Papierkram erledigen oder einfach den höflichen Prinzen spielen. Ich kümmere mich inzwischen um die Straßenkinder oder die Essensausgabe. Außerdem habe ich meinen Traum verfolgt und ein Buch geschrieben. Über mein eigenes Leben. Es geschah so viel! Ich habe es wie eine Art Tagebuch geschrieben und die Leute lieben es! Nie hätte ich gedacht, dass ich einmal ein Buch herausbringe. Oder Prinzessin werde!

Regelmäßig gehe ich auf den Markt und kaufe den Leuten etwas ab. Das gekaufte Essen gebe ich dann der Essensausgabe. Ich könnte den Marktleuten auch einfach Geld schenken. Aber sie backen gerne für mich Brot! Melken gerne die Kühe! Man sollte glauben, ich als Prinzessin, werde andauernd von den Medien verfolgt, das war am Anfang auch so. Aber jetzt? Die Menschen hier haben sich an mich gewöhnt. Sie sehen mich immer noch als das kleine Mädchen, dass für ihre Familie kochte. Nur stimmt das nicht so. Ich habe haufenweise Geld zur Verfügung! Nur will ich es nicht! Ich habe nicht gerade viel Gewand oder so. Nein, ich hatte nie viel und habe damit gelebt. Jetzt brauche ich auch nicht mehr. Obwohl Sophia darauf besteht, dass ich bei jedem Ball ein neues Kleid anziehe. Die alten spende ich dann.

Allerdings muss ich schon sagen, ich hätte mir damals vorgestellt, ich würde Julian nie sehen außer am Abend. Aber so ist es nicht! Nein, ich sehe Julian oft. Manchmal bin ich bei den Meetings dabei und unterstütze ihn seelisch. Das Frühstück nehmen alle gemeinsam ein. Genauso wie das Mittagessen und das Abendessen. Julian hat auch mindestens zwei Tage in der Woche, völlig frei. Dann gehen wir in den Wald und laufen blöd herum. Als Wölfe versteht sich. Es klingt vielleicht langweilig aber es ist toll. Du bist so unglaublich schnell. All meine Sinne sind verstärkt.

Und glaubt mir, der Wald ist wirklich schön, wenn man ihn mit Wolfsaugen sieht.

Naja, was soll ich noch viel sagen? Julian ist immer für mich da. Er hört mir immer zu. Okay, nicht immer. Manchmal haben wir gestritten... über belangloses Zeugs wie, welche Farbe unsere Hochzeit haben soll. Er meinte Grün, ich Blau. Wir haben uns für ein eher grünes Türkis entschieden. Wir sind kein perfektes Paar. Aber wer ist das schon? Wir lieben uns. Und bald geht das Abenteuer zu Dritt weiter!

# Danksagung

Schon so oft habe ich mir vorgestellt wie ich eine Danksagung schreibe. Jetzt ist es endlich soweit und ich weiß gar nicht wo ich anfangen soll!
Ein großes Dankeschön geht natürlich an meine Familie und Freunde ganz besonders aber an meine Mama, die mich von Anfang an unterstützt hat. Nicht zu vergessen meine Schwester die, die Vorlage für das Cover gestaltet hat. Meiner Lektorin muss ich noch einmal herzlichst für die zeitaufwendige Korrektur danken.

Auch meinem Verlag muss ich sehr für die freundliche, kompetente und vor allem schnelle Umsetzung meiner Wünsche danken.
Weiters bedanke ich mich herzlich bei der Raiffeisen Bank Langenlois, der Gemeinde Langenlois und dem Unternehmen Schau' ein'a für die Unterstützung.

Mein größter Dank geht allerdings an DICH. Hätte ich damals nicht so viel positive Rückmeldung bekommen, würde ich heute nicht da stehen wo ich bin.

**Danke**

# SPONSOREN

EIN GUTER BODEN
LANGENLOIS

Raiffeisenbank
Langenlois

Schau ein'a

Mode für Damen, Herren und Kinder

# AUTORENBESCHREIBUNG

Verena Schiegl ist eine Jungautorin geboren im Jahr 2 000. Seit sie 13 Jahre jung ist, schreibt sie für ihr Leben gerne. Angefangen hat alles im Geheimen unter dem Pseudonym Oni Winter, welches bis heute besteht.

Neben ihrer Ausbildung als Einrichtungsberaterin macht sie die berufsbegleitende Matura. Die Pläne für ihre Zukunft als Autorin sind groß und ungeschrieben wie viele ihrer Ideen.